AMORES, MARIAS, MARÉS

Chico Fonseca

AMORES, MARIAS, MARÉS

JANGADA

Copyright © 2023 Francisco Fonseca Neto
Copyright da edição brasileira © 2023 Editora Pensamento-Cultrix Ltda.
1ª edição 2023.

Todos os direitos reservados. Nenhuma parte desta obra pode ser reproduzida ou usada de qualquer forma ou por qualquer meio, eletrônico ou mecânico, inclusive fotocópias, gravações ou sistema de armazenamento em banco de dados, sem permissão por escrito, exceto nos casos de trechos curtos citados em resenhas críticas ou artigos de revistas.

A Editora Jangada não se responsabiliza por eventuais mudanças ocorridas nos endereços convencionais ou eletrônicos citados neste livro.

Esta é uma obra de ficção. Todos os personagens, organizações e acontecimentos retratados neste romance são produtos da imaginação do autor e usados de modo fictício.

Editor: Adilson Silva Ramachandra
Gerente editorial: Roseli de S. Ferraz
Preparação de originais: Suzana Riedel
Gerente de produção editorial: Indiara Faria Kayo
Editoração eletrônica: Join Bureau

Dados Internacionais de Catalogação na Publicação (CIP)
(Câmara Brasileira do Livro, SP, Brasil)

Fonseca, Chico
  Amores, Marias, marés / Chico Fonseca. – 1. ed. – São Paulo: Editora Jangada, 2023.

  ISBN 978-65-5622-053-6

  1. Romance brasileiro I. Título.

23-145245
CDD-B869.3

Índices para catálogo sistemático:
1. Romances: Literatura brasileira B869.3
Henrique Ribeiro Soares – Bibliotecário – CRB-8/9314

Jangada é um selo editorial da Pensamento-Cultrix Ltda.

Direitos de publicação para a língua portuguesa adquiridos com exclusividade pela
EDITORA PENSAMENTO-CULTRIX LTDA.
Rua Dr. Mário Vicente, 368 — 04270-000 — São Paulo, SP — Fone: (11) 2066-9000
http://www.editorajangada.com.br
E-mail: atendimento@editorajangada.com.br
Foi feito o depósito legal.

... Só queria mostrar meu olhar, meu olhar, meu olhar.

– "Romaria", de Renato Teixeira

"A minha voz ainda ecoa versos perplexos com rimas de sangue e fome."

– Conceição Evaristo

Este livro é dedicado às minhas netas Maria Luísa e Rafaela, para que cresçam cultivando o sentimento da empatia e o respeito às diferenças.

Para Elcira, minha mulher, que com sua delicadeza e sensibilidade de psicóloga muito contribuiu para a concepção das personagens.

Agradecimentos

Agradeço ao Grupo Editorial Pensamento, que acreditou e apostou nesta obra, assim como ao meu editor Adilson Silva Ramachandra, que, com sua dedicação, sensibilidade, rigor profissional e um verdadeiro trabalho de mentoria, foi fundamental para que este livro tomasse a sua forma definitiva.

Gratidão eterna à Lilian Cardoso, diretora da LC Agência, pela iniciativa de criar o curso Escritores Admiráveis, cujos ensinamentos me permitiram trilhar com segurança os tortuosos caminhos que levam à publicação de um livro, o que me motivou a participar do concurso literário homônimo criado por ela em parceria com o Grupo Editorial Pensamento, do qual me tornei vencedor com a obra que o leitor tem agora em mãos.

Sumário

Prólogo – Escândalo ou uma História de Amor?...... 15

1 Largo dos Amores 25

2 A Ancestralidade 28

3 Segredo de Família 35

4 Visita ao Arquivo Público do Estado 47

5 Mariana Viajando de "Ita" 54

6 A Janela, o Bonde e o Tempo 60

7 A Lenda do Boqueirão 68

8 Bazinha e a Tuberculose 72

9	Momento de Ternura	80
10	O Fim do Noivado de Arthur	84
11	Arthur Conhece Ellena	93
12	Epifania	99
13	Culpa, Medo e Desejo	101
14	As Memórias do Padre Barreto	113
15	Ellena e Mariana Estão Sendo Seguidas	125
16	Donanna Conversa com Arthur	132
17	A Fuga Épica	135
18	Os Filhos da Lua	147
19	O Dilema de Bazinha	155
20	A Medalha: Proteção, Gratidão, Liberdade	162
21	Tambores e Matracas	172
22	Rumo a Alcântara	180
23	A Festa do Divino	184
24	Rumo a São Luís	188
25	Cartas de Sebastião	193
26	Donanna Chama D. Cotinha às Falas	201

27	O Sermão	205
28	O Bilhete Misterioso	207
29	Ellena Viaja para o Rio de Janeiro	212
30	Donanna Chama D. Zizi	217
31	Carta de Ellena	222
32	Carta de Mariana	225
33	O Segredo Revelado	227
34	A Encomenda	234
35	A Chegada de Ellena	238
36	A Alforria	244
37	Em Busca de Caminhos	248
38	O Desquite	255
39	O Bonde do Anil	260
40	A Viagem de Ellena	263
41	Arthur e Mariana	265
42	Rio de Janeiro	278
43	Epílogo – Homenagens nas Entrelinhas	282
	Glossário	286

Prólogo

Escândalo ou uma História de Amor?

Lembro-me bem de quando ouvi falar nesse caso pela primeira vez. É que, dias depois, naquela mesma sala, ouvi a Rádio Difusora interromper a sua programação normal para dar uma notícia extraordinária: John Kennedy havia sido assassinado, em 22 de novembro de 1963. Parece que todos que são desse tempo se lembram de onde estavam quando receberam essa notícia que comoveu o mundo.

Eu e meu primo jogávamos futebol de botão na mesa da sala, enquanto nossos pais ouviam música e conversavam. Mas o jeito como eles falavam me despertou a curiosidade. Sentados nas pontas do sofá e das poltronas, corpos inclinados para a frente, quase encostavam as cabeças, no entusiasmo do assunto misterioso.

Estiquei o ouvido e consegui pescar fragmentos esparsos da conversa, que o cuidado deles não conseguiu evitar. Ouvi com muita clareza a palavra escândalo, e me liguei mais ainda. Eles se referiam a um casal da alta sociedade local que tinha viajado para passar uma temporada no Rio de Janeiro, numa tentativa de abafar a repercussão de um acontecimento inusitado. Na vitrola, Nat King Cole cantava "I'm in the Mood for Love"[1], que eu adorava, mas naquela hora só serviu para me atrapalhar. Mesmo com a música ao fundo, deu para ouvir que eles falavam de um adultério, o que não era tão incomum na época, assim como hoje.

Fiquei pensando na finalidade daquela viagem. O fato já tinha acontecido; o povo não iria esquecer tão cedo, ou nunca mais. Melhor fariam se tivessem ficado em casa. Ou se separavam ou assumiam. Viajar para quê?

Só que era a esposa, e não o marido, como pensei a princípio, quem teria cometido o adultério. Uma jovem bonita, recém-casada, professora de História, havia deixado de dar aulas no tradicional Colégio Rosa Castro para se dedicar à sua nova condição de dona de casa. Não ficava bem continuar trabalhando, já que o marido, um homem de posses, podia sustentá-la.

Nesse tempo, o trabalho da mulher era quase que uma humilhação para o homem. Esposas, de modo geral, só trabalhavam fora quando seus maridos não eram capazes de sustentar a casa sozinhos. Louco por uma história (lida, ouvida ou, de preferência, inventada), eu gostava de misturar fatos reais com outros imaginados e contar em forma de versos, tipo cordel. Com a atenção voltada para a conversa dos adultos, me descuidei do jogo. Mesmo perdendo, passei a me concentrar mais na conversa que na partida. Só fazia jogadas pela direita, para ficar mais perto do sofá onde nossos pais conversavam. Será que eu tinha

---

[1] Música composta por Dorothy Fields e Jimmy McHugh.

ouvido direito? Seria isso mesmo? Foi quando observei os olhos esbugalhados da minha mãe, da minha tia e do meu tio, atentos para a história que o meu pai contava, preparando-se para a revelação que viria a seguir. Acho que puxei dele esse gosto por contar histórias. O adultério não teria sido cometido com outro homem, mas com uma moça. Caramba! Um escândalo e tanto, pelos conceitos da época.

Numa cidade pequena e conservadora, com sua rotina arrastada, influenciada pelos casarões e sobrados seculares, nada como um bom escândalo para sacudir a monotonia do dia a dia. Na conversa deles, os detalhes menos comprometedores eram falados sem os cuidados do segredo.

Apaixonada pelo magistério, a professora tinha obtido licença do marido para dar aulas particulares em casa, sem remuneração, para a neta da costureira da sua mãe, que se preparava para o vestibular da Faculdade de História. Esbelta, um pouco mais alta que a professora, a aluna aparentava mais que os seus 19 anos. Uma linda afro-brasileira pele clareada por sucessivas miscigenações, mas ainda conservando traços da sua ancestralidade negra, a moça era um belo exemplo das vantagens da mistura de etnias. Pude perceber o entusiasmo do meu pai descrevendo os seus olhos castanho-claros, que mudavam de tom conforme a claridade, como se o mel se dissolvesse em luz até chegar a um suave amarelo esverdeado. Estremeci só de pensar.

Com meus 14 anos recém-completados, baseado no relato do meu pai, mas certamente influenciado pelos meus hormônios, fiquei imaginando a moça a caminho da aula particular, abraçada a seus cadernos, cheirosa, com cabelos ainda úmidos do banho, num vestido solto, de alça, com seu par de olhos de mel dissolvido em luz, e eu a seguindo com os meus olhos cobiçosos, para observá-la por outro ângulo, depois que passasse. Encantado com os olhos, talvez nem reparasse nas suas formas generosas, descritas pelo meu pai com muita delicadeza.

Distraído com a história, perdi o jogo de lavada. Nem me lembro mais do placar. Hora de ir para casa. Recolhi os botões e fomos caminhando pela Rua do Passeio, eu, minha irmã mais nova e meus pais, devagar, prestando atenção na calçada mal iluminada.

Numa límpida noite de estio, com um fiapo de lua nova já descendo no horizonte, pros lados da Praia Grande, todo o protagonismo ficava por conta da exuberante Via Láctea, com sua miríade de estrelas esparramadas num arco que abraçava o céu de uma ponta a outra.

Inspirado, já tecendo a trama pelo caminho, esperei que todos se recolhessem, peguei papel e caneta e comecei a escrever. Entrei pela madrugada, com a luz fraquinha do abajur da cabeceira, e fui escrevendo e rimando, tentando lembrar dos detalhes.

E xingando Nat King Cole, que tanto tinha me atrapalhado.

Preenchendo as lacunas com a imaginação (e quantas lacunas havia nessa história, e quanta imaginação eu tinha), sem conseguir parar de escrever, varei a noite até que o sono me venceu, e acabei dormindo por cima dos versos.

Claro que, numa relação entre duas jovens, não poderiam faltar momentos de forte conteúdo erótico. Ainda mais narrados por um adolescente metido a poeta. Ia escrevendo e escondendo as folhas, para que ninguém lesse a minha escrita atrevida.

Dias depois, concluída a narrativa, agora era tratar de esconder. Afinal, essa era a minha "obra" mais consistente até aquele dia. Dobrei as folhas (que não eram poucas) bem dobradinhas, procurei uma fresta entre uma tábua e outra do velho assoalho da sala. Em um canto bem escondido, encaixei-as cuidadosamente.

De vez em quando ia lá conferir, para ver se ainda estavam no lugar. Nunca reli, com medo de ser surpreendido pela minha mãe com aqueles versos nas mãos.

Certo dia, chegando em casa, senti cheiro de cera, o que para mim era sinônimo de festa. Lembrei que estávamos na semana do Natal, e as empregadas estavam fazendo uma faxina geral, varrendo o assoalho e espalhando a cera com o escovão, exatamente no local onde eu havia escondido a minha obra. Que já não estava mais lá. Será que, com o peso do escovão, ela havia escorregado pela fresta e caído no porão? Será que as moças da faxina a tinham encontrado? E se encontraram e levaram para a minha mãe? Claro que eu não iria perguntar se alguém tinha visto ou guardado. Fiquei quieto e guardei aquilo para mim.

Procurei me conformar com a ideia de que os meus versos tinham se perdido para sempre. Pela fresta do assoalho, eles atravessaram a linha do tempo em direção ao passado e foram se esconder naquele porão secular, onde ninguém nunca tinha entrado. Talvez estejam por lá até hoje, encobertos pela poeira do tempo.

Perdi os versos. Com muita dor, acabei aceitando. Mas a história, bem, aquela não era uma história que se deixasse perder assim. Merecia ser contada. Nem tanto pelo inusitado do caso, mas por conta do turbilhão de emoções e sentimentos que poderia envolver uma relação proibida, numa cidade aprazível, porém puritana, num tempo de recato, religiosidade e muito preconceito.

Uma relação afetiva entre duas mulheres não fazia parte do imaginário coletivo da cidade, mas certamente sua revelação despertaria forte reprovação e censura. Ainda mais sendo uma delas afrodescendente, numa época na qual o racismo era velado, mas muito eficiente em separar as "pessoas de cor" das demais. Como essas jovens teriam lidado com isso? Teriam sufocado os seus sentimentos e desejos? Ou teriam enfrentado o preconceito e encontrado uma maneira de viver a sua relação? Queria abordar o assunto com empatia, delicadeza e respeito. Não desistiria de contar essa história.

Nossa cidade, impregnada de passado e muitas tradições, guardava ainda muito dos hábitos de tempos remotos. Sobranceira à Baía de São Marcos, virada para o poente e envolvida pelos rios Anil e Bacanga, no seu entorno ocorre, diariamente, uma das maiores diferenças de marés do mundo, fazendo de São Luís quase que uma ilha dentro de outra, ilhada em si mesma e nos seus costumes.

A força renovadora da maré enchente, que invade as calhas dos rios e se impõe sobre a sua correnteza, invertendo o sentido do fluxo das águas, é a perfeita metáfora para o impulso incontrolável, transgressor, que inverte o sentido do desejo e do afeto, se impondo sobre a correnteza dos costumes.

Com seus casarões e sobrados de fachadas de azulejos, cada um com sua história e seus segredos, debruçados sobre calçadas de pedra de cantaria e enfileirados ao longo de estreitas ruas de paralelepípedos, ficar na janela era uma maneira muito apreciada de interagir com a cidade. Observando o movimento das ruas, dos bondes, dos poucos carros passando; comunicando-se com os vizinhos através de acenos, cumprimentando os passantes (Olá, como tem passado?), que de vez em quando paravam para uma prosa rápida, a vida girava em torno das janelas.

Até os namoros começavam com as moças nelas debruçadas e os rapazes na calçada se esticando para segurar as suas mãos. Só depois de meses, e de um pedido formal aos pais, eram autorizados a entrar e sentar numa cadeira no corredor de entrada, próximo à sala, não muito longe dos atentos olhos dos pais da moça. Um assovio embaixo da janela anunciava para a namorada que o seu amado havia chegado. E cada um tinha o seu próprio assovio, personalizado, para não ser confundido. Mas, por algum código de costumes ancestral, as moças nunca assoviavam, só os rapazes.

Os pregoeiros de rua*[1], com sua voz empostada, passavam anunciando suas mercadorias, beneficiando-se da proximidade entre as ruas e as casas. Os noturnos vendiam pamonha quentinha, quebra-queixo, derressol (um doce cujo nome vinha do preço, *dez réis só*). Os diurnos ofereciam camarão fresco, sorvetes de coco e bacuri, e mais o carvão de varinha, combustível imprescindível para os antigos fogões de alvenaria, ainda muito utilizados, além dos fogareiros e ferros de engomar*. Bastava ouvir o grito cantado do vendedor e correr até a janela.

É claro que, nesse contexto, dar conta da vida alheia era uma atividade praticada com muito gosto. E um ambiente propício para fofocas e meias verdades, especialmente as de cunho sexual, que era então um assunto tabu. Muito desejo reprimido às vezes precisava ser extravasado através da imaginação.

Anos depois, por um desses acasos que só acontecem na ficção, já morando no Rio de Janeiro, conheci uma moça que teria vivenciado de perto o caso do adultério inusitado de 1963, o que logo me reacendeu o entusiasmo de contar essa história. Dizendo-se amiga próxima de uma das personagens, achei que ela poderia saber de muitos detalhes. Embora alguns poucos anos mais

---

[1] Todas as palavras assinaladas com um (*) fazem parte do glossário.

velha que eu, interessei-me imediatamente por ela e iniciamos um breve relacionamento.

Como uma Sherazade moderna, ela foi me contando, aos pedaços, um pouco a cada um dos nossos encontros, o que sabia. Ou dizia que sabia. Às vezes eu desconfiava que ela estivesse usando o mesmo recurso da famosa personagem da lenda persa, inventando histórias só para prolongar a relação. Nem precisava, eu realmente estava gostando dela. Como o namoro durou bem menos que "As Mil e Uma Noites", e terminou de forma abrupta e pouco amigável (ela sempre imaginando que eu tinha mais interesse na narrativa do que na narradora), ficaram ainda muitas lacunas e, não posso negar, uma certa saudade.

Mas o seu relato, *se non è vero, è bene trovato*. Tudo fazia sentido. E algumas passagens eu tive oportunidade de confirmar.

Interessada na importante participação dos negros na construção da sua cidade, Mariana convenceu a professora a acompanhá-la nas pesquisas sobre a saga do seu ancestral escravizado. Visitaram arquivos, museus e igrejas da cidade, até se depararem com alguns envelopes pardos, empoeirados, esquecidos numa velha prateleira do Convento de N. S. do Carmo. Recheados de folhas de papel almaço, já amarelecidas pelo tempo, traziam um surpreendente relato, escrito a bico de pena. No lado de fora do envelope, com uma letra elegante, lia-se:

"Padre Lusitano Marcolino Barreto – Memórias – Alcântara, Maranhão – 1903".

Entre pesquisas, passeios de bonde e conversas descontraídas, saboreando sorvetes de frutas da terra, Ellena e Mariana foram descobrindo afinidades, tornando-se amigas, confidentes, até se descobrirem enredadas nessa relação inesperada, que mudaria radicalmente seus destinos.

Mesclando personagens reais e imaginários, costurando retalhos de histórias de vidas verdadeiras com outras que, por descuido do destino, não chegaram a existir, preenchendo as lacunas com a imaginação, relato para você, amigo(a) leitor(a), esta história, em forma de romance, quase seis décadas depois de acontecidos os fatos, com a emoção e a poesia que a minha modesta, porém esforçada narrativa, foi capaz reproduzir.

Boa leitura.

1 – Largo dos Amores

Levado pela brisa, um discreto perfume de alfazema se espalhou pelo ar a partir da porta de entrada. Ellena sentiu o seu coração acelerar. Uma sensação estranha, como um misto de prazer e medo, trouxe-lhe um desassossego incomum.

O sol ia se pondo na Baía de São Marcos, lá pros lados de Alcântara. Da balaustrada da Praça Gonçalves Dias, debruçada sobre o Rio Anil e a baía, era possível, naquele dia de céu claro, distinguir o contorno distante do casario daquela cidade histórica, além de apreciar o movimento das bianas e costeiras, barcos típicos do litoral maranhense, com suas velas coloridas, voltando para seus abrigos, aproveitando o fluxo da maré enchente.

Numa localização privilegiada, situada sobre um promontório no extremo norte da cidade, a praça se tornara, havia muito, um dos locais preferidos pelos casais de namorados, tendo por isso recebido o apelido carinhoso de "Largo dos Amores".

Nas tardes de domingo, as famílias ludovicenses, especialmente as mais abastadas, que moravam nas redondezas, vestiam suas roupas mais elegantes e iam para lá passear, encontrar amigos e curtir a viração, suave brisa que, no fim da tarde, muda de direção e passa a soprar do mar para a terra, trazendo o seu frescor e aliviando o mormaço que predomina na cidade durante o dia. Ao longo de toda a extensão da praça, erguem-se elegantes palmeiras que, enfileiradas como sentinelas, guardam a estátua do poeta que lhe dá o nome.

Contrariando os seus versos famosos – "Minha terra tem palmeiras onde canta o sabiá" –, quem domina as copas das árvores são os bem-te-vis. Às vezes sozinhos, às vezes em bandos, deslocando-se de uma palmeira para outra, ou para os fios do bonde, e de lá para os beirais dos sobrados, alegram os finais de tarde com seu canto trissílabo e sua divertida algazarra.

Era ali, naquela praça, que a "aristocracia" gostava de desfilar os seus carrões importados, além dos elegantes Aero Willys e Rural Willys bicolores, já fabricados no Brasil, que, conforme se dizia, haviam sido redesenhados com linhas inspiradas na moderna arquitetura de Brasília, nossa nova capital, recém-inaugurada. Os motoristas passavam em baixa velocidade, com as janelas dos carros abertas, braço de fora, cumprimentando as pessoas na calçada. Iam até a rotatória no final da praça e retornavam pela mesma via, vendo o movimento e, sobretudo, sendo vistos.

Exatamente ali, onde os carros faziam o retorno, os trilhos do bonde acabavam. No fim da linha, o motorneiro, de uniforme cáqui e boné, puxava a corda que fazia descer a lança de contato com a rede elétrica, dava com ela um giro de 180° em torno do bonde, e a posicionava no sentido contrário. Em seguida, virava os encostos dos bancos, de modo que os passageiros ficassem de frente para o novo sentido do trajeto, e assumia os controles na outra extremidade do bonde, recomeçando a viagem na direção oposta.

A Igreja de Nossa Senhora dos Remédios, que domina a praça com sua imponente fachada gótica virada para o poente, permitia que os últimos raios de sol daquela tarde entrassem pela porta principal, escancarada para receber os fiéis para a missa das cinco. Os sinos se agitavam no campanário anunciando o início da celebração, enquanto o burburinho das pessoas se acomodando em seus assentos foi lentamente cedendo lugar a um silêncio respeitoso, à espera da entrada do padre.

Maria Ellena e o marido, Arthur, estavam sentados, como de costume, no último banco, para aproveitar a viração. Levado pela brisa, um discreto perfume de alfazema se espalhou pelo ar a partir da porta de entrada. Ellena sentiu o seu coração acelerar. Uma sensação estranha, como um misto de prazer e medo, trouxe-lhe um desassossego incomum. Discretamente, ela se virou para trás e distinguiu, contra a claridade, a silhueta da jovem Mariana, sua aluna particular, de braço dado com a avó, D. Zizi. Ellena não conseguiu entender a razão dessa inquietação.

2 – A Ancestralidade

> *Ellena: Mas agora que esse sobrenome é teu, tu podes, com a tua dignidade, fazer dele um motivo de orgulho, e não de dor. Honrar esse sobrenome será uma homenagem aos teus antepassados escravizados e não aos senhores deles.*

Mariana fechou a porta do quarto com cuidado, trazendo consigo a maçaneta já virada, para evitar que o estalo do trinco despertasse sua avó no meio da sesta. Sabia que ela teria ainda uma longa jornada na máquina de costura, que muitas vezes se estendia até tarde da noite.

Entusiasmada, não cabia em si de tanta expectativa. Saiu de casa com antecedência e atravessou a estreita rua de paralelepípedos, a essa hora completamente deserta. Foi caminhando devagar, protegida pela faixa de sombra projetada pela fileira de casas simples da Rua do Coqueiro, muitas delas do tipo porta e janela. O mormaço do início da tarde, com o sol a pino, mantinha as pessoas recolhidas em casa, descansando o almoço. No final da rua, entrou à direita na Rua das Hortas, onde, alguns quarteirões adiante, morava sua nova professora.

Conferiu o endereço que levava num pequeno pedaço de papel e parou diante de uma casa centenária, do tipo morada inteira, com tribeira, fachada de azulejos e mirante. Com quatro janelas debruçadas sobre a calçada, duas de cada lado da porta de entrada, assentada sobre um porão, a casa ficava bem acima do nível da rua, garantindo assim a privacidade dos cômodos.

As duas folhas da porta da rua estavam abertas, apenas uma cancela de ferro protegia o corredor que levava até a porta do meio. A cancela estava destrancada, mas Mariana, cerimoniosa, preferiu se anunciar dali mesmo. Apoiou os cadernos sobre o batente de cantaria, estendeu os braços por entre as grades da cancela e bateu palmas. Em poucos minutos, a porta do meio se abriu e, para sua surpresa, quem veio atender foi a própria professora, e não a empregada, como era costume na cidade.

Com um sorriso amigável, Maria Ellena convidou Mariana a abrir a cancela e subir os degraus até a parte mais alta do corredor, onde ela ficou à sua espera.

– Pode entrar, Mariana. Estava te aguardando.

– Boa tarde, D. Maria Ellena, agradeço muito por ter aceitado me ajudar na preparação para o vestibular.

– Pode contar comigo, Mariana. Mas, por favor, me chame de Ellena, sou ainda muito jovem para ser chamada de dona. Adoro minha profissão e fico feliz de poder ajudar.

Ellena conduziu Mariana até a mesa da varanda, onde se sentaram para começar os estudos. Com as janelas escancaradas para o amplo quintal, que se estendia nos fundos até a Rua da Alegria, a ventilação era constante, deixando a temperatura agradável e trazendo para dentro de casa o doce cheiro das frutas. Um enorme pé de abricó, que ficava em frente à janela, junto ao muro lateral, transbordava seus galhos sobre o telhado, garantindo sombra em boa parte do dia. A própria casa, construída na segunda metade do século XIX, já era, em si, uma aula de História, guardando a memória e a melancolia da passagem de várias gerações. Entre as árvores do pomar, um poço desativado e fechado ali permanecia como testemunha do tempo em que a cidade ainda não era servida por água encanada, mas o seu formato lembrava um túmulo redondo, servindo assim como metáfora à partida dos que ali, naquela casa, viveram e encerraram seu ciclo de vida. Um antigo banheiro externo, que em tempos passados era o único da casa, remetia à época da escravidão, quando os urinóis recolhidos nos quartos pelos escravos lá eram despejados.

– Então, Mariana, vamos ser colegas. Também queres te dedicar ao estudo da História?

– Pois é, Ellena. Eu sempre gostei de História, mas ainda tinha um pouco de dúvida a respeito da minha profissão, até que fui convidada para assistir à formatura do Curso Normal de uma amiga, no auditório da Biblioteca Benedito Leite. Você era a paraninfa da turma e estava se despedindo do magistério. Aquele seria o seu último ano como professora do Colégio Rosa Castro. O seu discurso foi uma verdadeira aula. Você falou da profissão com tanto entusiasmo que mexeu comigo. Foi um momento de grande emoção para todas as suas alunas formandas e as famílias e amigos que estavam presentes. Vi muita gente tentando disfarçar as lágrimas com as pontas dos dedos. Até D. Rosa Castro se emocionou, lamentando que você estivesse deixando de dar aulas.

– Que bom que tu estavas lá, Mariana, realmente foi um momento de muita emoção para mim também. Deixar de dar aulas foi uma decisão muito difícil, dolorosa mesmo, mas eu ia me casar em poucas semanas e precisei me afastar do magistério por uns tempos.

Mariana percebeu o contraste entre o peso daquela casa sombria, embora confortável, e o brilho dos olhos de Ellena, inquietos, cheios de vida, de entusiasmo, o seu jeito de falar sorrindo, o doce som da sua voz, o viço da sua pele. Os móveis antigos, de madeira escura, o pequeno altar, com santos de madeira em volta de uma imagem de Santa Terezinha; os retratos de antepassados do seu marido pendurados nas paredes, já desbotados; o relógio de pêndulo, dando uma badalada a cada meia hora, que provavelmente ali estava havia décadas, marcando a monotonia da passagem de dias iguais; os seus sonhos interrompidos, o magistério abandonado, a sua aparente submissão aos costumes, nada combinava com aquela mulher vibrante, culta, que fez o discurso naquela festa de formatura. Ellena, mulher à frente do seu tempo, não cabia naquela redoma de passado.

– A minha professora de História dá aulas sentada atrás de uma mesa, lendo um caderno, sem nenhuma motivação. Algumas alunas até cochilam, de tão monótonas que são as aulas. Mas quando eu ouvi você falando com aquela paixão, aquele entusiasmo, não tive mais dúvidas. Era aquilo que eu queria para mim. Tomei a decisão ali mesmo, naquele momento. Fiquei muito tocada com uma frase que você citou, de um filósofo: "A liberdade consiste em conhecer os cordéis que nos manipulam". Anotei assim que acabou a cerimônia, só não consegui lembrar o nome do filósofo.

– Espinoza, Mariana. Baruch Espinoza.

– Ah, obrigada, agora vou anotar. Cheguei em casa e comentei com a minha avó sobre o seu discurso e a minha decisão. Ela me perguntou o seu nome, e eu disse que era Maria Ellena, com E. Ela arregalou os olhos e disse que sua mãe é uma antiga cliente dela, que conhece você desde criança, e que sabia que você era professora conceituada, só não sabia que estava deixando o magistério. Agora, um ano e meio depois, ela me fez essa surpresa. Sem eu saber, pediu à sua mãe que lhe consultasse sobre a possibilidade de me ajudar na preparação para o vestibular. Como você concordou, ela chegou em casa toda entusiasmada e me deu a notícia. Nem acreditei. Fico muito grata.

– E eu fiquei muito feliz com a proposta da tua avó, Mariana. Gosto muito de D. Zizi. Tenho até hoje o vestido que ela fez para a minha festa de 15 anos. Gostei tanto que guardei de recordação. Eu e minha mãe ficávamos impressionadas com a facilidade com que ela reproduzia qualquer roupa que visse numa revista. E o caimento era sempre perfeito. Eu estava com saudade da minha profissão e fiquei feliz com a oportunidade de voltar a dar aulas. Ainda mais sendo para uma aluna tão interessada.

– Minha avó sempre me incentivou muito nos estudos. Ela sente o maior orgulho por eu estar me formando no Curso Normal. Ela adora me ver vestida com o uniforme de normalista, com a saia azul e a blusa branca, tão tradicionais, e que ela mesma fez. E agora ela apoia muito o meu desejo de fazer faculdade. Ninguém na minha família foi tão longe nos estudos. Mas eu me sentiria mais à vontade se você cobrasse pelas aulas.

– Nem pensar, Mariana, darei as aulas com muito prazer. Tenho muita consideração pela tua avó. O que mais te atrai no estudo da História?

– Tenho muito interesse em conhecer a história dos meus antepassados. Mesmo sendo miscigenada, com avô e pai brancos, passo tardes inteiras na biblioteca pesquisando sobre esse assunto. Fiquei muito impressionada com a descoberta de que nossa cidade, tão linda, com esse patrimônio arquitetônico imenso, foi toda construída com o trabalho dos escravizados. Cada porta, cada janela, cada azulejo colorido desses belos sobrados passou pelas mãos de um negro. Cada paralelepípedo das ruas, cada pedra de cantaria, como essas das nossas calçadas, foi colocada ali por um cativo que trabalhava de sol a sol. Aprendi que essas pedras vinham de Portugal nos porões dos navios, que nada traziam de valor, só levavam. Portanto, serviam de lastro, para dar estabilidade às embarcações vazias. E eram aproveitadas no calçamento e nos portais. Fico me perguntando: por que as pessoas, em vez de serem gratas a esses trabalhadores, tratam com desprezo os seus descendentes?

– Tu tens toda a razão, Mariana, e nós, historiadores, precisamos fazer a nossa parte, esclarecendo, levando conhecimento, para, aos poucos, irmos mudando essa mentalidade.

– Numa terra como a nossa, com predominância de negros na sua população, são raros os livros de História que valorizam essa contribuição. Parece que os negros se tornaram invisíveis para os historiadores. Numa das minhas pesquisas, encontrei na biblioteca um exemplar da *Revista Maranhense*, de 1887, em que foi publicado o conto "A Escrava", escrito por Maria Firmina dos Reis, uma escritora negra, autora do livro *Úrsula*, considerado o primeiro romance abolicionista do Brasil, publicado em 1859. Filha de uma escravizada com um homem branco, além de ser considerada a primeira escritora brasileira, ela foi a primeira professora negra concursada do Maranhão. Uma grande inspiração para mim, sabe? Mas, no colégio, nunca ouvi qualquer professor se referir à participação dos negros no processo de desenvolvimento do nosso estado. Li que eles eram capturados em diferentes regiões da África, com culturas e línguas diversas, mas quando chegavam aqui viravam uma coisa só: mão de obra, sem passado, sem futuro, sem história. Misturados, apartados das suas famílias, vendidos separadamente dos filhos, mulheres, maridos. Seus nomes de origem eram trocados por outros, mais comuns por aqui, muitas vezes escolhidos com requintes de crueldade, chegando-se a usar o mesmo nome do traficante ou do atravessador que os vendeu, ou do navio negreiro que os trouxe à força da sua terra. Os sobrenomes passavam a ser os dos senhores, como um certificado de propriedade, muitas vezes com as iniciais deles gravadas a ferro quente nas costas dos escravizados, como gado. E os descendentes precisavam carregar esses sobrenomes pela vida afora. A identidade e a liberdade ficavam lá na África. Suas vidas então passavam a ser somente de trabalho e sofrimento. Antes, eu sentia vergonha de ser descendente de negros. Agora, conhecendo um pouco mais da história, passei a ter orgulho da minha origem. Fico pensando que este sobrenome, "Sá", que eu carrego, com certeza foi herdado dos senhores dos meus antepassados, e imagino quanto sofrimento deve ter causado a eles. Por isso o aforismo do Espinoza, que você citou na festa de formatura, mexeu tanto comigo. Um desses cordéis que nos manipulam é exatamente o que nos liga aos nossos antepassados. E até disso os negros foram privados. Da sua ancestralidade. Meu interesse por esse assunto talvez já fosse uma indicação da minha vocação. Seu discurso foi a centelha de que eu precisava para me decidir. Fiquei me imaginando professora, orgulhosa, ensinando para os meus alunos sobre esse legado que os nossos antepassados nos deixaram.

– Fico feliz com a tua percepção, Mariana, realmente tu tens muitos motivos para te orgulhares da tua origem. Mas agora que esse sobrenome é teu, tu podes, com a tua dignidade, fazer dele um motivo de orgulho, e não de dor. Honrar esse sobrenome será uma homenagem aos teus antepassados escravizados, e não aos senhores deles. O que tu já sabes sobre os teus ancestrais?

3 – Segredo de Família

Mariana: E a minha tia foi falando, sem censura, botando para fora tudo o que estava entalado, não no seu estômago, mas no seu coração. A dor, afinal, foi mais forte que o silêncio.

—O meu trisavô se chamava Sebastião Sá, era escravizado no extremo oeste do estado, mas conseguiu fugir, ainda jovem, e veio morar aqui em São Luís. Gostaria muito de ter mais informações sobre ele, onde viveu, como conseguiu fugir. Deve ter sofrido muito enquanto esteve em sua condição de cativo. Mas eu percebia que esse era um assunto que os meus poucos parentes evitavam, fechavam-se em silêncio e mudavam de assunto quando eu perguntava alguma coisa, como se todos tivessem medo do passado. Desconfiava que houvesse algum trauma, algum segredo que tinham receio de ser revelado. Você acha que é possível encontrarmos algum registro sobre a vida de um escravo?

– É possível, sim, Mariana, mas essa pesquisa é um desafio. Tentar encontrar registros de fatos passados não é tarefa fácil, mas é muito estimulante. É como o trabalho de um detetive, que junta fragmentos dispersos para tentar reconstruir uma história.

O que os teus parentes mais velhos contam sobre o teu trisavô, mesmo que com algum receio?

– Quando minha avó me deu a notícia de que você tinha aceitado me dar aulas, eu insisti para que fizéssemos uma visita à irmã dela, tia Mundica, bem mais velha que minha avó. Eu já tinha a intenção de pedir a sua ajuda nessa pesquisa, e queria trazer mais informações para que tivéssemos um ponto de partida. A minha avó me avisou logo que tia Mundica provavelmente não ia querer falar sobre esse assunto, mas, diante da minha insistência, ela acabou aceitando. Mais por vontade de reencontrar a irmã, talvez. E fomos visitá-la nesse último domingo. Pegamos o bonde do Anil e descemos na Jordôa, onde ela mora. Tia Mundica nos recebeu com a simpatia de sempre, na sua casinha simples, mas bem cuidada. Cozinheira de mão cheia, ela estava preparando para nós um cuxá* com torta de camarão. Fomo-nos acomodando em torno da mesa da cozinha, enquanto ela nos dava notícias dos filhos e dos netos. Sem se descuidar das panelas, de vez em quando ela ia até o fogão, atiçava as brasas com o abano de pindoba, tirava uma prova do cuxá com a ponta da colher de pau, pingava na palma da mão, conferia o tempero e voltava pra mesa. Estava feliz com a nossa visita, chegando até mesmo a abrir uma garrafa de cerveja. Minha avó tomou só meio copo, apenas para acompanhar, e minha tia se encarregou do resto, o que eu acho que ajudou muito a amolecer sua resistência a falar sobre o passado. Eu fiquei só no Guaraná Jesus, como sempre. O cheiro gostoso da comida sendo preparada com carinho foi tomando conta da cozinha, nos estimulando o apetite e nos envolvendo num clima favorável às confidências de família. Enquanto conversávamos, eu ficava só observando, comparando as duas irmãs. Minha avó, ainda esbelta, elegante no seu vestido de fazenda* estampada, preso na cintura com um cinto feito do mesmo tecido, como recomendava a última moda das revistas *Manchete* e *O Cruzeiro*. Tia Mundica, com seu corpo volumoso, hoje menos preocupada com roupas, parecia carregar nas ancas todo o peso da sua vida de lutas. Da mulher bonita de tempos atrás, conservava agora apenas o sorriso, que ela sempre esbanjou, e ainda hoje não economiza, e que em tempos idos havia virado a cabeça de muitos homens. Namoradeira, nunca casou, mas teve duas filhas e um filho, cada um de um pai. Criou os três sozinha, preparando bolos e doces para aniversários, um trabalho que ela faz ainda hoje.

– Lá em casa, Mariana, sempre comentávamos sobre a elegância de D. Zizi. Minha mãe dizia que ela só usava roupas bem talhadas para fazer propaganda do seu talento de costureira.

– Minha avó sempre gostou de andar arrumada. Ela diz que negros e seus descendentes só são respeitados quando estão bem-vestidos. Ela fala baixinho, com sua voz doce, mas firme; é muito querida, mas é econômica nos sorrisos e nos gestos. O oposto da minha tia, exagerada nos modos, sempre espontânea e afetuosa. Gosto muito de tia Mundica. É uma pena que ela more tão distante e nos vejamos tão pouco. Conversamos sobre assuntos variados, para descontrair, até que eu consegui que começássemos a falar da família. Meu trisavô teve uma filha e três netas, sendo minha avó bem mais nova que as outras duas, e era adolescente quando ele morreu, já idoso. Mas tia Mundica, a mais velha, conviveu bastante com ele. Ela lembra que ele era um negro alto e grisalho, e muito afetuoso com a filha e as netas. Trazia sempre um lápis atrás da orelha, cacoete de carpinteiro, e vivia desenhando para elas. Ela lembra que ele falava muito num tal Padre Barreto, que era o vigário da Igreja Matriz de São Mathias, em

Alcântara, e que o tinha ajudado a fugir para São Luís. Depois da abolição da escravatura, muitos anos após a fuga, ele costumava atravessar a baía para visitar o padre. Só batizou sua filha, Emília, minha bisavó, depois da Lei Áurea, porque fazia questão que ela fosse batizada em Alcântara por esse padre. Dizia que ele era amigo dos negros. Devia sua liberdade ao padre, e por ele era capaz de fazer qualquer coisa.

– É um ótimo começo, Mariana. Mais fácil seguirmos os passos de um padre que de um homem escravizado e fugido, não é mesmo? E através das informações sobre o padre podemos, talvez, chegar a alguma pista sobre teu trisavô.

– Claro, Ellena, é essa a minha esperança. Vô Sebastião era mestre carpinteiro naval, e tinha um pequeno estaleiro artesanal na margem esquerda do Rio Anil, na Camboa, perto de onde eu moro. Ele morava por lá também, no terreno da oficina, na beira do rio. Construía bianas* e costeiras*, desenhava muito bem. Aprendeu sozinho, antes até de aprender a escrever. Ele percebeu que todo esse conhecimento sobre a construção dos barcos era transmitido apenas de boca a boca, então passou a registrar em desenhos todos os detalhes construtivos, dimensões, ângulos, curvaturas. Amava esse trabalho e queria deixar um pouco do seu conhecimento para os jovens carpinteiros que viessem a se interessar pela profissão. Tinha vários cadernos com os desenhos e as instruções sobre a construção dos barcos. Imaginava que, talvez um dia, no futuro, alguém tomasse a iniciativa de criar um estaleiro escola. Seria o seu legado para as futuras gerações.

– Que atitude bonita, Mari.

– É mesmo, Ellena, ele tinha esse espírito – concordou Mariana. – Tia Mundica, tagarela que só, e minha avó, que quase não tinha chance de falar, ficaram relembrando histórias da infância, entusiasmadas, revirando o fundo da memória, enquanto almoçávamos. Emocionaram-se, riram, choraram e, aos poucos, foram descontraindo. Sabe aqueles dias em que chove e faz sol ao mesmo tempo? Assim é minha tia Mundica, emotiva, ri e chora ao mesmo tempo, enquanto conta suas histórias. Eu, que até então estava calada, deixando que elas se soltassem, aproveitei o clima e, como quem não quer nada, comecei a fazer perguntas mais diretas, até que chegamos aos fatos que tanto sofrimento lhes causavam. E a minha tia foi falando, sem censura, botando para fora tudo o que estava entalado, não no seu estômago, mas no seu coração. A dor, afinal, foi mais forte que o silêncio. – E prosseguiu.

– É que o meu trisavô, Sebastião, tinha ajudado o Padre Barreto a livrar muitos negros do cativeiro. Ele ia com sua pequena biana até Alcântara, tarde da noite, só com a luz da lua, orientando-se pelos faróis de lá e da Ponta da Areia. Recolhia os negros fugidos e os conduzia até fora da baía, enfrentando mar aberto, onde eles eram transferidos para um barco bem maior, que os levava para longe dali, para o litoral do Ceará, onde os movimentos abolicionistas já eram muito mais organizados.

– Mais um motivo para te orgulhares dele, Mariana. Precisava ter muita coragem para fazer isso. E muita generosidade também.

– É verdade, Ellena, mas a polícia acabou descobrindo, e ele foi preso com a maior violência e levado pelos guardas para o Posto de Polícia, além de sofrer insultos e humilhações. Minha trisavó, Domingas, desesperada, foi até Alcântara pedir ajuda para o Padre Barreto. Ele veio imediatamente, junto com ela. Sabiam do perigo que meu trisavô corria se passasse a noite na cadeia. Podia até ser morto, como já tinha acontecido com outros negros. Conseguiram tomar o último vapor do dia. Chegando ao cais, já escurecendo, subiram na primeira sege* que estava ali estacionada aguardando passageiro. O cocheiro, escravo de ganho*, já conhecia o padre, sabia que ele era amigo dos negros e percebeu a urgência do momento. Zuniu o chicote no ar, fez um estalo com a língua e sacudiu as rédeas. A parelha de cavalos disparou pela Rua do Egito, rumo ao Posto de Polícia, com as ferraduras tirando faíscas dos paralelepípedos, e as rodas de madeira fazendo um estrondo de trovão contra as pedras do calçamento. Os primeiros lampiões dos postes e das casas começavam a se acender, as ruas já iam se esvaziando, quando chegaram ao Posto de Polícia, na Rua de São João. Pegaram o delegado já de saída, mas o padre, com sua autoridade de vigário da Igreja Matriz, exigiu a imediata libertação do vô Sebastião. Foi no grito, já que se tratava de um escravo fugido, que não tinha carta de alforria e nenhum documento. O delegado reagiu, não queria soltá-lo, mas nessa época a autoridade de um padre valia mais que a de um delegado, e ninguém ousava levantar a voz para um vigário. Padre Barreto, sim, falou alto, cresceu pra cima dele, disse-lhe umas verdades sobre o tratamento desumano que a polícia dava aos negros e só saiu de lá levando o meu trisavô livre. Já tinham até raspado a cabeça dele, para humilhar e evitar tentativa de uma fuga. Como não tinha mais vapor naquele dia para voltar para Alcântara, ele teve que pernoitar em São Luís. Mas por garantia, preferiu não ir para o Seminário de Santo Antônio, como de costume. Passou a noite na casa simples do meu trisavô.

– Ele tinha motivo mesmo para gostar tanto desse padre, Mari. E, certamente, o padre gostava muito dele também.

– Com certeza, Ellena, mas o vô Sebastião pagou um preço muito alto. Continuou sendo importunado pela polícia, foi achacado, tinha que dar dinheiro para os policiais para continuar trabalhando. Ele contou para minha tia que, alguns anos mais tarde, quando a notícia da assinatura da Lei Áurea começou a se espalhar, os negros foram deixando as casas dos seus senhores e, aos poucos, tomaram conta das ruas da cidade, caminhando em algazarra em direção ao Largo do Carmo, onde se concentraram e fizeram uma grande festa. E ele, pela primeira vez em muitos anos, pôde andar pelas ruas da cidade e também foi para a praça. Os negros cantaram, dançaram e beberam a noite inteira, mas no dia seguinte veio a ressaca. Não tinham para onde ir, quase nunca tinham instrução ou profissão, nem como se sustentar. Ficaram perambulando pelas ruas. Nenhum branco tinha boa vontade de ajudar, ninguém oferecia um prato de comida, um copo d'água que fosse. A fome apertou, e muitos acabaram voltando para as casas dos seus antigos senhores e continuaram quase na mesma situação de antes. Alguns escravos de ganho, que tinham profissão, haviam passado anos fazendo serviços extras, depois do seu horário de trabalho, juntando um dinheirinho para comprar sua carta de alforria. Quando os senhores, bem informados, souberam que a Abolição era iminente, fizeram a "caridade" de reduzir os valores da alforria. Pegaram o dinheiro que os negros tinham guardado com tanto sacrifício e lhes venderam as cartas, que, semanas depois, não tinham mais valor nenhum porque a escravidão havia sido abolida. Os negros perderam suas economias e ficaram na rua. Muitos escravos eram tão maltratados pelos seus senhores que não quiseram voltar para as suas casas de jeito nenhum, e preferiram ficar pelas ruas mesmo. Meu trisavô, então, abrigou alguns deles na sua oficina e passou a ensinar algumas tarefas mais simples, para que se iniciassem na profissão e pudessem ajudá-lo, recebendo por isso seus primeiros salários. O pai da minha trisavó, Mestre Raimundo, que foi quem começou com o estaleiro, já era idoso e faleceu logo depois da Abolição.

Mas com a ajuda desses novos auxiliares, vô Sebastião passou a aceitar mais encomendas e aumentou a produção, melhorando também a sua renda.

– Aí, todo final de tarde, minha trisavó preparava uma panelona de sopa e oferecia para os negros que não tinham o que comer. Para muitos, aquela era a única refeição do dia. Os que tinham profissão e conseguiam algum dinheiro também ajudavam. Um levava uma galinha, outro, macaxeira, outros levavam quiabo, maxixe, milho, "joão gomes", vinagreira, cará. Um dia, apareceu por lá um negro que tinha conseguido trabalho no matadouro. Sempre que podia, levava um cofo* com ossada de boi, mal descarnada de propósito, para que sobrasse um pouco de carne presa nos ossos. Muito mais que alimento, aquela sopa era um alento. Tinham conquistado a liberdade, mas haviam sido separados dos seus parentes, jogados na rua, sem instrução ou profissão. Ali eles tinham acolhida e convivência com outros negros nas mesmas condições, faziam amizades, trocavam informações, estavam entre iguais. Eram tratados com dignidade. Até alguns casais se conheceram por lá. O estaleiro passou a ser a família de quem não tinha mais família. Aos poucos foram levando os seus tambores rústicos, feitos de troncos de árvores e couro de bode, e ficavam por lá batucando, depois da sopa, para espantar a tristeza e tentar retomar suas tradições africanas. Tentar restabelecer os cordéis que antes os ligavam aos seus ancestrais. O estaleiro – continuou Mariana – então virou ponto de encontro. Cada dia reunia mais negros. Isso despertou a ira dos antigos senhores e da polícia. Temiam que eles acabassem tramando alguma rebelião. Até que um dia, de madrugada, vô Sebastião e a família acordaram no meio de um incêndio. As labaredas se propagaram rapidamente pelas coberturas de palha de pindoba da casa e da oficina. Alguém tinha derrubado a cerca e invadido o terreno, jogado todas as ferramentas no rio e ateado fogo em tudo. Meu trisavô e os outros negros, que estavam abrigados lá, ainda fizeram um mutirão com baldes para tentar conter as chamas, mas já era tarde. Felizmente, minha trisavó Domingas e minha bisavó Emília conseguiram sair às pressas, vestidas apenas com os seus *chambres** de dormir, carregando tia Mundica, que tinha só 3 anos de idade e presenciou toda aquela brutalidade. Nunca se descobriu quem fez ou mandou fazer essa covardia. E a polícia não deu a menor atenção para o caso, pois as vítimas eram "apenas" negros. Com certeza foi vingança de ex-proprietários de escravos, que tiveram muito prejuízo com a Abolição e com a saída dos negros das suas casas para se refugiarem na oficina. Sem o sustento do estaleiro, minha família passou necessidade, teve que ficar um tempo escondida, vivendo de favor. Vô Sebastião demorou alguns meses para se recuperar e retomar o seu trabalho. Todos ficaram muito traumatizados, daí veio o medo. E o segredo. Ninguém na família falava sobre esse assunto, muito menos com crianças, por isso eu nunca fiquei sabendo. Mesmo a minha avó, que já nasceu bem depois do incêndio, não sabia de quase nada. Agora, me vendo adulta e interessada na história dos meus antepassados, tia Mundica resolveu contar. Acho que ela precisava mesmo dividir com alguém aquelas lembranças tão dolorosas.

– E os cadernos com os desenhos dos barcos, Mari, que ele guardava com tanto zelo? – perguntou Ellena, com seu faro de historiadora.

– Acho que se queimaram também. Ele perdeu praticamente tudo o que tinha. A única coisa que sobrou intacta foi uma caixa de zinco, que ele tinha mandado fazer pra guardar as ferramentas que tinham sido do seu pai, e que ele havia usado por muitos anos, tendo depois as substituído por outras mais novas e mais modernas. Tinha guardado apenas pela ligação afetiva. E foi com essas ferramentas que ele, meses depois, retomou seu trabalho e começou a reconstruir sua vida, voltando inclusive a servir a sopa todo final de tarde. Meu trisavô não era um revolucionário; nunca insuflou os outros negros a se vingarem dos seus antigos senhores, mas também nunca se dobrou diante de injustiças. Sua liderança era silenciosa, serena. Falava pouco, ria pouco, mas a sua presença dava segurança e conforto. Sua força era a solidariedade. Muitos anos depois – continuou Mariana –, a filha dele do meio, Catarina, que também nasceu depois do incêndio, contraiu a gripe espanhola, junto com o marido e o filho de 2 anos, e os três não resistiram. Faleceram com diferença de poucos dias, e ninguém da família pôde acompanhar os enterros. Nunca se soube onde foram enterrados. Devido ao grande número de mortos, as carroças do Governo passavam pelas ruas recolhendo os corpos, que eram jogados uns sobre os outros, amontoados, e ninguém sabia para onde eram levados. Só nessas carroças viam-se negros misturados a brancos, sem critério de prioridades. Esse menino foi o primeiro descendente homem do vô Sebastião. Tinha o mesmo nome e era muito querido por ele. Segundo tia Mundica, meu trisavô ficou muito abalado com essa tragédia. Já era viúvo e morreu alguns anos depois.

– Que história triste, Mariana.

– Muito triste, Ellena. Minha tia e minha avó se emocionaram muito revirando essas lembranças, foi uma choradeira só, mas acho que fez bem para elas botarem para fora esses sentimentos tão sofridos, tão antigos, guardados por tantos anos. Quando já estávamos saindo de volta pra casa, no final da tarde, tia Mundica foi até o seu quarto e voltou com esta medalhinha, com a imagem de São Sebastião. Me entregou e fez uma recomendação: "Mariana, vô Sebastião não tirava esta medalhinha do pescoço por nada, devia ter algum significado especial para ele, mas nunca nos disse qual. Quando ele faleceu, eu mesma a retirei e guardei comigo. Como tu estás interessada na história dele, fica para ti. Guarda com carinho. É a única lembrança material que temos dele".

Mariana mostrou para Ellena a medalhinha com a imagem de São Sebastião, que ela passou a usar num delicado cordão de ouro, presente do seu pai.

– Mari, prometo te ajudar nas pesquisas. Podemos visitar o Arquivo Público do Estado, os museus, além das igrejas e conventos, que têm muitas informações bem guardadas. Então já temos o nome, Sebastião Sá. A gripe espanhola se disseminou no Maranhão entre 1919 e 1920, e teu trisavô já era idoso, provavelmente tinha mais de 70 anos. Daí se deduz que, possivelmente, ele tenha nascido em torno de 1850. Dificilmente teria conseguido fugir com menos de 20, 25 anos; portanto, a data provável da fuga dele é entre 1870 e 1880. Agora já podemos iniciar a nossa pesquisa; já temos por onde começar. Vamos ao Arquivo Público na próxima semana?

– Vamos, sim. Mal posso esperar. Como você disse, Ellena, parece mesmo trabalho de detetive.

– Mas, por enquanto, o que tu achas de irmos adiantando as matérias que vão cair no vestibular?

No final da tarde, já encerrando os estudos, ouviram o estrondo de um trovão, e depois outro, e começou a cair uma forte chuva, muito comum na cidade no mês de março. Os pingos grossos estalavam na vidraça das janelas e no telhado, fazendo um barulho que chegava a abafar as vozes na conversa, e o cheiro de terra molhada aos poucos foi invadindo a varanda. Essas chuvas amazônicas estendem-se por todo o primeiro semestre. São copiosas, mas não demoram a passar. Muitas fachadas, como a da casa de Ellena, eram revestidas com belos azulejos portugueses por força da umidade e por refletirem melhor o calor do sol, quase na linha do equador.

Ellena foi até a cozinha e pediu que Bazinha preparasse uns beijus para oferecer à Mariana. Bazinha trabalhava na casa dos seus pais desde antes de ela nascer, tornando-se sua babá, daí o apelido carinhoso. Quando Ellena se casou, fez questão de levá-la para ajudar nos serviços domésticos. Sempre tiveram um carinho muito grande uma pela outra.

– Bazinha, traz os beijus e senta aqui com a gente, vem conhecer Mariana. Não te esquece do Guaraná Jesus, por favor.

Maria Ellena e Mariana não poderiam imaginar o que o destino lhes reservava a partir daquela tarde.

4 – Visita ao Arquivo Público do Estado

Era preciso tratar aqueles frágeis papéis amarelados com delicadeza e respeito. Eles têm muitas histórias para contar, talvez até a sua própria.

Mariana chegou à casa da professora, na hora combinada, para seguirem juntas até o Arquivo Público do Estado. Arthur, marido de Ellena, havia se oferecido para dar carona a elas, mesmo desviando-se um pouco do seu percurso habitual em direção à fábrica.

– Obrigada, querido, não se preocupe de nos buscar. Voltaremos para casa de bonde no final da tarde.

Desceram na Praça João Lisboa e seguiram a pé pela Rua de Nazaré até o nº 218, onde fica o Arquivo Público do Estado, um imponente prédio do século XIX. Mariana, encantada, percorreu com os olhos aquele mundo de prateleiras enfileiradas, repletas de pastas bem organizadas e catalogadas, contendo milhares de documentos. Foi o seu primeiro contato com o ambiente e o trabalho dos historiadores. Atônita, com olhos espantados de menina que acaba de descobrir um mundo novo, sentiu-se perdida no meio de tantas caixas do arquivo, ainda que estivesse ali, do seu lado, sua professora, que tinha tanta intimidade com aquele ambiente. Eram documentos centenários, dos períodos Colonial, Imperial, da República Velha e de tempos mais recentes. Algumas daquelas pastas poderiam conter informações importantes que levassem ao encontro de sua ancestralidade. Com sorte, pelo menos um fragmento que fosse ela esperava encontrar. Orientada por Ellena, Mariana calçou as luvas cedidas por uma zelosa funcionária do APE, que as auxiliava na pesquisa. Era preciso tratar aqueles frágeis papéis amarelados com delicadeza e respeito. Eles têm muitas histórias para contar, talvez até a sua própria.

– Ellena, o que você acha de tentarmos encontrar alguma coisa nos jornais de Alcântara da época?

– O teu raciocínio está correto, Mariana, mas Alcântara nunca teve jornal. Apesar da importância da cidade, como era muito próxima de São Luís, os jornais daqui eram lidos lá. Alcântara era a cidade da aristocracia rural, e São Luís era a capital cultural e administrativa, além de ser um pujante centro de comércio. Teremos que pesquisar nos jornais de São Luís mesmo.

– Pois é, Ellena, mas é um período de dez anos, entre 1870 e 1880, conforme você calculou. É muito tempo.

– Mas é assim mesmo, estamos só começando. Com mais algumas informações que a gente conseguir, será possível ir fechando essa janela de busca. Vamos começar pelo *Diário do Maranhão*, que era um dos principais jornais da época. Vamos procurar primeiro nos anúncios de compra e venda de escravos.

– Parece que nesse jornal tem mais anúncios de escravos que notícias, observou Mariana.

– É verdade. Havia um mercado muito ativo de compra e venda de escravos, e muitas vezes os donos de negros fugidos colocavam anúncios nos jornais oferecendo recompensa para quem ajudasse a encontrá-los ou denunciasse seu esconderijo. Afinal de contas, tinham sido comprados, valiam dinheiro. Por aí podemos encontrar alguma pista.

Logo num dos primeiros exemplares examinados, um anúncio se destacou dos demais:

"*Vendo quatro peças. Um preto forte e habilidoso com a lavoura, de aproximadamente 35 anos; uma preta da mesma idade, que sabe cozinhar; e dois filhos do casal, de 11 e 12 anos, que já pegam bem na enxada. Vendo o lote ou peças avulsas.*"

E outro:

"*Procuro preto fugido, de boa estatura, mais ou menos 40 anos, com marca a fogo nas costas com as inicias F.R. Ofereço boa recompensa.*"

– É de arrepiar ver como era possível tanta crueldade – observou Mariana, indignada. – Nem parece que estavam tratando de seres humanos.

– É verdade, tu vais ver coisas horripilantes nesses jornais.

Com a mesa cheia de exemplares do *Diário do Maranhão*, ficaram um bom tempo procurando alguma nota que pudesse ter relação com o trisavô Sebastião. Nada encontrando nos anúncios de escravos, passaram para outra sessão.

– Mariana, agora vamos procurar nas notas sociais. Talvez se encontre alguma coisa sobre o Padre Barreto.

Após examinarem alguns exemplares, Mariana disse:

– Ellena, aqui tem uma nota sobre um Padre Barreto, de Alcântara. Tem boa chance de ser o mesmo de quem o meu trisavô tanto falava. – E prosseguiu a leitura. – *24/03/1878* – ..."*Pregou ao encontro e na entrada o reverendo sr. vigário Lusitano Marcolino Barreto, que prendeu a atenção do auditório e comoveu-o*".

– É verdade, a data é compatível, pode ser o mesmo padre.

Continuaram a pesquisar em outros jornais e, então, Ellena falou:

– Outra, Mariana: "*Passeio higiênico. Acometido de beribéri* o rvd. Pe. Lusitano Marcolino Barreto retirou-se para a fazenda de seu amigo cap. Mariano Augusto de Araújo Cerveira e dali seguirá para Santo Antônio e Almas, empreendendo depois um passeio higiênico pelas demais localidades do distrito eleitoral, de que é candidato*".

– Ellena, fico imaginando o que seria um passeio higiênico. Mas olha esse outro jornal aqui. A primeira página inteira é dedicada à transcrição de um discurso do Padre Barreto na Assembleia Provincial. Data: 17 de outubro de 1879.

– Pronto. Com certeza é o mesmo. E, além de padre, ele também foi deputado, isso vai facilitar muito o nosso trabalho.

– Foi o que eu pensei.

– Bem, Mari, já conseguimos bastante coisa hoje. Vamos fazer uma pausa e tomar um sorvete?

– Claro, já estou mesmo cansada. E triste com esses anúncios sobre os escravizados.

Atravessaram a Rua de Nazaré e subiram a escadaria que leva à Praça Benedito Leite, num nível bem mais elevado que o da rua. As duas seguiram caminhando e conversando pela praça até o Hotel Central, que era ali do lado, onde se sentaram em uma das mesas externas.

Curtindo a brisa da tarde, descontraídas, observando o movimento das pessoas indo e vindo dos seus afazeres, conversaram como duas amigas, o que realmente estavam se tornando. Havia quanto tempo Ellena não tinha um momento como esse, recolhida que estava desde o casamento, tentando levar uma vida conforme o modelo estabelecido pelos costumes da cidade, à sombra do marido.

– Mariana, lembro que tua avó falava com muito orgulho de vocês, filha e neta, do carinho que tinham com ela. Dizia que a tua mãe era uma moça bonita, que fazia muito sucesso com os rapazes, quando solteira, e que achava que a neta, na época ainda criança, iria pelo mesmo caminho.

– Coisas da minha avó, Ellena. Ela gosta de dizer, meio de brincadeira, que nós somos uma linhagem de pretas bonitas, que engravidaram de homens brancos que sumiram quando souberam da gravidez. Assim, fomos clareando a cada geração. Fala isso de experiência própria. Ela e o pai da minha mãe estavam juntos havia um bom tempo e eram apaixonados. Ele era caixeiro viajante e costumava ir de trem pelo interior do Maranhão, parando de cidade em cidade, até Teresina, vendendo suas mercadorias. Depois voltava no mesmo trem. Uma vez, como de costume, ela foi levá-lo à estação e despediram-se, fazendo planos de casamento. Logo depois, ela soube que estava grávida e mandou uma carta para ele, feliz, comunicando a gravidez. Só que ele nunca respondeu. E nunca mais voltou. Ela ouvia lá de casa o apito do trem chegando de Teresina e ficava esperando que ele viesse e batesse na sua porta. Ficou meses nessa expectativa, mas ele nunca mais voltou. Nem deu notícias. Ele dizia que amava a minha avó, mas era branco, e talvez não quisesse ter filhos mulatos. Ela sofreu muito com isso e teve que criar a minha mãe sozinha. Até hoje eu percebo que ela ainda gosta dele. Ela costuma costurar ouvindo rádio e cantarolando, acompanhando os cantores. Outro dia, quando ouviu essa música do Luiz Gonzaga, "De Teresina a São Luís", composição do nosso conterrâneo João do Vale, que fala exatamente desse trem, ela ficou em choque, e vi lágrimas grossas escorrerem pelo seu rosto. Só nesse dia ela resolveu me contar sobre o relacionamento com o pai da minha mãe, que eu nem considero avô. Nunca o conheci, e ele fez minha avó sofrer muito.

Mariana suspirou e continuou.

– Eu lembro que, quando era criança, acordava bem cedo e ficava deitada na rede esperando o apito do trem, que passava lá embaixo, margeando o Rio Anil, pros lados do Jenipapeiro, começando sua viagem para Teresina. E lá ia ele, *tchuc, tuc, tchuc, tuc*, com a locomotiva "comendo lenha e soltando brasa", como diz a música que tanto mexeu com o coração da minha avó. Passava apitando e fazendo aquele barulho que a gente entendia como "café-com-pão-bolacha-não, café-com-pão-bolacha-não". Nessa hora, eu percebia que ela ficava triste, mas não sabia por quê. – E prosseguiu. – O meu pai foi o único que não sumiu, Ellena. Não me deu o seu sobrenome porque era desquitado, mas me deu muita atenção e carinho. Ele morava com a minha mãe no Rio de Janeiro. Era radiotelegrafista da Costeira, aquela companhia de navegação dos famosos navios com nomes que começam com "ITA".

– Sim, conheço, Mariana. Ficaram famosos por causa da música "Peguei um Ita no Norte", de Dorival Caymmi.

– Isso mesmo. Minha mãe também trabalhava nessa mesma empresa, lá no Rio. E meu pai vivia viajando; por isso, eu fiquei morando com a minha avó.

– Mariana, tu chegaste a viajar alguma vez nesses navios?

– Muitas vezes. Todo mês de janeiro meus pais vinham me buscar para que eu passasse meu aniversário com eles a bordo. Minha mãe vinha antes, em dezembro; passava o Natal conosco e, no começo do ano, me levava para o navio, onde meu pai ficava nos esperando. Aí, íamos até Belém, que era o último porto, e por isso o navio ficava mais tempo atracado lá. Meu pai tinha alguns dias livres e aproveitávamos para passear. Na volta eles me deixavam em casa e seguiam viagem para o Rio de Janeiro. E foi assim ano após ano, até que ele faleceu, quando eu tinha 9 anos.

5 – Mariana Viajando de "Ita"

Mariana: Meu pai então me deu um abraço bem apertado e percebi que ele também estava com os olhos molhados. Enxugou as minhas lágrimas e as dele e resolveu, na última hora, que eu iria continuar a viagem com eles até o Rio de Janeiro.

—Na véspera de embarcarmos – relatou Mariana –, eu, minha mãe e minha avó ficávamos até tarde da noite preparando os doces para a minha festa de aniversário, que o meu pai fazia para mim a bordo. Eu adorava ajudar a embrulhar as pastilhas de hortelã em papel de seda colorido. A casa toda ficava cheirando a hortelã. Como o navio ficava poucas horas em São Luís, meu pai nem desembarcava. Nós levávamos de casa os doces e o bolo (e as pastilhas, claro) e, assim que o navio zarpava, meu pai convidava todas as crianças, filhas dos outros passageiros, e fazíamos uma grande festa. E a gente dava as pastilhas de hortelã para as crianças, depois de cantar parabéns, conforme a nossa tradição. Só as brincadeiras de roda, tão comuns nos aniversários de meninas, é que não davam muito certo. Como tinha crianças de vários estados no navio, descobri que em cada estado se canta de um jeito. Em Belém, meu pai gostava de me mostrar as novidades, me explicava o que tinha de diferente por lá. Eu adorava andar pelo Mercado Ver-o-Peso, às margens da Baía do Guajará. Nunca esqueci o cheiro daquela feira ao ar livre, com uma variedade enorme de peixes, hortaliças, ervas medicinais, artesanato, especiarias. Sempre comíamos tacacá, um prato típico de lá, que deixa os lábios dormentes, por causa de uma folha chamada jambu, conforme meu pai me explicou. Na volta, quando o navio fundeava em São Luís, minha mãe me deixava em casa e seguia com o meu pai. Nas férias de julho eles voltavam e fazíamos de novo o mesmo trajeto. Eu adorava essas viagens. Nas primeiras, quando eu era bem pequena, minha mãe conta que eu enjoava um pouco, mas depois fui me acostumando. A aventura começava já na rampa do cais, quando subíamos na lancha do Chocolate, um homem negro de pele mais clara, daí o apelido.

Mariana ajeitou-se na cadeira e prosseguiu.

– Embarcar com a lancha balançando era um desafio para uma menina com duas bonecas no colo, mas eu não me separava delas. Aí íamos de lancha até o navio, que ficava fundeado lá fora, por causa das marés. Meu pai já nos esperava na escada externa. Vinha me pegar ali embaixo, na lancha, e subia comigo no colo, e claro, com as minhas bonecas. Eu me sentia segura, amparada pelo seu braço forte. E ia escada acima abraçada com ele e sentindo o cheiro da sua loção pós-barba, que eu adorava. Até hoje, quando sinto esse perfume, fico me lembrando dele. Eu gostava de tudo no navio. O balanço, o cheiro do mar, a comida. O taifeiro passava tocando uma sineta, avisando aos passageiros que as mesas estavam postas. Nas refeições, nos arrumávamos como se fosse para uma festa, e meus pais me ensinavam a me comportar e a usar os talheres. Eu adorava ficar no convés brincando com os papagaios que os marinheiros traziam de Belém para vender no Sul. Sempre fui curiosa, e meu pai tinha paciência de me explicar tudo o que eu perguntava. Andávamos por aqueles corredores e escadas estreitas do navio, e ele ia me mostrando cada detalhe. Mostrava a sala de comando, a casa de máquinas, a cozinha, até o cercadinho onde ficavam as galinhas e os porcos vivos, que eles abatiam para servir para os passageiros, já que esses navios não tinham câmara frigorífica. Ele me deixava brincar um pouco com o telégrafo, e me ensinou o código Morse. Até hoje eu sei transmitir meu nome na língua dos telegrafistas. Ele me apresentava para todo mundo, cheio de orgulho, e todos diziam que eu tinha os olhos iguais aos dele. E quem mais ficava orgulhosa era eu. Só quando o navio ia chegando de volta a São Luís é que eu ficava um pouco triste, porque ia me separar deles. Quando eu desembarcava, depois de alguns dias navegando, tinha a sensação de que era o porto que balançava, como se fosse o navio. Quando fiz 9 anos, viajamos em um Ita bem grande, que levava 280 passageiros. Já na viagem de volta, quando vi que o navio estava se aproximando do porto de São Luís, comecei a chorar. Meu pai então me deu um abraço bem apertado e percebi que ele também estava com os olhos molhados. Enxugou as minhas lágrimas e as dele, e resolveu, na última hora, que eu iria continuar a viagem com eles até o Rio de Janeiro. Foi o melhor presente que ele poderia ter me dado. Minha mãe desembarcou para avisar a minha avó e pegar mais algumas roupas para mim. Eu fiquei com o meu pai no navio esperando por ela. E seguimos viagem, contornando toda a costa brasileira, e fui conhecendo as cidades do litoral, onde o navio fazia escala. Quanta coisa interessante eu vi nessa viagem. Dez escalas entre São Luís e o Rio. Fortaleza, Natal, Cabedelo, Recife. Quando estávamos chegando a Maceió, avistei do mar um coqueiro muito estranho, que me chamou a atenção porque o seu tronco fazia uma curva para baixo e depois subia. Meu pai me disse que esse coqueiro era conhecido como "Gogó da Ema", e tinha até virado atração turística. Depois Penedo, Aracaju, Salvador, com o mar muito verde (e com o elevador Lacerda, tão alto que dava para ver do navio). Passamos ainda por Ilhéus, Vitória e, finalmente, Rio de Janeiro. Quando o navio se aproximava dos portos, tinha sempre muita gente esperando no cais. As pessoas balançavam os lenços e acenavam, entre lágrimas, festejando as chegadas. Depois, quando o navio ia zarpando, novos acenos e lágrimas, agora do choro pelas partidas. Na minha cabeça de criança, ficava imaginando que as lágrimas deveriam ser coloridas, uma cor para cada sentimento. Do convés, adorava responder aos acenos das pessoas no cais, mesmo sem conhecê-las. Desde cedo fui acostumada com separações e reencontros. Uma vez, jantamos na mesa do comandante. Ele conversou o tempo todo comigo e me elogiou para os meus pais, dizendo que eu era uma menina muito educada e inteligente. Precisava ver a expressão deles, cheios de orgulho. Quando o navio foi entrando na Baía de Guanabara, reconheci logo o Pão de Açúcar, com os seus famosos bondinhos. No apartamento dos meus pais tinha fotos minhas em todos os cômodos, até no corredor. Fiquei uma semana no Rio, conhecendo os pontos turísticos. Depois minha mãe me trouxe de avião de volta para São

Luís. Foi o melhor passeio de todos. Parece que o meu pai estava adivinhando que seria também o último.

– Que pena, Mariana, lamento muito.

– Foi muito triste para mim e para minha mãe, sabe? Choramos muito, mas continuamos tocando a vida. Minha mãe é uma mulher forte, como a minha avó. Acho que aprendi com elas. Parece que herdamos dos nossos antepassados essa força para superarmos o sofrimento.

Mariana fez uma pausa, enxugou uma lágrima e saboreou o restinho do sorvete. Estavam muito felizes na companhia uma da outra, começavam a descobrir afinidades, interesses comuns, além de uma admiração mútua, que foi surgindo de forma muito natural entre as duas, a ponto de nem sentirem o tempo passar

– Bem, hora de voltarmos para casa, Mariana. Na semana que vem gostaria de fazer uma visita à Igreja da Sé, aqui mesmo, do outro lado da rua. Vamos?

Tomaram o bonde de volta e desceram no fim da linha, na Praça Gonçalves Dias, onde permaneceram por alguns instantes para acompanhar a lenta descida do sol na Baía de São Marcos, junto com a maré vazante. Cada dia um espetáculo diferente, nessa tarde o céu se cobriu de um laranja brilhante, junto à linha do horizonte, enquanto na parte mais alta mantinha um azul bem vivo, com nuvens muito brancas formando desenhos enigmáticos, que às vezes lembravam manadas de cordeiros lãzudos.

Antes que as luzes dos postes começassem a se acender, as duas se dirigiram para a Rua das Hortas.

Mariana entregou um pequeno envelope para Ellena.

– Ellena, gostei tanto deste trecho do livro que estou lendo, que resolvi copiar e trazer para você. Tem tudo a ver com as nossas pesquisas.

A rampa já se tinha enchido e ia se esvaziando. Uma mulatinha escrava gritava que nem doida, lá no fim da rampa, com os pés na água, agitando os braços, soluçando, porque lhe levavam a irmã mais velha, vendida para o Rio. Os tripulantes praguejavam, os barcos enchiam-se numa confusão, e a lanchinha do Portal guinchava de instante a instante silvos que ensurdeciam.

– *O Mulato*, de Aluísio Azevedo[1]

---

[1] Aluísio Azevedo (São Luís, 1857 – Buenos Aires, 1913). Cadeira nº 4 da Academia Brasileira de Letras.

6 – A Janela, o Bonde e o Tempo

Ellena: Eu não quero ser mais uma dessas mulheres que não vivem, apenas ficam na janela vendo o bonde e o tempo passando. Quero ser senhora do meu tempo. Prefiro o bonde à janela.

Ellena se aprontou com antecedência e ficou esperando pela aluna. Bazinha observava como a patroa estava feliz em retomar suas atividades de professora. Preparava as lições com dedicação e vivia fazendo anotações sobre os tópicos a serem abordados nas aulas seguintes. Mariana era como um lampejo de juventude que faltava para iluminar aquela casa sombria. Ellena sentia falta, nos dias em que não havia aula. Sempre aguardava ansiosa pela chegada da sua querida aluna.

– Tu sentes muita falta do teu trabalho, não é, Ellena?

– Muita, Bazinha. Não nasci para ficar presa em casa lendo revista de moda. Quero trabalhar, ser útil, ajudar as pessoas, dar minha contribuição para a sociedade.

– E Mariana parece ser uma aluna muito interessada.

– É verdade, e isso me motiva mais ainda.

Mariana bateu palmas na porta do meio e Ellena se despediu de Bazinha, apressada. Tomaram o bonde na Rua Rio Branco com destino à Igreja da Sé, como haviam combinado na semana anterior, para dar continuidade à pesquisa. Sentaram-se bem na frente, logo atrás do motorneiro, e foram curtindo a brisa provocada pelo deslocamento do bonde, atenuando o mormaço daquela tarde ensolarada.

O Professor Kalil já as aguardava no interior da Igreja da Sé, ao lado da sacristia. Colega de Arthur no Colégio Marista, o jovem professor de História continuou seu amigo, e agora, a seu pedido, as apresentaria ao responsável pela guarda dos livros do convento. Sendo irmão de um padre, ele tinha acesso facilitado aos arquivos das igrejas. Com anotações sobre os sacramentos, como batizados, casamentos e outros procedimentos religiosos, era possível que encontrassem alguma referência ao Padre Barreto. Pela porta ao lado da sacristia, chegaram à área descoberta, nos fundos da igreja, que dava acesso ao convento pela parte de trás, onde ficavam os arquivos.

Tendo já o nome do padre e o período em que ele viveu, ficou mais fácil encontrar uma anotação importante:

> ... *Pe. Lusitano Marcolino Barreto, vigário da Igreja Matriz de São Mathias, em Alcântara, compareceu a esta arquidiocese para prestar esclarecimentos sobre a acusação de que estaria dando cobertura para a fuga de escravos...*

O Professor Kalil observou que a queixa havia sido feita por alguns fazendeiros da região, liderados pelo poderoso Dr. Carlos Fernando Ribeiro, morador de Alcântara e vice-presidente da

Província do Maranhão. Chefe do Partido Liberal, ele era um ferrenho adversário político do Padre Barreto, então deputado pelo Partido Conservador. O conselho, liderado pelo Bispo Policarpo, fez suas diligências, ouviu testemunhas, mas como nada ficou provado, aceitou as explicações do padre e o manteve nas suas funções.

– Provavelmente os fazendeiros já estavam contrariados com a recente Lei do Ventre Livre, promulgada em 28 de setembro de 1871, que considerava livres todos os filhos de escravos nascidos a partir daquela data – destacou o Professor Kalil.

Conseguiram localizar mais algumas informações sobre a formação do padre, seu currículo no seminário, suas aulas de canto gregoriano, anotações sobre a sua primeira tonsura*. Não encontrando mais nada de relevante, resolveram encerrar a pesquisa daquela tarde.

Por sugestão do professor, a próxima visita seria ao Seminário de Santo Antônio, que também possuía um acervo importante.

As duas despediram-se dele e foram caminhando em direção à Praça João Lisboa, onde tomaram o bonde de volta para casa. Tradicional ponto de encontro de homens, era ali, na calçada em frente ao Moto Bar, do lado oposto à Igreja de N. S. do Carmo, que eles costumavam se reunir em rodas de conversas, depois do trabalho, protegidos pela sombra dos sobrados, curtindo a brisa do final da tarde, discutindo futebol, política e, mais prazerosamente ainda, falando mal da vida alheia.

Por onde elas passavam, as conversas paravam, e todos se viravam para admirar aquela dupla de belas mulheres que, indiferentes, seguiam seu caminho. Mal prestavam atenção aos comentários feitos entre dentes.

Como ainda tinham parte da tarde livre, resolveram pegar o bonde da linha que dava uma volta completa na cidade. Felizes na companhia uma da outra, tudo era pretexto para ficarem mais tempo juntas, conversando, trocando confidências.

– Eu estava com muita saudade de fazer um passeio de bonde, Mari. A sensação de liberdade, o vento no rosto, esse balanço gostoso. Adoro essa sineta que o motorneiro toca com o pé, *blém, blém, blém*, chamando a atenção dos pedestres. Admiro o equilíbrio do cobrador se deslocando pelo estribo, com as cédulas dobradas ao comprido em volta do dedo médio e as moedas empilhadas na concha da mão, que ele abre e fecha fazendo esse barulhinho metálico, avisando aos passageiros que é hora de pagarem a passagem. Me divirto vendo os moleques subindo e descendo do estribo com o bonde andando, driblando o cobrador para viajarem de graça. Tem umas figuras interessantes por aqui. Uma vez vi um rapaz que não tinha uma perna, mas mesmo assim driblava o cobrador, rodopiando na ponta da muleta e subindo no estribo; e descia com o bonde em movimento, pulando num pé só, com a muleta debaixo do braço.

– Esse eu já vi, Ellena, é impressionante. Mas também tem um senhorzinho com problemas mentais, conhecido como João Pessoa, que anda sempre bem-vestido, de camisa social, gravata-borboleta e suspensórios. Ele é tranquilo, não mexe com ninguém, mas quando os moleques o provocam, dizendo que ele não vai casar, ele se enfurece e começa a desfiar o seu repertório de xingamentos maternos.

– Verdade, Mari. É triste, mas é divertido. Há quanto tempo eu não fazia um passeio desses, assim, sem compromisso, só pelo prazer de percorrer essas ruas cheias de história. E de pessoas nas janelas, observando a passagem do bonde. E do tempo. Eu não quero ser mais uma dessas mulheres que não vivem, apenas ficam na janela vendo o bonde e o tempo passando. Quero ser senhora do meu tempo. Prefiro o bonde à janela. Parei de dar aulas no Colégio Rosa Castro quando casei, a pedido do meu marido, mas combinamos que seria apenas por pouco tempo. Deixei bem claro que pretendia voltar ao magistério. A rotina das donas de casa desta cidade não combina comigo. Ficam cuidando dos serviços domésticos, lendo revistas de moda e, no final da tarde, arrumam-se e se perfumam para esperar os maridos, que nem sempre reparam nos seus cuidados. É como se elas vivessem através da vida deles, do que eles lhes contam quando chegam em casa. Quando contam. Realmente não nasci para isso. Sinto muita falta do meu trabalho. Quero voltar a ensinar, contribuir com o meu conhecimento para ajudar outras pessoas. Muitas vezes, quando era solteira, pensei em ir morar no Rio de Janeiro, para onde tinham se mudado alguns amigos meus de reuniões literárias, como o José Ribamar Ferreira, que depois adotou o pseudônimo Ferreira Gullar, "nome por ele inventado, como inventada é a vida", como ele costumava dizer. Foram em busca de uma cidade cosmopolita, onde poderiam desenvolver seus talentos. Mas meus pais jamais iriam permitir, então fui me conformando com a permanência por aqui mesmo.

– Também penso muito em morar no Rio, com minha mãe, mas não posso deixar minha avó sozinha. Ela cuidou de mim esses anos todos, não vou deixá-la logo agora, quando precisa da minha companhia. São os nossos cordéis. Temos que conhecê-los para, quem sabe um dia, tomá-los em nossas mãos. Mas quero muito ensinar para as pessoas sobre a força da presença dos negros nesta cidade, sua contribuição para o desenvolvimento do estado. Quero ser independente, como minha avó e minha mãe, que, mesmo diante de circunstâncias adversas, tomaram as rédeas das suas vidas. E acho que não se arrependeram. E eu me orgulho muito delas.

– É para se orgulhar mesmo, Mari. E é importante que alguém tome essa iniciativa de esclarecer as pessoas sobre a contribuição dos negros, divulgar sua cultura e lutar contra o preconceito. Somos todos irmãos, independentemente da cor da pele. Tu precisas estar bem preparada para conseguires mudar a mentalidade dos nossos conterrâneos.

O bonde fez uma rápida parada no final da linha, na Praça da Saudade, extremo sul da cidade, e aguardou alguns minutos até retomar o seu trajeto. As casuarinas enfileiradas do Cemitério do Gavião balançavam suas folhas com a brisa da viração e deitavam suas sombras sobre as sepulturas, acentuando o aspecto soturno do local.

Observaram, do bonde, um pequeno cortejo de pessoas simples acompanhando um caixão modesto, que ia carregado pelos próprios parentes e amigos. Ellena lembrou do relato que o seu pai lhe tinha feito sobre o enterro do pai de Arthur, seu marido, ocorrido havia alguns anos, e que muito lhe marcara por um detalhe bastante curioso.

– Dr. Gilberto Amorim, que eu não cheguei a conhecer, adorava motocicletas; eram a paixão dele. De família rica, sempre tinha uma bem potente para circular pela cidade. Dizem que as moças suspiravam quando ele passava, fazendo aquele barulhão. Pelo menos quando era jovem. Na época em que faleceu, a empresa da família já estava em declínio, mas ainda tinha muito prestígio social. Assim como outras fábricas de tecido nesta cidade, que já tinham fechado ou ido à falência, a deles, uma das maiores do estado, também não ia bem. Mas o pai dele, muito apegado ao empreendimento que tinha construído quando era ainda muito novo, insistia em continuar no negócio. Por isso o Dr. Gilberto decidiu sair da sociedade com o pai e montar outra empresa com o cunhado, irmão da esposa dele, Donanna. Era culto, gostava de viajar e de se divertir. Como não tinha muita vocação para os negócios, diziam que o sócio o passava para trás. Sempre apaixonado pelo motociclismo, estava pilotando sua moto no Rio de Janeiro, quando, numa noite de chuva, deslizou nos trilhos do bonde, caiu e acabou não resistindo aos ferimentos. Era uma pessoa muito querida, tinha muitos amigos, ao contrário da esposa, mulher de maus bofes, quizilenta, que parecia ter ódio do mundo. Meu pai contou que nunca tinha visto tanta gente reunida como naquele enterro. Trasladado para São Luís, o corpo foi velado na sala do palacete da família, com missa de corpo presente, conforme os costumes. O cortejo dos automóveis pelas ruas da cidade, seguindo o carro funerário até o cemitério, foi um dos maiores que esta cidade já tinha visto. Ruas inteiras tomadas por carros de amigos que queriam lhe prestar as últimas homenagens. Esta praça aqui ficou lotada de gente e de carros. Vieram várias autoridades e empresários, amigos dele e do pai dele. Até o governador Sebastião Archer compareceu, acompanhado do então deputado Vitorino Freire que, conforme se dizia, mandava mais que o governador. Na hora do sepultamento, a presença de uma elegante dama de preto, com um véu também negro a lhe cobrir o rosto, não passou despercebida. Era uma mulher esbelta, com um vestido liso, de seda preta, que ia até um pouco abaixo dos joelhos, mostrando o contorno do seu corpo perfeito e as pernas bem torneadas, protegidas por uma meia de seda também preta. Discretamente, ela colocou uma rosa branca sobre o luxuoso ataúde. Fez-se um respeitoso silêncio, seguido de um frisson entre homens boquiabertos e mulheres indignadas. Ela retirou-se antes que o esquife fosse colocado no grandioso mausoléu da família. Na saída do cemitério, ainda se virou uma vez para trás, com um olhar de despedida, e tomou o carro de praça que a esperava do lado de fora do cemitério. Esse assunto foi bastante comentado na cidade, durante muito tempo. Dizem que Donanna bufava de raiva, com o buço suado, entre as bochechas gordas, abanando-se com um leque, tentando disfarçar a humilhação.

O bonde retomou sua viagem, subindo pela Rua do Passeio, fazendo uma parada em frente ao Hospital Português, passando pelo Canto da Viração e indo até o final da linha, na Praça Gonçalves Dias. Ellena e Mariana desceram e foram até a balaustrada da praça apreciar mais uma vez o pôr do sol.

– Ellena, olhando daqui a cidade de Alcântara, lá na linha do horizonte, fico imaginando como o meu trisavô fez para atravessar essa baía enorme. Eu sempre tive medo de ir a Alcântara. Tem a lenda do Boqueirão, que, segundo dizem, quando vira o tempo, o mar fica furioso e engole os barcos, com as pessoas dentro, e não deixa nem vestígio. Conheço muita gente que nunca foi lá só por causa dessa lenda.

– Essa lenda tem um fundo de verdade, Mari. Vou te explicar...

7 – A Lenda do Boqueirão

Ellena: Olavo Bilac, no seu famoso soneto, dizia que costumava ouvir estrelas. Aqui em São Luís, nós costumamos ouvir as marés.

—A lenda provavelmente tem esse nome porque é ali, exatamente entre São Luís e Alcântara, que a "boca" da Baía de São Marcos diariamente engole as águas dos rios Anil e Bacanga, deixando expostos os seus leitos, formados por bancos de areia, que a gente chama de croa (uma corruptela de coroa, dita com o sotaque de tantos portugueses que vivem por aqui). É a maré baixa. Depois regurgita, devolvendo as águas que tinha engolido, enchendo novamente as calhas dos rios. É a preamar. Todos os dias, duas vezes por dia, é esse vai e vem. Esses dois rios são como longos braços envolvendo a cidade num grande abraço, ora mais solto, ora mais apertado, conforme o sobe e desce das águas. Como a diferença de altura das marés nesta região é uma das maiores do mundo, a forte correnteza formada por esse movimento das águas, ali, naquela garganta onde a baía se estreita, e onde já não se sabe o que é rio e o que é mar, já causou muitos naufrágios. Nas marés de sizígia, quando o Sol e a Lua, alinhados com a Terra, juntam suas forças gravitacionais, o mar se ergue mais ainda, chegando a alcançar sete metros de diferença entre a maré alta e a maré baixa. E nós vivemos cercados por essas correntezas, esses encontros e desencontros das águas, que regulam a vida das pessoas que vivem do mar e nos renovam a paisagem a cada 12 horas. Olavo Bilac, no seu famoso soneto, dizia que costumava ouvir estrelas. Aqui em São Luís, nós costumamos ouvir as marés.

– Ellena, tu já foste a Alcântara? – Mariana, agora mais íntima de Ellena, já havia deixado de lado o "você", que em São Luís é um tratamento ainda cerimonioso, intermediário entre o "tu" e "a senhora" e passou a adotar a segunda pessoa, mais informal. Mais uma herança portuguesa.

– Sim, Mari, quando eu era adolescente convenci meu pai a me levar lá. Ele é militar, tenente-coronel do exército. Na época, era capitão. Um homem muito rígido e severo, que exigia de nós, mulheres da casa, muita disciplina e obediência. Sempre achei que ele prefiriria ter tido filhos homens. Teve duas mulheres, minha irmã mais velha e eu. Acho que desistiu de ter mais filhos com medo de que nascessem mais mulheres. Eu sempre fui aventureira e apaixonada por História, e pedi a ele que me levasse até lá para conhecer. Ele já tinha ido uma vez, muitos anos antes. Para minha surpresa, ele concordou; acho que tinha vontade de voltar lá. Minha mãe e minha irmã ficaram em casa rezando por nós, com medo de ir, por causa da tal lenda do Boqueirão. Saímos de casa bem cedinho, ainda escuro, com a maré quase cheia, e fomos para o cais da Praia Grande. O barco que fazia a travessia era grande, de madeira, a motor, mas com duas velas, uma enorme e outra menor, para ajudar no deslocamento e dar mais estabilidade, conforme meu pai me explicou. Logo que embarcamos, o barco se afastou um pouco, quando a maré já começava a baixar. Ficamos ali, ao largo, a uma certa distância do cais, enquanto as canoas a remo iam e voltavam trazendo os outros passageiros com suas cargas, até completar a lotação do barco. Eram sacos de mantimentos, cofos, galinhas, catraios, tudo que tu puderes imaginar. E muitas pessoas, de todas as idades. Era uma mistura desordenada de cheiros e sons que nunca mais esqueci.

– Zarpamos com o barco lotado, já dia claro. Logo começou a chover forte, e o barco jogava muito. Eu estava muito excitada com a aventura, mas comecei a ficar com medo. Permaneci agarradinha com o meu pai, sentada ao seu lado. Ele me abraçou para me tranquilizar. Não me lembro de ele ter me abraçado assim antes. Nem depois. Nunca tinha me sentido tão próxima dele como naquela viagem. No meio do caminho, os barqueiros decidiram baixar as velas porque estavam encharcadas, e o barco passou a balançar mais forte ainda. Enjoei, botei tudo para fora, mas em nenhum momento me arrependi de ter ido. Uma hora e meia de viagem e emoção. Fiquei deslumbrada. Muitos sobrados e igrejas já estavam em ruínas; era possível sentir o clima do passado. Quando a gente chega a Alcântara tem a impressão de que viajou no tempo. Era a História ali, diante dos meus olhos. Dava para imaginar as pessoas com suas roupas de época, caminhando, cumprimentando-se, indo para suas tarefas diárias. Os burros puxando suas carroças, o *toc toc* das ferraduras batendo nas pedras do calçamento. As doceiras, com seus tabuleiros na cabeça, os vendedores apregoando suas mercadorias. Hoje, parece que tudo se move devagar, até o vento. Casarões antigos, vazios, poucas pessoas nas ruas, alguns jegues pastando no capim que cresce no chão das praças abandonadas. Alcântara é quase tão antiga quanto São Luís. Já foi muito rica, mas entrou em decadência no final do século XIX, um pouco depois da época em que o teu trisavô deve ter saído de lá. São Luís e Alcântara são cidades irmãs, só que Alcântara parou no tempo. Conta a lenda (mais uma, nesta cidade cheia de lendas) que, no fim do século XIX, com o declínio da cidade, os grandes proprietários, desgostosos, fecharam seus sobrados e casarões e jogaram as chaves no mar, a caminho de São Luís, onde passaram a viver, e nunca mais voltaram lá.

Ellena encerrou a narrativa e disse:

– Vamos até lá em casa, Mari, vou pedir pra Bazinha colher uns abricós para mandar para tua avó.

Mariana, então, entregou um envelope para Ellena. Tinha percebido que a professora ficara feliz com o mimo da aula anterior e repetiu o gesto de carinho.

PRÉ-HISTÓRIA – Bandeira Tribuzi[1]

Vizinho o mar com sua espuma,
Seu horizonte imaculado,
Com sua raiva e sua ânsia,
Com seu verde pulmão salgado,
Misturando sua maresia
Com o acre cheiro do mato.
Vizinho o mar com seu mistério,
E o além por ser desvendado.

---

[1] Bandeira Tribuzi (São Luís, 1927-1977).

8 – Bazinha e a Tuberculose

D. Zizi: Aí ele abriu a ampola, aspirou com a seringa o líquido transparente e transferiu para o vidrinho que continha um pozinho branco. Sacudiu bastante a mistura, encheu a seringa de novo e foi para o quarto de Bazinha. O difícil foi encontrar carne na coitada para espetar a agulha.

Mariana chegou em casa feliz. Esses passeios com Ellena eram, agora, os melhores momentos da semana. O progresso nas pesquisas, o estreitamento da amizade com a professora que ela tanto admirava deixavam-na plena e motivada. D. Zizi interrompeu a costura e baixou o volume do rádio para ouvir as novidades.

– Vó, olha o que Ellena te mandou.
– Abricós! Ellena é mesmo uma pessoa especial. Te dá aulas de graça e ainda se lembra de me mandar abricós, que ela sabe que eu adoro.
– Ela gosta muito de ti, vó, te admira muito.
– Pois é, minha filha, e ainda tem gente que fala mal dessa moça.
– É mesmo, vó? Mas por quê, o que ela fez?

– Dizem que ela é muito avançada, independente, só vai à missa para agradar o marido e se recusa a usar véu na igreja, assim como tu, Mariana, que também não usas véu e só vais à missa para me agradar, que eu sei. Acho que é por isso que vocês estão se dando tão bem – pontuou D. Zizi em tom de carinhosa reprimenda. – Inventaram até que ela é comunista, imagina!

– Eu sei que ela é uma pessoa muito educada e muito generosa, e me ensina tudo com muita paciência. Ama ensinar.

– Ela é muito generosa mesmo. Nasceu para ser professora, sempre gostou de ensinar e ajudar os outros. Quando ela ainda era menina, dava aulas para Bazinha todas as noites, depois do jantar. Tudo o que aprendia na escola de manhã, ensinava para Bazinha de noite.

– Então é por isso que Bazinha é tão instruída e bem informada, vó.

– É verdade, só não tem diploma. Nunca frequentou escola, mas é muito inteligente. Quando ela teve uma doença grave e quase morreu, foi Ellena quem cuidou dela.

– O que foi que ela teve?

D. Zizi baixou a voz e se inclinou para perto de Mariana, como quem não quer que outras pessoas escutem, embora não houvesse ninguém mais em casa além delas duas.

– Tuberculose, minha filha. Não gosto nem de falar essa palavra. Matou muita gente nesta cidade.

– Mas hoje já tem cura, vó.

– Eu sei, minha filha, mas antes não tinha. É uma doença terrível, que começa silenciosa, sorrateira, e vai consumindo a pessoa aos poucos. Quando Bazinha apareceu com uma tosse seca e umas febrezinhas de final de tarde, emagrecendo rapidamente a cada dia, os pais de Ellena desconfiaram dessa doença e queriam mandar a coitada se tratar na casa da família dela, em São José de Ribamar. Mas Ellena não deixou. Com seus 12 ou 13 anos e muita personalidade, Ellena procurou a Dra. Maria Aragão*, que era amiga de seu pai, e que ela admirava muito. Pediu a ela que examinasse Bazinha, e a doutora confirmou a doença. Ellena caiu no choro, mas a médica explicou que já havia sido descoberto um remédio nos Estados Unidos que poderia curá-la. Então a Dra. Aragão explicou que ela poderia ser tratada em casa; que se tivessem certos cuidados o contágio poderia ser evitado. Aí, de tanto Ellena insistir, os pais acabaram permitindo que Bazinha ficasse e fosse tratada lá mesmo, na casa deles. O problema era a dificuldade de mandar buscar o remédio. Os transportes tinham ficado muito prejudicados com a Segunda Guerra Mundial e ainda não estavam completamente restabelecidos.

– E mesmo assim tem gente que fala mal de Ellena?

– Pois é, minha filha, Ellena insistiu tanto com o pai, que ele usou sua influência de militar e acabou conseguindo uma maneira de mandar buscar o tal remédio. Foi uma corrida contra o tempo. Bazinha piorava a cada dia, consumida pela hemoptise, expelindo sangue pela boca a cada acesso de tosse. E com a recomendação de tossir baixo, para que os vizinhos não escutassem. E nada do remédio chegar.

– Tu chegaste a ver ela doente, vó?

– Não, minha filha. D. Leda, mãe de Ellena, não deixou. Disse que a doença era muito perigosa. Eu só ouvia a tosse dela, lá no quarto dos fundos. A coitada já estava nas últimas, levantava da cama com dificuldade, era pele e osso.

– Imagino o desespero de Ellena.

- Por acaso eu estava lá, provando um vestido na D. Leda, quando um soldado chegou trazendo um pacote com o remédio. Precisava ver a felicidade de Ellena. Ela vivia chorando pelos cantos, com medo de não dar tempo. Correu até a porta do quarto de Bazinha, avisou que o remédio tinha chegado e que ela iria ficar boa. Saiu com a roupa do corpo para ir buscar seu Fonseca em casa, lá na Rua do Passeio, para aplicar as injeções. Voltaram em poucos minutos. Ele então pegou a sua bolsinha de couro, tirou de dentro a seringa, que esterilizou ali mesmo na mesa da sala, com água fervendo dentro da caixinha de metal da própria seringa. Já conhecia o remédio, tinha aplicado, alguns meses antes, no próprio filho que estava em situação parecida à de Bazinha. Com seu sotaque português, carregado nos erres, contou que o rapaz começou a se recuperar já na primeira aplicação.

– Eu, curiosa, fiquei ali perto, só observando. Aí ele abriu a ampola, aspirou com a seringa o líquido transparente e transferiu para o vidrinho que continha um pozinho branco. Sacudiu bastante a mistura, encheu a seringa de novo e foi para o quarto de Bazinha. O difícil foi encontrar carne na coitada para espetar a agulha.

– Coitada, vó.

– Em poucos dias, Bazinha começou a melhorar. O tratamento durou vários meses. E Ellena cuidando para que não lhe faltasse nada. Orientava a cozinheira sobre a dieta, levava, ela mesma, o prato com a canja de galinha e dava os remédios que complementavam o tratamento. E ficava repetindo para Bazinha: *tu vais ficar boa, tu vais ver.*

– Isso é que é amizade. Ela e Bazinha se amam, é impressionante o carinho que uma tem pela outra.

— Mariana, vamos deitar, na rede eu te conto sobre a Dra. Maria Aragão, a médica que curou Bazinha.

Desenrolaram suas redes, penduraram nas escápulas, e se deitaram para continuar a conversa.

— Ellena me mostrou a casa em que Dra. Maria Aragão mora, na Rua de São Pantaleão. Me contou que ela é muito discriminada por ser uma mulher independente. Além de ser negra e comunista.

— O que eu sei é que ela é uma excelente ginecologista, já cuidou de muita mulher pobre que não podia pagar consulta. Neta de uma escrava, nasceu lá em Pindaré-Mirim, no interior do estado, na extrema pobreza, e conseguiu estudar e se formar em medicina no Rio de Janeiro. Na Universidade do Brasil, como ela gosta de dizer com muito orgulho. Baixinha, ela parece que cresce quando começa a falar. Luta pelo que acredita, mas respeita o pensamento dos outros. Aí, ainda no Rio de Janeiro, conheceu Luís Carlos Prestes, esse líder político que andava pelo Brasil pregando o comunismo. Ele andou aqui pelo Maranhão, mas não chegou a vir a São Luís.

— Já ouvi falar dele no colégio, vó.

— Pois é, minha filha, aí ele pediu que a doutora voltasse para São Luís para organizar o diretório do Partido Comunista no Maranhão.

— Não foi a Dra. Maria Aragão quem fundou o jornal *Tribuna do Povo*?

— Isso mesmo, Mariana. Aí, Ellena, que tinha muita gratidão e admiração por ela, resolveu ajudar no jornal. Acho que ela corrigia os erros de português.

— Era revisora, vó.

— Isso, revisora. Então elas ficaram muito amigas. O pai de Ellena também gostava muito da doutora, frequentava a casa dela, mas por causa disso teve problemas no exército e quase perdeu uma promoção. Deixou de frequentar, mas Ellena continuou sendo sua amiga. Então começaram os comentários, as mães não queriam que as filhas fossem amigas de Ellena, diziam que ela também era comunista.

– Que absurdo!

– Ellena nunca foi comunista, minha filha. Trabalhou no jornal por gratidão, pois a doutora tinha tratado e curado Bazinha. Por causa desse boato, a mãe de seu Arthur não queria que ele se casasse com Ellena de jeito nenhum. Uma freguesa minha contou que ela teve briga feia com o filho; ficaram até sem se falar por uns tempos. Ela acha Ellena independente demais, com ideias avançadas, e que só voltou a frequentar a missa depois de muita insistência do marido. E, pior de tudo, é altiva, tem opiniões próprias e não demonstra nenhum apreço pela sogra. Realmente, não era esse tipo de esposa que ela tinha planejado para o filho. Ela nem foi ao casamento dele, inventou uma febre e ficou em casa.

– Coitado, vó, ele já não tem pai.

– Comenta-se na cidade que Donanna também não gostava da ex-noiva de Seu Arthur. O pai dela era um ex-mascate libanês de pele morena, que tinha um pequeno comércio na Rua Grande. Eles são uma família decente, mas sem projeção social, então não servia para o seu filho aristocrata. Donanna só chamava o pai da moça de "aquele *carcamano*", com desprezo. Essa mulher fez tanta pressão contra a família da ex-noiva, que ela, com medo das intrigas e ameaças, e conhecendo a fama de Donanna, resolveu terminar o noivado, mesmo gostando de Seu Arthur. Ele é uma ótima pessoa, sofreu muito com o fim do noivado, mas Donanna impôs sua vontade, sem se importar com os sentimentos do filho. Ela odeia negros, mas tem quatro em casa só para o serviço pesado. E para maltratá-los. Manda buscar as meninas no interior dizendo que vai criá-las, mas na verdade as coloca para trabalhar sem remuneração. A família dela tinha muitas terras no interior e enriqueceu explorando o trabalho escravo. Quando veio a abolição, perderam muita coisa, mas continuaram ricos e lhe deixaram uma boa herança. Hoje, ela tem imóveis comerciais alugados na Praça João Lisboa e na Praia Grande, além de algumas casas de moradia. Dizem que fez questão de casar com o pai de Seu Arthur com separação total de bens, o que foi uma ofensa para a família Amorim. Ela nunca se conformou com a libertação dos escravos. Todo mundo tem medo dela, dizem que é capaz das piores crueldades. Contam que a mãe de Donanna, tão cruel quanto ela, estava sentada à mesa posta para o almoço, com sua toalha de linho branco impecável, quando um negrinho, filho de uma de suas empregadas, apoiou a mãozinha na mesa, sujando a toalha. A mulher, encolerizada, cravou o garfo no braço do menino.

– Que horror, vó.

– Até o nome dela assusta, minha filha. É o mesmo da Donana Jansen, tu conheces a história

– Sim, Ellena me mostrou a casa em que D. Ana Jansen morou na Rua Grande, no século passado. Ficou famosa por ser muito rica e muito cruel com os escravos. Faz até parte do folclore da cidade. Dizem que, nas noites de sexta-feira, ela levantava do túmulo e saía pela cidade na sua carruagem puxada por parelhas de cavalos sem cabeça e com um esqueleto segurando as rédeas.

– Tinha outra Donanna, essa era D. Anna Rosa Viana Ribeiro, Baronesa do Grajaú, algumas décadas mais nova que a Jansen. Uma vez, o marido dela, Dr. Carlos Fernando Ribeiro, de família importante de Alcântara, elogiou os belos dentes de uma de suas escravas. Ela simplesmente mandou quebrar todos os dentes da coitada com um torquês. Em outro caso, surrou até a morte um menino de 8 anos, chamado Inocêncio, filho de outra escrava. Fiquei tão chocada quando soube dessa história que até gravei o ano em que aconteceu: 1876.

– O Professor Kalil me falou sobre ela na visita que fizemos à Igreja da Sé. Ele contou que o marido dela fez uma denúncia contra o Padre Barreto, seu adversário político, alegando que o padre ajudava na fuga de escravos, mas o bispo não aceitou.

– Os negros já sofreram muito nesta terra, minha filha. E ainda continuam sofrendo.

Mariana e D. Zizi começaram a sentir cheiro de terra molhada e a ouvir os estalos dos pingos da chuva no telhado. Já era tarde e acabaram pegando no sono no meio da conversa.

9 – MOMENTO DE TERNURA

O perfume de alfazema, embora discreto e suave, ficava pela casa depois que Mariana ia embora. E no rosto de Ellena, quando se despediam com dois beijos. E nas suas mãos, que ela de vez em quando levava juntas ao rosto, só para sentir mais uma vez o perfume da aluna.

Entre aulas, pesquisas e passeios de bonde, Ellena e Mariana iam se tornando cada vez mais próximas, descobrindo afinidades, interesses comuns. Sentiam-se muito bem na companhia uma da outra e desenvolveram uma admiração mútua, assim como uma forte afeição. Os dias de estudos eram aguardados com ansiedade; já os fins de semana passavam monótonos, arrastados. Ainda bem que havia a missa das tardes de domingo, onde Ellena sempre encontrava Mariana e a avó. As duas, neta e avó, costumavam sentar-se um pouco mais à frente, e Ellena passava a missa inteira observando Mariana de longe. Ficava o tempo todo distraída, vendo a brisa da viração brincar com os cabelos anelados dela, completamente desligada do andamento da celebração.

Começou a entender a razão daquele desassossego, quando sentiu o perfume da aluna, naquela tarde, enquanto esperavam pelo começo da missa. Seria apenas uma grande amizade que estava começando, pensou Ellena. Gostavam das mesmas coisas, divertiam-se quando estavam juntas, começavam a trocar confidências. E agora tinham um projeto em comum: a pesquisa sobre o antepassado da aluna. Tudo contribuía para que se sentissem cada vez mais próximas, mais íntimas.

Muitas vezes, Ellena se perdia no assunto da aula observando os lábios achocolatados e o sorriso perfeito de Mariana. Observava as suas mãos delicadas, a pele bronzeada, as unhas bem cuidadas, naturais. Acompanhava, hipnotizada, a variação de tonalidade dos seus claros olhos de mel contra a luz. O perfume de alfazema, embora discreto e suave, ficava pela casa depois que Mariana ia embora. E no rosto de Ellena, quando se despediam com dois beijos. E nas suas mãos, que ela de vez em quando levava juntas ao rosto, só para sentir mais uma vez o perfume da aluna. Ela sentia que era mais que amizade, muito mais. Um sentimento novo, inesperado, desconhecido, que foi chegando sorrateiro e tomou conta do seu coração. Uma sensação de encantamento nunca antes experimentada em toda sua vida. Esse sentimento vinha acompanhado de uma atração física inexplicável, quase incontrolável, deixando-a confusa, perplexa. Ellena chegava a se emocionar pensando em Mariana, quando não estavam juntas. Ela aguardava, ansiosa, pelo momento de se reencontrarem. Chegava a sentir medo de não conseguir controlar seus impulsos, ficava a ponto de perder a respiração na presença da aluna. Será que Mariana já tinha percebido alguma coisa? Será que gostava? Ou se sentia incomodada? Ellena lutava contra o desejo de tentar se aproximar dela fisicamente. Tinha que manter a postura recomendada para sua condição de professora.

A cada encontro, a atração se mostrava mais intensa. E a ansiedade também. Não via a hora de Mariana chegar. Quando ela batia palmas na porta de sua casa, seu coração só faltava saltar pela boca. Ficava imaginando como Mariana reagiria a uma aproximação.

Ellena sentava-se na cabeceira e Mariana à sua esquerda, bem próximas, para que a professora pudesse explicar melhor as matérias. De vez em quando os joelhos se tocavam, mas Ellena recolhia o seu, com receio de que Mariana se sentisse incomodada. Tinha muito carinho pela aluna, mas também muito respeito. Contudo, a atração cada vez mais ia se tornando difícil de controlar. Olhavam-se com ternura, trocavam sorrisos imotivados. Ellena percebia que Mariana se sentia à vontade com seus gestos de carinho e demonstrava ser receptiva. A aproximação entre elas tornava-se inevitável. Em uma das vezes em que seus joelhos se tocaram novamente, Ellena deixou o seu ficar e observou a reação de Mariana, que não demonstrou se incomodar, e não se afastou. Enquanto apontava um tópico da matéria com a caneta, as mãos também se aproximaram até se tocarem, e Ellena fez deslizar os seus dedos delicadamente sobre os de Mariana, que aceitou e retribuiu o gesto. Entreolharam-se e sorriram com cumplicidade. Estavam completamente desligadas do mundo à sua volta, absorvidas por aquele momento de ternura e encantamento, quando perceberam a aproximação de Bazinha. Ellena consultou o relógio e viu que já passava muito das cinco horas e precisava encerrar a aula. Logo Arthur chegaria do trabalho. Recolheram o material e Ellena levou Mariana até a porta do meio. Ao se despedirem, Mariana encostou os seus lábios nos de Ellena, baixou o olhar e se virou em direção à rua. Surpresa, Ellena sentiu seu coração disparar. Fechou a porta, mas não resistiu e correu até a janela para acompanhar os passos da aluna. Quando chegou ao final do quarteirão, Mariana virou-se discretamente e percebeu Ellena na janela. Trocaram rapidamente um olhar, um aceno e um sorriso.

Ellena estava em êxtase, encantada, excitada. Jogou-se na cama, pegou o travesseiro ao lado e o abraçou, como se abraçasse Mariana. Levou as mãos ao rosto para sentir uma vez mais o perfume dela. Surpresa e ao mesmo tempo encantada com esse novo sentimento, ela não cabia em si de tanta felicidade. A relação tinha mudado de patamar.

O jantar, ao lado do marido, transcorreu monótono, desinteressante, como de costume. Ele lhe falou dos assuntos da fábrica, motivado com a discreta recuperação dos negócios. Ellena se esforçou para lhe dar atenção, mas o seu pensamento estava muito longe daquela mesa.

Ficou pensando no poema que Mariana lhe tinha trazido:

"A vida é a variedade. Assim como o paladar pede sabores diversos, assim a alma pede novas impressões."[1]

---

[1] Coelho Neto (Caxias, MA, 1864 – Rio de Janeiro, 1934). Academia Brasileira de Letras, fundador da cadeira nº 2.

10 – O Fim do Noivado de Arthur

Deitou-se, colocou o envelope sobre o peito e ali ficou, imóvel, segurando a carta, mas sem coragem de ler até o fim. Passaram-se algumas horas até que, vencido pelo choro e pelo cansaço da longa viagem, adormeceu sem nem trocar de roupa.

O Constellation da Panair aterrissou no final da tarde com um pequeno atraso, taxiou e deslocou-se lentamente para perto do portão de desembarque, enquanto aguardava a escada móvel por onde desceriam os passageiros. A proximidade com a acanhada base aérea de São Luís, a mesma que havia sido construída pelos americanos em 1942, durante a Segunda Guerra Mundial, fazia com que o moderno avião parecesse ainda mais imponente, com seus quatro motores a hélice e suas linhas aerodinâmicas. Arthur foi um dos primeiros a despontar na porta aberta do avião e descer a escada em grande estilo. Diplomado, anel de safira no dedo, camisa social, que era como as pessoas de bem viajavam de avião. A família foi recepcioná-lo na pista, ao pé da escada, assim como os parentes e amigos dos outros passageiros.

Seus olhos aflitos buscavam os olhos de Vera Lúcia, sua noiva, no meio da pequena multidão que se formara para recepcionar os passageiros. Deve ter se atrasado um pouco, pensou; já, já, ela chega.

Deu um longo abraço no avô, beijou a mãe e a tia, e perguntou pela noiva, mas nenhum deles a tinha visto no aeroporto. Retirou suas malas e ficou esperando a chegada de Vera. Já começava a escurecer. O pequeno salão da Base Aérea foi ficando vazio, e decidiram ir para casa. Mal pôde disfarçar sua decepção. A presença dela era tudo o que ele mais queria naquele momento. Receber dela um abraço, um beijo, sentir sua pele delicada junto ao seu rosto e o seu perfume tão familiar.

Talvez ela não tivesse recebido o seu telegrama confirmando a data do voo, talvez um mal-estar de última hora, ou algum outro imprevisto qualquer. Qualquer coisa, menos simplesmente não vir.

E foi do aeroporto até em casa calado, imaginando justificativas para a ausência da noiva. Os parentes não tocavam no assunto para não o constranger. Confiavam nele, o orgulho da família. Haveria de ser capaz de resolver algum possível mal-entendido e tudo ficaria bem de novo.

No caminho, ainda sem querer acreditar na falta da noiva, Arthur foi relembrando, como num filme que agora passava em sua mente, os momentos maravilhosos que haviam passado juntos.

Ainda quase um garoto, começou a namorar Vera, embora contra a vontade da sua mãe, a aristocrata e pernóstica Donanna, que tinha restrições à família dela.

Esbelta, de feições delicadas, estudiosa e educada, Vera encantava à primeira vista. Era quase da altura de Arthur, formando com ele um casal tido como modelo e admirado por todos na cidade. Eram avessos a badalações, mas quando chegavam juntos, de mãos dadas, a uma festa, imediatamente atraíam a atenção de todos. Era inevitável que sua foto saísse nas colunas sociais do dia seguinte.

Tinham um grande círculo de amigos, que promoviam festinhas mensais, cada vez na casa de um, sendo as mais concorridas as do moderno palacete de Seu Arthur Amorim, avô de Arthur, situado na Praça Odorico Mendes, na área nobre da cidade.

Cada amigo trazia seus discos com os sucessos da época. As famílias incentivavam esses encontros, providenciavam a retirada dos móveis da sala e se recolhiam discretamente, cuidando para que as luzes permanecessem acesas, garantindo assim a reputação de suas filhas. Muitos namoros começavam – e terminavam – nessas festinhas, nas quais era permitido dançar de rosto colado, e havia uma certa liberdade para conversas a sós no jardim.

A moderna vitrola, de pau-marfim com puxadores dourados, com vários LPs empilhados na haste central do prato, que iam caindo à medida que o LP anterior acabava de tocar, não deixava esfriar o clima. Os clássicos da música norte-americana, com suas *big bands*, passando pelos sambas-canções e boleros, faziam a trilha sonora. Alguns mais exibidos até se arriscavam na coreografia dos tangos de Gardel.

Mas a música escolhida pelo casal Arthur e Vera como seu "hino" era "Too Young" (*They try to tell us we're too young, Too young to really be in love)*[1], na voz aveludada de Nat King Cole, que diziam ter sido feita para eles, tão jovens e vivendo um grande amor.

Arthur sempre quis ser engenheiro, por gosto e para se capacitar para cuidar da fábrica de tecidos, carro-chefe dos negócios do avô. Como no Maranhão daquela época ainda não havia faculdade de engenharia, Arthur decidiu prestar vestibular para a Universidade do Brasil, na então Capital Federal. Aluno brilhante, foi aprovado na primeira tentativa.

Não era exatamente bonito; tinha algumas discretas marcas no rosto, resquícios das espinhas da puberdade, o que lhe roubava um pouco do charme. Mas tinha um bom porte, era gentil e inteligente, e muito querido pelos colegas do tradicional Colégio Marista. Discretamente formal, bem-vestido, sempre com um cigarro precoce entre os dedos, chegava a lembrar o perfil dos galãs dos filmes americanos dos anos 1950.

De família tradicional, seus antepassados haviam se dedicado, por gerações, à produção de algodão, o "ouro branco", na região de Itapecuru, no interior do estado, matéria-prima que exportavam diretamente para a Inglaterra.

Com a Abolição da Escravatura, o estado entrou em declínio e as fazendas de algodão foram aos poucos sendo abandonadas. Seu avô, ainda jovem, pegou a fortuna e mudou-se para São Luís, onde construiu uma das maiores fábricas de tecidos do estado. Do avô, Arthur herdara o nome, Arthur Amorim Neto, e, como seu pai já havia falecido, herdaria também a empresa.

Era considerado um dos melhores partidos da cidade.

---

[1] "Too Young", música de Sidney Lippman e Sylvia Dee.

Vera não se opôs à ida dele para o Rio, diante da promessa de que viria passar todas as férias de fim de ano em São Luís. E ela iria ao Rio nas férias de julho. Assim, não ficariam muito tempo longe um do outro.

Ficaram noivos antes de Arthur seguir para a Capital Federal, para grande contrariedade de sua mãe, que achava que a família da noiva não estava à altura da sua. Durante os cinco anos em que ele frequentou a faculdade, trocavam cartas frequentes e apaixonadas.

Nas visitas de Vera ao Rio, sempre acompanhada da mãe, D. Marisa, que tinha adoração por Arthur, ficavam hospedadas no apartamento da família dele, na Rua Raimundo Correia, em Copacabana. Muito gentil, ele costumava levá-las para apreciar a fervilhante vida noturna do bairro mais charmoso do Rio nos anos cinquenta, com as vitrines iluminadas da Avenida N. S. de Copacabana.

Conheceram as casas noturnas da moda, como o Sacha's, no Leme, o Drink e o Plaza, em Copacabana, onde se revezavam pianistas como Johnny Alf, Tom Jobim, João Donato, Dick Farney e outros.

De vez em quando, nesses locais, eles cruzavam com figurões da política, já que o Rio ainda era a Capital Federal.

Assistiram a apresentações das cantoras Dolores Duran e Doris Monteiro, que elas só conheciam pelo rádio. Vivenciaram de perto o clima e o ambiente onde floresceu o samba-canção, estilo que dominava as paradas de sucessos da época. Certa noite, na Avenida Atlântica, cruzaram com Dolores Duran, que elas amavam, mas não tiveram coragem de pedir um autógrafo.

Assistiram juntos à peça "Orfeu da Conceição", com a trilha sonora que marcou o encontro artístico de Tom Jobim e Vinicius de Moraes, no Teatro Municipal, com cenário assinado por Oscar Niemeyer, e a inusitada presença de atores negros atuando no mais famoso teatro brasileiro. Encantaram-se com a canção "Se todos fossem iguais a você", ponto culminante do espetáculo, interpretada por Haroldo Costa, ator negro que representava o Orfeu.

Assistiram a vários filmes no Roxy, de Copacabana, e no Odeon, da Cinelândia. Quando não saíam, aproveitavam para assistir à televisão, que ainda não tinha chegado a São Luís. "Noite de Gala", na TV Rio, era o programa preferido de D. Marisa. Temporadas inesquecíveis.

Arthur estava já no último ano da faculdade, faltando alguns meses para a formatura, quando passou a perceber que as cartas de Vera começavam a chegar com intervalos cada vez maiores e já não demonstravam o mesmo entusiasmo de antes. Esse discreto distanciamento seria apenas uma fase, pensava Arthur, e em pouco tempo, já de volta a São Luís, diplomado, as coisas se acomodariam. E contava com a cumplicidade da futura sogra, que gostava muito dele e haveria de dar bons conselhos para a filha. Não via a hora de retornar e marcar o casamento. E seriam felizes para sempre. Estava decidido. No dia seguinte à formatura, tomou o avião de volta.

Faltava menos de uma semana para o Natal e o palacete da família Amorim já estava pronto para a grande festa. Uma nova árvore de Natal, bem maior que a dos anos anteriores, estava montada na sala.

Tia Margarida amava Arthur como a um filho, que ela não teve. Muitas vezes o tratava de "meu filho". Criativa e habilidosa nos trabalhos manuais, teve a ideia de pendurar na árvore, além dos enfeites tradicionais, os inúmeros cartões de boas festas que a família Amorim havia recebido dos muitos amigos e de autoridades do Estado, especialmente os que davam boas-vindas a Arthur e o parabenizavam pela formatura. Um grande presépio, com luzinhas coloridas, tradição na cidade, havia sido montado sobre o aparador de jacarandá maciço, entre o salão e a sala de jantar. Ela imaginava que Arthur, aproveitando que as duas famílias, dele e de Vera Lúcia, estariam ali reunidas para a festa do Natal, faria o anúncio da data do casamento.

Arthur tirou da mala um LP de músicas natalinas que acabara de ser lançado pela RCA Victor e o colocou sobre a vitrola. Ansioso, pediu licença à família e subiu para o seu quarto. Vestiu a roupa nova que havia comprado especialmente para o reencontro, pingou algumas gotas de "Bond Street" nas pontas dos dedos e passou atrás das orelhas; botou no bolso a caixinha com o anel de brilhante que tinha trazido de presente para Vera, pegou as chaves do Plymouth do avô e, coração apertado, dirigiu-se para a casa da noiva.

Ela estava linda, num vestido tubinho azul-claro, que lhe realçava a elegância natural, mas seu rosto aparentava tristeza. Não esboçou sequer um sorriso, contendo qualquer manifestação de alegria ou de carinho. Tinha nas mãos um envelope, que lhe estendeu antes que ele se aproximasse para cumprimentá-la. Apenas nesse momento, Vera não conseguiu conter a emoção, deixando cair uma lágrima. Arthur sentiu o seu corpo estremecer. Não podia ser o que ele tanto temia, pensou. Percebeu que dentro do envelope havia um anel e uma carta. Logo lançou um olhar para a mão direita de Vera, que estava sem a aliança. Tentando controlar o desapontamento, pegou o envelope e retirou de dentro a carta, que começou a ler ali mesmo, diante dela.

Querido Arthur,

Decidi te escrever esta carta porque sei que as palavras me fugiriam se tentasse te falar. Tenho muito carinho por ti, te admiro muito, te respeito, mas descobri que não te tenho amor. Aconselhei-me apenas com o meu coração...

Arthur parou por aí, não precisava ler mais. Uma sensação de vertigem tomou conta do seu corpo. Precisava sair dali o mais rápido possível. Queria manter a dignidade, não podia correr o risco de chorar na frente dela. Vera tinha sido bem clara, não havia mais esperança.

Não pôde disfarçar sua insegurança e sua dúvida: devolvia-lhe a carta ou a levava consigo para terminar de ler em casa? Ou para guardar uma última lembrança de quem até então tinha sido a mulher da sua vida, com quem tinha compartilhado tantas alegrias por tantos anos, que lhe havia feito sonhar com uma vida encantada. Uma paixão imensa, já agora uma imensa saudade. Ela percebeu a indecisão dele e sussurrou com generosidade: "Leve para ler em casa com calma".

Ele não conseguiu dizer nada, sua língua estava travada. Era preciso se retirar antes que suas pernas travassem também. O que poderia ter acontecido para que ela tivesse tomado essa decisão? Teria realmente deixado de amá-lo? Se não o amava mais, por que deixara cair uma lágrima?

Entrou no carro, desolado. Pensou na casa arrumada para a festa de Natal, na árvore, no presépio, no LP novo que havia trazido. Não conseguiu controlar o choro. Felizmente, quando chegou em casa, já estavam todos recolhidos e ele foi direto para o seu quarto.

Deitou-se, colocou o envelope sobre o peito e ali ficou, imóvel, segurando a carta, mas sem coragem de ler até o fim. Passaram-se algumas horas até que, vencido pelo choro e pelo cansaço da longa viagem, adormeceu sem nem trocar de roupa.

No dia seguinte, muito cedo, levantou-se, tomou um banho, vestiu-se e desceu para tomar o café da manhã com a família. Comunicou de forma lacônica o rompimento. E disse para o avô que iria com ele para a fábrica a fim de começar a trabalhar naquele mesmo dia.

Tia Margarida não se conteve e caiu no choro. Pediu licença e retirou-se para o seu quarto. Sabia que sua cunhada, mãe de Arthur, nunca aceitara a união com uma família que, embora formada por pessoas de bem, não tinha projeção social nem refinamento e, portanto, não achava que Vera Lúcia estivesse à altura do seu venerado filho. Tinha sido contra o noivado e feito todas as intrigas possíveis para impedir o casamento.

Sabia, mas não teve coragem de enfrentá-la. Acomodou-se com a ideia de que Arthur seria capaz de resolver a situação quando chegasse, e não fez nada para impedir o rompimento. Sentia-se, de certa maneira, cúmplice pelo infortúnio do sobrinho tão querido.

Seguindo na companhia do avô para a fábrica, Arthur mal podia imaginar que iria encontrar uma empresa à beira da falência, com metade das máquinas sucateadas e uma enorme dívida com os bancos. Aquela talvez fosse a última festa de Natal no palacete, já penhorado pelo Banco da Lavoura de Minas Gerais.

11 – Arthur Conhece Ellena

Arthur havia passado muito tempo sem reparar nas outras moças, só tinha olhos para Vera Lúcia. Como nunca tinha prestado atenção em Ellena antes? – ele se perguntou.

Arthur havia se afastado completamente, e por um bom tempo, da vida social. Evitava frequentar festas e eventos por receio de se encontrar com a ex-noiva. Ficou meses sem passar pela Rua do Sol, onde Vera morava. Ela podia estar na janela...

Vinha se dedicando inteiramente à recuperação da empresa, pois sabia da importância que aquela fábrica tinha para o seu avô. E prometeu a ele que daria tudo de si para salvar a companhia. Seu Amorim não tinha mais idade nem energia para essa tarefa. Doente e cansado, merecia ter um pouco de tranquilidade e repouso no fim da vida. Agora era com ele, Arthur Neto. Trabalhava de sol a sol, muitas vezes até nos fins de semana.

Essa dedicação ao trabalho foi também uma maneira de viver o seu luto da separação de Vera, de deixar que o tempo o ajudasse a aplacar essa dor enorme, difícil de cicatrizar. Procurou evitar qualquer envolvimento afetivo até que se sentisse minimamente recuperado e pudesse, aos poucos, ir retomando sua vida normal.

Muitos meses depois, sentindo-se mais seguro, aceitou o convite de um amigo dos tempos de escola para a festa de 15 anos da irmã mais nova, que ele conhecia desde criança. Seria um grande acontecimento, nos salões da sede social do Grêmio Lítero Recreativo Português, na Praça João Lisboa, tradicional clube fundado por portugueses e seus descendentes, e que já tinha sido presidido por seu avô alguns anos antes. Ele sabia que era provável que Vera também fosse a essa festa. Mas era preciso enfrentar, virar essa página e retomar sua vida. Estava decidido, iria sim.

Estava feliz por reencontrar tantos velhos amigos e amigas. Assim que chegou, foi muito bem-recebido por todos e logo se sentou com um grupo grande e animado. Preferiu não dançar. Não era muito de bebidas, mas, incentivado pelo grupo, acabou tomando três doses de uísque com Guaraná Jesus. Já tinha avistado Vera Lúcia, de relance, numa mesa do outro lado do salão, rodeada de amigas, em conversa animada. Pelo menos não estava acompanhada de nenhum rapaz, tranquilizou-se. Será que não havia namorado ninguém nesse período? Já quase no fim da festa, Arthur despediu-se dos amigos, e ia se retirando do clube, quando o maestro Nonato e seu conjunto começaram a tocar a música "Too Young", o "hino" dos tempos de namoro com Vera. Não pensou duas vezes. Decidido a sepultar essa desilusão, e com a ajuda do uísque, deu meia-volta, atravessou o salão e foi tirar Vera para dançar.

Educadamente, sem demonstrar surpresa, ela aceitou, e foram para o salão. Confiante, mas com o coração aos pulos, enlaçou-a com delicadeza, mas sem colar o rosto, e dançaram até o fim da música sem trocar nenhuma palavra. De vez em quando o seu polegar tocava a pele macia das costas de Vera, exposta pelo decote ousado, o que lhe fazia estremecer o corpo e a alma.

Acompanhou Vera até a mesa dela, agradeceu com um leve gesto de cabeça, e foi para casa com a sensação de que finalmente poderia tirar aquele peso do seu coração. Sentia-se pronto para recomeçar sua vida em outros braços, que certamente iria encontrar em breve.

Retomando aos poucos sua vida social, Arthur aceitou ser padrinho da filha de um grande amigo de infância. Na ida para a celebração, ainda com o coração machucado, mas de bem com a vida, resolveu aproveitar a ensolarada manhã de sábado para repetir um passeio de carro que costumava fazer na companhia de Vera e do irmão mais novo dela. A pedido do então futuro cunhado, mas sempre com muito gosto, e com Vera a seu lado, costumavam fazer várias vezes o mesmo trajeto. Tirou da garagem o charmoso Plymouth 1948 conversível do avô, relíquia dos tempos de fausto da família. Lembrou que esse mesmo carro, com a capota arriada, havia transportado Getúlio Vargas, que seu avô admirava e apoiava, em 1950, em campanha eleitoral pela cidade, acompanhado do seu famoso guarda-costas Gregório Fortunato e do interventor do Estado, Paulo Ramos.

Baixou a capota e curtiu cada trecho do percurso pela bela cidade de São Luís. Dirigindo devagar, sentindo a brisa no rosto, foi até a Praça Gonçalves Dias, apreciou com calma a paisagem, fez o retorno, tomou a Rua Rio Branco até a Rua do Sol, virou à direita e foi até a Praça João Lisboa, descendo então a Rua do Egito.

Na Avenida Beira Mar, observou a ponta do mastro do navio Maria Celeste, que ali havia naufragado, a poucos metros do cais. Lembrou-se de que Vera lhe tinha telefonado, aflita, informando sobre o acidente e pedindo a ele que a acompanhasse até lá, para verem juntos, de perto, o acontecimento que abalara a cidade de São Luís em 1954. Um navio explodindo diante da população estarrecida, aglomerada ao longo da mureta da Avenida Beira Mar. Tonéis de óleo voando pelos ares, as labaredas tomando conta da embarcação, e uma grossa fumaça preta se espalhando com o vento. Agora, viam-se apenas o mastro e um pedaço da proa, com o casco enferrujado, quando a maré estava baixa. Pensou naquele navio naufragado como uma metáfora do seu noivado. E que ali ainda permaneceria por muito tempo para fazê-lo lembrar de Vera.

Subiu a ladeira sob o pequeno viaduto e estacionou perto da igreja da Sé. Antes de subir a escadaria, admirou aquela igreja imponente, localizada em um patamar bem acima do nível da rua, o que realçava ainda mais a grandiosidade da sua arquitetura, com vista privilegiada para a Praça Pedro II, estendendo-se à sua frente, como que lhe prestando reverência. Alguns convidados já estavam reunidos em frente à porta principal, conversando animadamente. Quase todos se conheciam, muitos eram amigos de longa data. A esposa do amigo, Judith, mãe da criança, apresentou a madrinha a Arthur, que já a conhecia de vista, como é comum numa cidade pequena, mas com quem ainda não tinha tido o prazer de conversar.

– Muito prazer. Maria Ellena.

– Muito prazer. Arthur Amorim Neto.

Ela já o conhecia bem, pela projeção social que ele desfrutava. Admirava a sua elegância, o modo gentil como tratava as pessoas, conhecia sua família. Arthur havia passado muito tempo sem reparar nas outras moças; só tinha olhos para Vera Lúcia. Como nunca tinha prestado atenção em Ellena antes? – ele se perguntou. Bonita, discreta e articulada, sua personalidade forte o encantou desde o primeiro momento. Começaram a conversar, buscando interesses em comum, mas logo tiveram que interromper a prosa. O padre chamava para a cerimônia.

A comemoração seria na casa dos avós da criança, no palacete da Rua do Passeio, a uma boa distância dali. Arthur ofereceu carona para Ellena, que aceitou naturalmente.

Na festa, sentaram-se à mesma mesa e engrenaram uma conversa agradável. Judith, que mais tarde confessou que teve a intenção deliberada de aproximá-los, havia apresentado Ellena como professora de História, que já havia publicado poesias em um jornal da cidade. Sabia que Arthur tinha boa formação, era viajado, certamente haveria muita afinidade entre os dois.

Conversaram sobre cinema, arte, poesia. Arthur citou, discretamente e de cor, trechos de Manuel Bandeira e Fernando Pessoa. Falaram sobre a Semana de 22, o cinema moderno, a bossa nova.

Ellena estava impressionada. Havia muito tempo não tinha uma conversa tão interessante com um homem. Combinaram de ir juntos, no dia seguinte, domingo, assistir ao novo filme que acabava de estrear no Cinema Eden, *A Esquina do Pecado*, com a estrela Susan Hayward, e John Gavin como galã, no qual protagonizavam um amor proibido. Ellena era emancipada, não precisava levar ninguém junto para ir ao cinema com um rapaz. Algumas senhoras mais conservadoras lhe torciam o nariz e achavam que ela não era boa companhia para suas filhas. Saíram do cinema de mãos dadas. Arthur era outro homem.

Em menos de um ano estavam casados. A cerimônia foi simples, os novos tempos exigiam austeridade, e o avô de Arthur havia falecido fazia menos de três meses. Não havia clima para festas. Ellena conhecia toda a situação da empresa; Arthur sempre fora sincero com ela.

Foram morar numa antiga casa da família da mãe dele, na Rua das Hortas, a dois quarteirões do palacete do seu avô, e que havia sido a residência de uma tia-avó sua, já falecida, e desde então estava vazia. Sem a modernidade do palacete, que já não pertencia mais à sua família, ainda assim era uma casa imponente. Arthur, sentindo-se curado da desilusão do noivado desfeito, agora poderia recomeçar sua vida e realizar seu sonho de formar uma família.

12 – Epifania

Ellena não queria pensar em nada, apenas se deixar ficar ali, quieta, junto de Mariana, curtindo o momento e a brisa da tarde, que suavemente acariciava seus corpos suados. Questionamentos ficariam para depois.

O sol escaldante de início de junho indicava que a estação das chuvas estava terminando. Logo começaria a época do estio, que se prolongaria por todo o segundo semestre. O mormaço começava a envolver a cidade, especialmente na parte da tarde. Mariana chegou à casa de Ellena com as maçãs do rosto coradas, mesmo estando protegida por uma sombrinha. Parecia que o calor da tarde estimulava o fogo que lhe queimava por dentro em forma de desejo.

No caminho, havia cruzado com Bazinha, com suas sacolas de lona listrada, indo fazer compras na Mercearia Brasil, na Rua Grande. Apressou então o passo, ansiosa. Ficaria sozinha com Ellena pela primeira vez.

Encontrando a cancela destrancada, Mariana entrou, subiu os degraus do corredor e bateu palmas, já na porta do meio, como de costume.

Quando Ellena foi cumprimentá-la, Mariana encostou os seus lábios nos dela e a envolveu num abraço apertado. Ellena sentiu seu corpo estremecer, achou que iria perder os sentidos. Mariana então a beijou com volúpia e se apoiou na porta atrás de si, até perceber que estava trancada. Finalmente estavam sozinhas. E abraçadas, os lábios colados, não havia como evitar. Nem adiar. Um dia teria que acontecer. E o dia havia chegado. Com o coração aos pulos, Ellena trouxe Mariana pela mão até a escada e subiram para o mirante em silêncio. Abriram as janelas para arejar, trancaram a porta, e se deixaram levar pelo desejo, no seu primeiro encontro íntimo.

Ellena nunca tinha experimentado um prazer tão intenso, nunca tinha se entregado de maneira tão ardente e completa a uma pessoa como naquela tarde. E ali ficaram um tempo abraçadas, exaustas, nuas, de frente uma para a outra, corpos unidos, naquela estreita cama de solteiro, sem saber o que dizer, apenas se entreolhando e roçando os lábios, de leve. De vez em quando davam um sorriso de cumplicidade, e voltavam a se abraçar. O suave perfume de alfazema, os lábios carnudos de Mariana, seus dentes brancos, seu hálito morno. As mãos de Mariana, que Ellena tanto admirava, agora estavam entrelaçadas nas suas. Foi um momento mágico, uma verdadeira epifania. O relaxamento, depois do gozo intenso e prolongado, a sensação de plenitude, de paz, de conforto foi o mais completo que já havia sentido na vida. Ellena não queria pensar em nada, apenas se deixar ficar ali, quieta, junto de Mariana, curtindo o momento e a brisa da tarde, que suavemente acariciava seus corpos suados. Questionamentos ficariam para depois.

13 – Culpa, Medo e Desejo

Ellena: A minha mente, racional, me cobra prudência e respeito aos costumes. Mas como obedecer à razão se o meu coração está em festa e o meu corpo em brasa?

Com o coração repleto de culpa, medo e desejo, dividida entre sentimentos tão conflitantes, Ellena aguardou ansiosa pela aula seguinte, refletindo, angustiada, sobre o turbilhão de sentimentos que, de repente, a fez explodir de felicidade, mas lhe roubou o sossego.

Será que Mariana vem? Será que está arrependida, como eu, e desistirá das aulas? Se alguém descobre o que houve entre nós, será um verdadeiro escândalo. Nunca tinha me sentido tão plena, tão feliz. Nunca vivi uma relação como essa, tão terna, tão prazerosa, tão completa, mas tão errada, tão proibida. Nunca senti por ninguém o que agora sinto por ela. Mas não podemos levar essa loucura adiante. Precisamos dar um basta enquanto é tempo de evitar um envolvimento maior. Não é certo continuarmos assim, isso vai contra todos os nossos princípios morais. Quero muito a amizade de Mariana, estar perto dela, mas um relacionamento íntimo, não, isso é loucura, foi apenas um momento de fraqueza. Tenho meu casamento, minha reputação, e Mariana não merece ser envolvida numa aventura que pode lhe trazer tantas consequências, que pode magoar outras pessoas, como sua avó, sua mãe. Preciso ser forte, temos que parar por aqui. Sendo mais velha que ela, sendo sua professora, tenho a obrigação de conduzir essa relação com responsabilidade. Prometo para mim mesma que isso não vai se repetir. Mariana virá, sim. Vou conversar com ela, explicar com carinho, mas temos que interromper essa relação. Não posso continuar fazendo isso com ela nem comigo. Mas ela é a única pessoa com quem eu posso compartilhar esse conflito, ninguém mais nesse mundo seria capaz de me compreender neste momento. Temos agora apenas uma à outra. E esse segredo. Que ficará guardado na lembrança, mas que não deve voltar a acontecer.

Bazinha ia abrindo a porta do meio para sair, quando Mariana chegou, nem precisou bater palmas para se anunciar. Ellena, querendo ficar a sós com a aluna para poderem conversar à vontade sobre um assunto tão íntimo e delicado, tinha pedido a Bazinha que fosse comprar sorvete de cupuaçu na Sorveteria Rosa de Maio, no distante Canto da Viração. Precisavam refletir juntas sobre o momento que estavam vivendo. Estava confusa, se sentindo culpada, traindo o marido e levando a aluna, tão jovem, a se envolver com ela numa relação espúria e perigosa. Precisava evitar um novo encontro como o da semana anterior. Para o bem das duas. Queria apenas conversar e tentar colocar um ponto-final naquela loucura.

– Pode entrar, minha filha, sua professora já está lhe esperando na varanda – disse Bazinha, já de saída.

– Dá licença – gritou Mariana, já na parte de dentro do corredor. Ellena levantou-se e foi recebê-la. Já podia sentir o seu perfume. Mariana estava com o cabelo preso, ainda úmido do banho, e usava um vestido claro, solto, sem mangas. Linda, na sua simplicidade, com sua beleza natural, despojada, que tanto encantava Ellena.

Cumprimentaram-se com dois beijos, quase cerimoniosos, Ellena tentou evitar uma aproximação maior, mas acabaram dando-se um abraço emocionado. Antes que Ellena dissesse alguma coisa, Mariana procurou os seus lábios, mas Ellena baixou a cabeça, tentando evitar o beijo. Mariana insistiu, deslizou os seus lábios sensuais pelo rosto de Ellena até que os narizes se tocaram, e logo as bocas se encontraram. Mais uma vez, Ellena sentiu que começava a enfraquecer toda a sua disposição de controlar seus desejos e evitar um novo encontro como aquele. A promessa de interromper o relacionamento seria adiada. Ellena simplesmente cedeu, mas prometeu mentalmente a si mesma que seria a última vez. Uma despedida. Conduziu então Mariana para a escada do mirante. Divididas entre o inaceitável e o incontrolável, entre conter ou ceder, finalmente entregaram-se sem questionamentos. Ali, sozinhas, apaixonadas, loucas de desejo e saudade, não conseguiram controlar. O cômodo, com as janelas abertas, lençol e fronha limpos e cheirosos, a cabeceira e a escrivaninha brilhando, enceradas com óleo de peroba, como se estivesse pronto para recebê-las. Trancaram a porta. Mesmo correndo risco, despiram-se às pressas, de maneira desordenada, jogando as roupas de qualquer jeito sobre a cadeira. O cheiro de alfazema de Mariana trazia a Ellena a lembrança daquela tarde anterior tão reveladora. Não tinham tanto tempo dessa vez, mas tinham a urgência do impulso inadiável. Era o desejo, que Ellena tanto tentara reprimir, que agora eclodia de forma incontrolável, transgressora, desafiando costumes, se sobrepondo às convenções. Tocaram-se com mãos frias de ansiedade, exploraram mutuamente cada centímetro de pele. Mãos, lábios, línguas, pelos se tocaram e se confundiram em frenética convulsão. Corpos úmidos de suor e sexo se aconchegaram e se encaixaram em um movimento incontrolável. Inebriadas de prazer, não conseguiram conter na garganta os gritos e gemidos que explodiram à revelia.

Assustadas com a própria ousadia, rapidamente se recompuseram e desceram para a varanda, para aguardar a volta de Bazinha, que logo chegou. Foi por pouco. Aliviadas da febre do desejo, com os corpos pacificados pelo orgasmo, relaxaram e se refrescaram com o sorvete de cupuaçu.

Bazinha retirou-se para cuidar dos seus afazeres na lavanderia. Era a oportunidade de conversarem, refletirem sobre a deliciosa, mas perigosa loucura que estavam cometendo.

– Mari, que loucura é essa que está acontecendo com a gente? Nunca imaginei que chegaríamos a esse ponto. Esse desejo foi chegando sorrateiro, dissimulado, e quando dei por mim estávamos deitadas naquela cama, enredadas até a alma nessa relação. É como se a maré enchente fosse me levando contra a correnteza do rio, me jogando nos teus braços. Tentei ao máximo evitar, me controlar. Fiz promessa, jurei que não iria deixar acontecer de novo. Mas bastou tu te aproximares de mim para que eu esquecesse as juras. A minha mente, racional, me cobra prudência e respeito aos costumes. Mas como obedecer à razão se o meu coração está em festa e o meu corpo em brasa? Esses nossos encontros foram os momentos mais intensos e felizes que tive como mulher em toda a minha vida. Contigo conheci a plenitude da minha sexualidade. Nunca tinha reconhecido em mim, de forma tão clara, essa atração de mão invertida. Foi uma revelação. Uma epifania. Me diz sinceramente, Mari, tu já tinhas vivido alguma experiência como essa antes?

– Sim, Ellena, tive um rápido relacionamento com uma colega. Também foi uma coisa totalmente inesperada. Nós éramos muito amigas, estávamos sempre juntas, até que um dia combinamos de estudar até mais tarde para uma prova de final de ano, e eu dormi na casa dela. Ela arrumou um pretexto para vir para a minha cama, me fez carícias, me beijou. Eu resisti muito, ameacei ir embora, mas o desejo foi mais forte que eu. Acabei cedendo. E foi muito bom, foi intenso, mas foi fácil interromper. Já entre nós, além de tudo, tem muito afeto, ternura, afinidades, é muito mais profundo.

– Mas tu não sentiste medo, não tiveste dúvidas, arrependimento?

– Muitas. Muitas dúvidas. E medo, vergonha, arrependimento. Perdia o sono, rezava, chorava sem motivo, não podia aceitar aquele desejo. Fiquei muito perplexa, revoltada, não queria aquilo para mim. Cheguei a ficar de mal com a minha colega, queria evitar a todo custo que aquilo se repetisse. Só pensava na minha avó, não queria decepcioná-la. Sentia muito medo e vergonha do que poderia acontecer se outras pessoas descobrissem. Mas a verdade é que eu gostei. Gostei muito, por isso tinha tanto medo. Felizmente o ano letivo acabou logo em seguida e eu me afastei dela definitivamente. Passei a evitar me aproximar demais das colegas, tinha receio de ficar sozinha com elas. Tinha esperança de que aquela atração fosse apenas coisa da idade, que uma hora passaria. Bastava me controlar por um tempo que logo iria me interessar por algum rapaz. Mas isso nunca aconteceu. Custei a me conformar, mas, a partir daquele dia, tive que admitir que a minha atração sempre se dirigia para as meninas. Acabei aceitando que eu sou diferente da maioria das outras moças. E que esse desejo de mão trocada não vai acabar. Nem vai diminuir. Se é certo ou se é errado, se é pecado, já não sei. Só sei que a minha natureza é assim. O que é que eu posso fazer contra a minha natureza? Procurei me aceitar como sou e tentar conter os meus impulsos. Apenas decidi não me envolver novamente. Iria me dedicar aos estudos e trabalhar para ajudar minha avó, crescer profissionalmente, ser útil para as outras pessoas, como professora. E fui tocando a vida, evitando outros relacionamentos. Não me achava no direito de decepcionar as pessoas que me amam, só por causa dos meus desejos. Mas agora, entre nós, foi muito diferente. Não foi só desejo. Percebi logo que era muito mais que isso. Lembrei do dia em que te conheci, naquela formatura, lá no palco, confiante, segura, fazendo aquele discurso vibrante, e eu encantada, te achando linda, te desejando. Notei desde a primeira aula, Ellena, que tu também te sentiste atraída por mim. Percebi que me observavas, te perdias no assunto olhando para os meus lábios. Aquilo me deixou extremamente excitada. Pensei em não voltar, inventar uma desculpa. Sabia que, se eu continuasse, o risco de um envolvimento seria muito grande. Só pensava na minha avó, não queria decepcioná-la. Mas também senti que havia um grande afeto entre nós, pela maneira carinhosa com que tu me tratas desde o primeiro momento. A nossa primeira aula foi tão agradável, tão produtiva, me senti tão bem em tua companhia... Depois daquela tarde, vim para a aula totalmente insegura, pensei em dar meia-volta, mas parecia que minhas pernas não me obedeciam. Quando dei por mim estava na frente da tua casa, com o coração aos pulos e uma vontade enorme de te encontrar. Entrei por aquela porta como se estivesse saltando no abismo. E tudo o que eu queria era saltar.

– E eu saltei junto contigo – disse Ellena, com um olhar de cumplicidade.

– Agora me fala de ti, Ellena.

– Desde cedo eu percebia a minha atração pelas meninas, mas confundia com amizade, carinho, e achava que também tinha interesse pelos meninos. Assim como tu, eu achava que era coisa da idade, que com o tempo passaria. Às vezes convidava alguma colega para estudar na minha casa, mas sempre tinha alguém por perto e eu evitava pensar nessas coisas. Ficava imaginando a reação do meu pai se ele soubesse que eu havia cometido um desatino desses. Então eu evitava uma proximidade maior. E me dedicava aos livros, aos estudos e procurava não pensar nisso. Tive até um namorado, mas a relação não durou muito tempo. Aí começou a pressão da família, meio velada, para que eu arranjasse um noivo. Tinha passado dos 24 anos, já tinha *dado o tiro na macaca*, como se diz por aqui, de forma pejorativa, de quem já está passando da idade de casar. Quase todas as minhas colegas já estavam casadas, e muitas já tinham até filhos. Foi quando uma amiga me apresentou Arthur no batizado do nosso afilhado. Eu já o conhecia, ele é de uma família com projeção social, muito educado e inteligente, e era considerado um dos melhores partidos da cidade. Tinha sofrido uma grande desilusão com a ex-noiva, estava tentando se recuperar. Conversamos, gostei da companhia dele. Começamos a namorar, ele passou a frequentar a minha casa. Primeiro ele ficava na calçada e eu na janela, como em todos os namoros nesta cidade. Um dia, alguns meses depois, ele me pediu para entrar e falar com o meu pai. Eu achei que ele ia pedir permissão para namorar no corredor, sentado, perto da sala, mas, para minha surpresa, ele pediu a minha mão em casamento.

Ellena suspirou e prosseguiu.

– Eu fiquei sem reação. Já meus pais, felizes, aceitaram imediatamente. Aí minha mãe, orgulhosa e aliviada, saiu espalhando para todo mundo que eu tinha ficado noiva. No dia seguinte, a minha irmã mais velha, que já era casada e tinha dois filhos, veio me visitar e me dar os parabéns. Minhas amigas festejaram, me telefonaram. Eu, no começo, fiquei muito chateada com Arthur; ele não poderia ter feito isso sem combinar comigo. Mas percebi que ele tinha feito com a melhor intenção; achou que eu ficaria feliz com a surpresa. Qual moça desta cidade recusaria uma proposta de noivado dele? Mas essa atitude deixou sequelas. Eu tinha o direito de ser consultada. Será que aquele era o meu momento para um compromisso tão sério? Mas também não queria ficar pra titia, e comecei a me acostumar com a ideia, embora me sentisse incomodada com esse costume dos homens de decidirem sozinhos sobre as nossas vidas. Ainda sem saber como reagir, fui sendo levada pela correnteza dos costumes. Era o destino de todas as moças da cidade se cumprindo comigo também. Eu gostava de Arthur, tínhamos conversas interessantes, mas nunca senti por ele aquele frio na barriga dos apaixonados. Meu coração nunca acelerou quando ele assoviava embaixo da minha janela, anunciando sua chegada. Nunca senti o arrepio dos amantes ou qualquer reação no meu corpo quando ele chegava perto de mim ou pegava na minha mão. Conversei com a minha mãe, disse que não sabia se o amava. Ela me explicou que era assim mesmo, que o amor a gente constrói com a convivência, que com ela tinha acontecido a mesma coisa. Só que tudo o que eu não queria era levar a vida da minha mãe, submissa, sem voz ativa, parecendo estar sempre se equilibrando entre a melancolia e a amargura. Simplesmente fui levando. Ou melhor, fui sendo levada. Difícil deter o fluxo dessa maré de tradições. Quando a gente vê, a maré já nos levou. Casei. Não foi o amor que nos uniu, muito menos o desejo; foram nossas carências. Ele, tentando se curar da dor do rompimento com a ex-noiva, de quem eu tenho certeza de que ele ainda gosta, e eu, com medo do estigma do *caritó*, de ficar solteirona. E agora, com pouco mais de um ano de casada, sou surpreendida por essa epifania, essa revelação, essa loucura, esse sentimento transgressor, que não respeita costumes nem regras, que desconhece barreiras, que virou a minha vida de pernas para o ar e me mostrou o que eu me recusava a ver. Tinha medo de ver. A expectativa pela chegada da pessoa amada eu sinto agora. O coração batendo forte a cada encontro, é o que eu sinto hoje. E, mais forte que tudo, o arrepio dos amantes, a brasa ardente que me queima quando tu te aproximas de mim.

– E agora, Ellena, o que fazemos conosco, com a nossa relação?

– Como eu gostaria de ter essa resposta, Mari. Na verdade, o que eu tenho são muitas perguntas: por quanto tempo conseguiremos manter esse segredo? E se alguém descobrir, o que vamos fazer? Como será a minha relação com Arthur daqui para a frente? A única certeza que eu tenho agora é que ninguém jamais vai compreender ou aceitar esse nosso relacionamento. Mas não consigo ver caminho de volta. Eu bem que tentei, mas agora percebo que é mais forte que eu. Não sei o que será de mim, de nós. A minha vontade é enfrentar o mundo, as convenções e ficar ao teu lado. Conseguiremos? Por enquanto, vamos administrando, driblando o presente e tentando encontrar caminhos, se é que eles existem.

– Pois da minha parte, Ellena, também já não posso abrir mão dessa relação. Não gostaria de decepcionar nem magoar ninguém, mas não tenho como voltar no tempo e apagar o que aconteceu.

Não posso mais continuar contrariando a minha natureza. Vamos administrando juntas. Eu sempre vou estar do teu lado, para o que der e vier. Não quero nem pensar no momento em que vamos ter que nos afastar, mas também sei que tenho que me preparar para isso. Sei que um dia vai acontecer. Tomara que demore.

– Nunca tinha admitido antes a minha natureza com tanta clareza, Mari. Aprendemos que isso é uma anormalidade, um desvio de caráter, uma doença, uma perversão. Mas agora me pergunto: será mesmo? Desde aquela tarde, não consigo dormir direito. Fico deitada, refletindo, tentando entender o que está acontecendo comigo. Quando nos conhecemos, à medida que fomos nos aproximando, eu imaginava que talvez sentisse por ti apenas uma forte simpatia, uma afinidade, uma admiração. Mas atração física? Não, precisava tirar isso da cabeça. Eu, casada, moça de família, professora, me envolver com uma aluna? E a minha ética? E o meu marido, que é uma pessoa boa e não merece isso? Ele já sofreu tanto com o rompimento do noivado anterior. Procurava desviar meu pensamento, me distrair com outra coisa. Uma noite, exausta de tanto pensar, consegui pegar no sono. Foi pior. Sonhei que eu levantava da cama e ia nas pontas dos pés até a janela. E ficava olhando aquela rua deserta, e teu vulto indo embora, sem olhar para trás. Teus pés não se mexiam, mas mesmo assim tu ias te afastando, flutuando, levada por alguma força invisível, até a tua silhueta, já distante, se dissolver na bruma da noite. E eu voltava para a cama e me deitava, e a cama era dura como pedra. Acordei assustada, desesperada, sem ar. E o teu cheiro continuava nas minhas mãos, no meu corpo, na minha alma. Não costumo rezar, sou mais de pensar, mas nessas horas me faz falta a fé, que acalma e consola. Mas também não posso fingir uma fé que não tenho. Busco sempre encontrar explicações racionais. Fico imaginando que a nossa mente funciona como se houvesse um cantinho reservado, lá no fundo, um quartinho escuro onde a gente, sem perceber, guarda uma parte da nossa natureza que não pode vir à tona. Uma parte que não pode ser vivida nem mostrada. São os desejos e sentimentos que não são aceitos pelos padrões morais da sociedade. Podem nos dar muito prazer, mas também podem nos causar muito sofrimento, e por isso deveriam ficar lá escondidos, na sombra. Mas infelizmente, ou felizmente, eles não morrem, nem diminuem. São como pequenos demônios, que ficam quietos por um tempo, mas estão vivos dentro de nós, à espreita, latentes, latejantes, apenas esperando uma centelha para incendiarem o nosso corpo e a nossa mente. E ficam nos queimando por dentro até tomar conta de nós. E aí, o que podemos fazer, se eles são mais fortes? Se eles é que são a nossa verdadeira natureza, que a gente tentou esconder? Assim como a maré enchente, que invade a calha do rio e se impõe sobre a sua correnteza, invertendo o sentido do fluxo das águas, às vezes a natureza inverte o sentido do desejo e do afeto, se sobrepondo à correnteza dos costumes. Chega uma hora em que a nossa natureza se recusa a permanecer escondida. Ávida por luz, sai da sombra e atravessa para o lado ensolarado da rua. Hoje, vejo esse desejo como uma vertente natural da sexualidade humana. Não pode ser anormal. Mas sei que vai levar muito tempo para que as pessoas admitam isso.

– Ellena, pensa comigo: a mente do ser humano é tão rica e diversificada, existem pessoas tão diferentes umas das outras em tantos outros aspectos, por que não poderia haver formas diversas de manifestação da sexualidade? Por que teríamos todos que ter um jeito único de sentir os nossos desejos?

– É, Mari, a única coisa a fazer por enquanto é aceitarmos. E irmos convivendo, administrando, um dia após o outro. A cada dia a sua epifania, só para contrariar a agonia que nos impõem os costumes. Quem sabe o tempo nos revela um caminho? Começou a escurecer, era hora de se despedirem. Mariana entregou um envelope para Ellena, que sempre ficava feliz com o carinho.

MAL SECRETO – Raimundo Correia[1]

Se pudesse o espírito que chora
Ver através da máscara da face
Quanta gente, talvez, que inveja agora nos causa,
Então piedade nos causasse.

---

[1] Raimundo Correia (São Luís, 1859 – Paris, 1911). Academia Brasileira de Letras, cadeira nº 5.

14 – As Memórias do Padre Barreto

Padre Olímpio demorou alguns minutos e voltou com quatro envelopes pardos nas mãos, bastante empoeirados. Buscou um espanador, sacudiu a poeira, deixando visíveis as letras escritas a bico de pena, com uma caligrafia elegante:
"Padre Lusitano Marcolino Barreto – Memórias – 1903"

O bonde entrou na Rua de São João. Ellena e Mariana desceram em frente à Igreja de Santo Antônio. O Professor Kalil já as aguardava dentro do prédio do seminário, ao lado da igreja. Mas não deram muita sorte dessa vez. O padre responsável pela guarda dos livros estava adoentado e não pôde atendê-los. Decidiram então ir direto para o Convento do Carmo, na Praça João Lisboa. O professor ofereceu carona e seguiram para lá.

Padre Olímpio estava atarefado, arreliado, cenho franzido, a testa úmida pelo mormaço, mas os recebeu com cortesia, pela amizade com o jovem professor e, principalmente, pela consideração com o seu irmão mais velho, que também era padre. Pediu que voltassem outro dia, ele separaria alguns livros para ficarem à disposição das pesquisadoras. Não parecia um dia muito promissor, com uma segunda visita frustrada. Já estavam se despedindo, quando Ellena lembrou-se do enterro do avô de Arthur, seu noivo, na época.

– Padre, por acaso não foi o senhor que rezou a missa de corpo presente do Seu Arthur Amorim? Estou me lembrando da sua fisionomia e principalmente do seu sermão, que emocionou a todos.

– É verdade, minha filha, fui eu que rezei a missa, sim. O Seu Amorim foi um grande amigo e benfeitor desta igreja.

– Pois eu sou esposa do neto dele, Arthur.

– Arthur Amorim Neto! Excelente rapaz. Estive com ele algumas vezes, em companhia do avô. Bem, vocês vieram aqui com uma missão, não quero frustrá-los, ainda mais sendo da família do nosso grande e saudoso amigo.

De repente a conversa tomou outro rumo, como que por milagre. Os olhos do Padre Olímpio ganharam brilho. Enxugou a testa com um lenço amassado que trazia no bolso da calça, por debaixo da batina, e pediu que o acompanhassem até a biblioteca do convento. Sob a sombra do alpendre, com novo ânimo, começou a mostrar as benfeitorias que o Seu Amorim tinha patrocinado na igreja e no convento.

– Vejam este alpendre. Se está assim bem cuidado foi porque ele, com a sua generosidade, mandou reformar. Isso tem uns dez anos. Antes, tinha mandado fazer outros reparos. Se esta igreja ainda tem telhado é graças ao Seu Amorim. Bem, expliquem melhor o que vocês precisam, vamos ver se conseguimos alguma coisa. Terei enorme prazer em ajudá-los.

Ellena explicou a razão da pesquisa e mencionou o nome do Padre Lusitano Marcolino Barreto, vigário da Igreja Matriz de São Mathias, em Alcântara.

– Acho que me lembro desse nome... não me é de todo estranho. Igreja Matriz de São Mathias... Alcântara... Padre Barreto... Ia falando e percorrendo os livros nas prateleiras com o dedo indicador, a outra mão apoiada nas costas.

– Me esperem aqui, acho que tenho uns documentos de Alcântara...

Padre Olímpio entrou num cômodo ao lado da biblioteca. Pela fresta da porta entreaberta, os três puderam observar que ali os documentos não estavam muito bem organizados, os livros desarrumados sobre prateleiras antigas e em mau estado. Havia uma mesa com um pé quebrado, apoiada sobre um pedaço de madeira improvisado, com vários livros e envelopes em cima. Talvez por isso o padre tenha pedido que o esperassem do lado de fora. Não queria que vissem o cômodo desarrumado.

Padre Olímpio demorou alguns minutos e voltou com quatro envelopes pardos nas mãos, bastante empoeirados. Buscou um espanador, sacudiu a poeira, deixando visíveis as letras escritas a bico de pena, com uma caligrafia elegante: "Padre Lusitano Marcolino Barreto – Memórias – 1903. Alcântara – Maranhão".

Mariana e Ellena sentiram um frio na barriga. Podiam estar diante de um tesouro.

– Sabia que tinha alguma coisa aqui sobre o Padre Barreto. Está um pouco empoeirado, mas vamos ver do que se trata. Acho que há mais envelopes; estavam amarrados com um fio de embrulho, mas agora só encontrei estes quatro, soltos. Vou ver se encontro os outros depois. Por enquanto, podem ir examinando estes aqui. Saibam que eu não poderia estar mostrando estes documentos. Só o faço porque a senhora é professora de História, além de ser esposa do Arthur Neto. Portanto, só podem ser examinados aqui e na sua presença. Entendido?

Ellena concordou com um gesto de cabeça, tentando disfarçar a ansiedade. Calçaram as luvas cedidas pelo padre e foram retirando cuidadosamente as folhas soltas de papel almaço, já amarelecidas pelo tempo, manuscritas com a mesma caligrafia bem cuidada do envelope.

– Já andei dando uma folheada neste material há muitos anos... não lembro direito, mas acho que tem uns desenhos a lápis nos outros envelopes. Talvez o Padre Barreto quisesse deixar suas anotações para a posteridade, talvez pensasse em escrever um livro de memórias, vai saber... Bem, aqui estão, fiquem à vontade. Podem usar aquela mesa ali perto da janela, que é mais ventilada. Se precisarem de papel e lápis é só pedir.

A expectativa tomou conta de todos, Mariana nem respirava. Eram muitas folhas, provavelmente a intenção era mesmo publicar um livro de memórias.

– Talvez tenha morrido antes, alguém deve ter encontrado os envelopes nos seus guardados e os enviou para cá – observou Padre Olímpio.

– Bem, temos muito trabalho pela frente, mas acho que vamos encontrar coisas interessantes. Mãos à obra, Mari.

O Professor Kalil agradeceu ao padre e despediu-se, desejando boa sorte para as duas.

Muitas páginas depois, lutando para entender algumas expressões já fora de uso, e as letras, embora elegantes, bem diferentes das atuais, o que dificultava um pouco a interpretação da leitura, depararam-se com o relato de um "passeio higiênico" que o padre teria feito, semelhante ao que tinham encontrado naquela nota do *Diário do Maranhão*, no Arquivo Público do Estado.

Acometido de beribéri, retirei-me para a fazenda do meu estimado amigo cap. Mariano Augusto de Araújo Cerveira, localizada em Cedral, onde fiquei por duas semanas me recuperando. Sentindo-me bem melhor, tomei o caminho de volta para Outeiro, num carro de boi cedido pelo meu amigo, sempre acompanhado do meu acólito Osório, montado num burro. Em Cedral, pegaríamos novamente o barco e seguiríamos até Bequimão para visitar outras lonjuras do meu distrito eleitoral, já que me candidatava à eleição para a cadeira de deputado na Assembleia Provincial. O carro de boi é mais lento, porém mais confortável e mais adequado para nossas bagagens.

Acontece que, entre Cedral e Outeiro, a parelha de bois que puxava o carro deu uma arrancada súbita e resvalou na terra enlameada pela chuva da véspera, caindo numa depressão do caminho e danificando uma das rodas. Osório verificou que o aro de ferro tinha se soltado da roda de madeira, impedindo o carro de continuar a viagem. Já no meio da manhã, o sol ganhando altura, resolvi abrigar-me embaixo de uma mangueira na beira do caminho, enquanto Osório foi no seu burro até Cedral tentar buscar ajuda.

Uma hora e tanto depois, voltou acompanhado de dois homens, um caboclo atarracado, de meia-idade, que trazia uma garrucha na cintura, e um negro alto, com seus 25, 26 anos, ou pouco mais, seguidos por um cachorrinho malhado. O negro, sem camisa, certamente um escravo, trazia umas ferramentas, e começou a desmontar a roda com a segurança de quem sabia o que estava fazendo. E o cachorrinho do lado dele.

Eu, curioso, fiquei acompanhando o serviço, enquanto Osório conversava com o homem da garrucha, feitor da fazenda a que pertencia o escravo.

– Esse cachorro é teu? – perguntei, puxando conversa.

– Sim, padre. Era da minha mãe, ela cuidô dele desde que nasceu, ele não saía do lado dela. Aí, quando ela foi vendida para uma família de São Luís, ele ficou comigo. Agora não sai do meu lado.

– Como é o nome dele?

– Turi.

– Turi?

– Sim. É como os ribeirinho chama o Rio Turiaçu. Minha mãe achou ele na beira do rio, ainda bem pequeno, tava tão magrinho que aparecia as costela. Aí minha mãe cuidô dele e botou esse nome nele.

O feitor e Osório afastaram-se para uma sombra enquanto eu continuei acompanhando o serviço. O negro, aproveitando que tinha ficado a sós comigo, me disse que era escravo da Fazenda Santo Expedito, do Dr. Sá Ribeiro, entre Turiaçu e Santa Helena, e tinham vindo de barco até Cedral trazer uma carga de produtos da fazenda. Contou que sua mãe, já com uns 45 anos, tinha sido vendida para uma família de São Luís. Na idade dela, já não servia muito para o serviço pesado da roça, mas ainda tinha valor para trabalhar numa casa na cidade. Enquanto consertava a roda, ia me contando sua história, com a sua linguagem rude:

– O Dr. Sá Ribeiro entonce arresorveu vendê ela e mais duas da idade dela, antes que ficassi mais velha e não valesse mais nada. Quando meu pai viu minha mãe acorrentada junto com as outra saindo em direção à porteira da fazenda, levadas por um homi que ia montado num jumento, ficou revortado, se descontrolô e derrubou o homi do jumento. O feitô da fazenda viu e veio com o chicote levantado pra cima dele. Ele entonce se atracô com o feitô e tirou o chicote da mão dele. Aí vieru mais três jagunço e meu pai lutô com os quatro, até que foi dominado. Foi preciso muita luta pra segurá ele. Aí, o doutô mandou botá ele amarrado no tronco de uma palmeira de babaçu, do lado do terreiro, amarrado com as mão pra cima e nu, que era pro castigo sê bem dado. Eu tava na beira do rio arrumando a costeira da fazenda quando ouvi os latido de Turi e uma algazarra no terreiro. Corri pra vê o que era. O doutô mandou dá uma surra de chicote no meu pai. Eu vendo aquilo e sem pudê fazê nada, preferi me afastar pro rio, mas o doutô disse que queria todos os preto lá pra oiá a surra. Aí o feitô começou a batê. Era chicotada no peito, na cara, no lombo. Levantava a mão o mais arto que podia e baixava o relho com vontade. E Turi tentando morder as perna do feitô e levando chute dele, mas mermo assim continuava mordendo. Meu pai não dava nem um gemido, só encarava o feitô que batia nele. O sangue escorria pelo corpo, meu pai já tava quase desmaiando, quando o doutô gritou lá do alpendre da casa-grande: "Chega. Tá bom".

    Eu senti um alívio, achando que a covardia já tinha acabado. Peguei Turi no colo pra acalmá ele. Foi quando o doutô Sá Ribeiro desceu, ele mermo com o seu chicote na mão. Com cabo de prata e ponta de couro trançado, que era pra machucar mais. Aí falô: "Agora é comigo. Esse preto safado vai aprendê a se comportá". E baixou o chicote com raiva. Só batia da cintura pra baixo, que era pra acertá naquela parte, sabe? E meu pai ali quase desmaiando e encarando o doutô, oiando nos óio dele. Deu mais de dez chicotada, só naquele lugá. As preta dizia que era inveja do tamanho do negócio do meu pai, descurpe a saliença, padre. O omi bufava de cansado, suava de escorrê pelo pescoço, e arresorveu pará. Não queria matá pra não perdê o escravo, que valia dinheiro. Aí tiraro meu pai do tronco quase morto, não se via pele, era só sangue. Aí deitaro ele numa esteira de pindoba na senzala e ele ficou lá desmaiado. Umas preta tentaro lavá as ferida, mas como saía mais sangue elas só jogava água morna devagá, pra não machucá mais. Aí, quando chegou de noite ele começou a tremê de febre. Tremia e suava. E eu lá do lado dele a noite toda sem pudê fazê nada. E nada dele acordá. Aí foi piorano, piorano, até morrê treis dia depois. Aí eu jurei que ia fugí. Nem que fosse pra morrê no caminho, mas num ia mais sê escravo. E ia tentar incontrá a minha mãe em São Luís. Padre, o sinhô pode me ajudá?

– Como é o teu nome, meu filho?

– Sebastião.

Ellena e Mariana, com o coração aos pulos, trocaram um olhar emocionado.

– Não temos mais dúvida, Ellena, é ele, é meu trisavô – conseguiu sussurrar Mariana, com a voz embargada.

Estarrecida com a brutalidade do relato, e ao mesmo tempo entusiasmada com a descoberta, não conseguiu controlar a emoção. Sua ancestralidade estava ali, naquelas folhas amarelecidas de papel almaço. Ellena não conseguia dizer uma palavra. Mergulharam os olhos nos papéis novamente, ansiosas para continuar a leitura.

– Tu és carpinteiro, Sebastião?

E Sebastião foi me contando os fatos que aqui passo a relatar, tal como me foi dito, tentando lembrar os detalhes, dentro das possibilidades da memória deste velho padre, tantos anos depois de acontecidos. Disse-me que fazia tudo de carpintaria. Carro de boi, telhado, mesa, cadeira. Era ele quem consertava os barcos da fazenda, sabia até calafetar. Aprendeu tudo com o pai. O doutor nunca gostou do pai dele porque ele nunca foi de baixar a cabeça, só falava de frente. Nunca o tinha vendido porque precisava do seu trabalho. Só ele sabia fazer aqueles serviços na fazenda. Como viu que Sebastião também era capaz de fazer, já não precisava mais do pai.

Inclinei-me para perto dele e sussurrei:

– Sebastião, tu consegues chegar até Alcântara?

– Eu dô meu jeito, padre. Mió morrê tentando do que vivê como escravo. Difíci é atravessá pra São Luís. Muitos que tentou foi preso e vortou pra senzala. Ou foi morto. E os quilombo tão tudo sendo destruído pelos guarda.

– Deixa que eu me encarrego de te levar para São Luís. Já levei outros – procurei tranquilizá-lo. – Como tu és carpinteiro de barco, eu te arranjo um lugar lá para trabalhar. É um pequeno estaleiro artesanal e o dono é negro também. Alforriado. Lá, tu vais ficar seguro. Ninguém vai te achar. Aí é só teres paciência e esperares a abolição, a liberdade. Não vai demorar muito, te garanto. Me procura na Igreja Matriz de São Mathias. É uma igreja bem grande, com uma torre só, bem alta, no meio de uma praça. Se tu conseguires chegar lá, estás livre do cativeiro.

– Pode me isperá, padre. Eu vou consegui chegá lá. Deus lhe pague pela sua caridade.

Fiquei ali, comovido com a história, e admirando a destreza com que Sebastião consertava a roda. Improvisou uma fogueira e espalhou as brasas para aquecer e dilatar o aro de ferro por igual. Foi só aí que ele pediu ajuda para o jagunço e para Osório. Explicou o que cada um deveria fazer e conseguiu repor o aro no lugar.

– Mariana, são dez para as cinco. Temos que ir – lembrou Ellena.

Com os corações apertados, tiveram que interromper a leitura. Estavam eufóricas. Aquele tesouro ali, pronto para ser pesquisado, mas teriam que esperar até a semana seguinte.

Tomaram o bonde e foram conversando pelo caminho. Na Rua Grande, a via mais movimentada do comércio, foram admirando aquela fileira de sobrados, muitos deles revestidos com azulejos portugueses coloridos.

– Esses sobrados obedecem a padrões arquitetônicos e construtivos que foram estabelecidos por época da reconstrução de Lisboa, depois do terremoto que destruiu a cidade em 1755; por isso nossa cidade é tão parecida com a capital portuguesa. O modelo de economia escravista adotado aqui na nossa terra não resistiu à abolição e entrou em forte declínio, o que causou décadas de estagnação econômica em nosso estado, mas nos legou a preservação deste conjunto arquitetônico valiosíssimo.

– E os negros foram jogados na pobreza, Ellena. Tinham liberdade, mas não tinham como sobreviver. Algumas mulheres ainda conseguiam trabalhar como domésticas; os poucos homens que tinham uma profissão conseguiam algum trabalho, mas a maior parte deles ficava perambulando pelas ruas, pedindo esmolas. Ou se entregavam à cachaça, cometiam pequenos furtos, tornaram-se párias.

— Por total falta de opção, Mari.

— Mas na mentalidade da maioria das pessoas a culpa era da cor da pele, da raça.

— É verdade, infelizmente.

Mariana se encantava com a sensibilidade da professora e procurava absorver todas as informações, mas também sentia prazer em ouvir a sua voz mansa, o seu jeito calmo, a sua ternura. Esses passeios e pesquisas na companhia de Ellena eram agora os momentos mais agradáveis da semana.

Estavam em êxtase pelo relacionamento que vinham vivendo, tão intenso, tão prazeroso. Iniciavam uma nova fase da relação, mais íntima, mais forte, mais profunda. E estavam duplamente envolvidas: afetivamente, e também pelo projeto em comum de pesquisa, que naquele dia havia dado um salto.

Chegando ao final da linha, Mariana, como de costume, entregou para Ellena um novo poema/carinho.

COMO EU TE AMO – Gonçalves Dias[1]

Como se ama o silêncio, a luz, o aroma,
O orvalho numa flor, nos céus a estrela,
No largo mar a sombra de uma vela,
Que lá na extrema do horizonte assoma;
Como se ama o clarão da branca lua,

---

[1] Antônio Gonçalves Dias (Caxias, MA, 1823 – Guimarães, MA, 1864).

De noite na mudez os sons da flauta,
As canções saudosíssimas do nauta,
Quando em mole vaivém a nau flutua,
Como se ama das aves o gemido,
Da noite as sombras e do dia as cores,
Um céu com luzes, um jardim com flores,
Um canto quase em lágrimas sumido;
Como se ama o crepúsculo da aurora,
A mansa viração que o bosque ondeia,
O sussurro da fonte que serpeia,
Uma imagem risonha e sedutora;
Assim eu te amo, assim...

15 – ELLENA E MARIANA ESTÃO SENDO SEGUIDAS

Donanna: E quem é esse homem com quem elas se encontraram, Cotinha?

Cotinha: Não sei, Donanna, nunca vi mais gordo, mas é um homem bem-apessoado, de uns 27, 28 anos, camisa social. Aí tem coisa, Deus que me perdoe.

Donanna acabara de acordar da sua sesta. Mal havia se sentado na sua cadeira de balanço, na varanda aberta sobre a imensidão de telhados da parte baixa da cidade, quando Bené veio lhe avisar que D. Cotinha estava à sua espera na sala. Arreliada, como sempre, com cara de poucos amigos, recebeu a parenta de forma ríspida.

– Sim, Cotinha, vieste assim, sem avisar? O que tu queres?

– Desculpe incomodar, Donanna, mas preciso lhe falar de assunto muito sério do seu interesse.

– Então, fale, mulher. O que foi que aconteceu?

D. Cotinha inclinou-se para perto de Donanna, olhou para os lados para se certificar de que ninguém mais a estaria escutando, e falou com voz sussurrada:

– É que a sua nora tem saído todas as terças-feiras, acompanhada de uma mulatinha esbelta, muito faceira, de uns 19, 20 anos, que *só quer ser**. Parecem muito amigas, sempre bem-vestidas, numa conversa animada. Sinto até o perfume de alfazema quando elas passam embaixo da minha janela. Saem depois do almoço e só voltam no final da tarde. Toda terça-feira. Eu já fico até com a janela entreaberta, só esperando. Já até sei que horas elas vão passar. Na ida e na volta.

Donanna esbugalhou os olhos, franziu a testa macilenta. Nunca gostou da nora, foi contra o casamento e sempre esperou uma oportunidade para afastá-la do filho. Ficou logo interessada na conversa e passou até a tratar D. Cotinha com menos ranço.

– Toda terça-feira, é? E quem é essa moça?

– Acho que Ellena está dando aula particular em casa. Imagino que seja uma aluna, passa sempre com uns cadernos debaixo do braço.

D. Cotinha era uma prima em segundo grau de Donanna, solteirona, aposentada pelo Ipase*, que vivia com o orçamento apertado. Morava de aluguel numa porta-e-janela de propriedade de Donanna, ali perto da casa de Ellena. A prima lhe cobrava um aluguel mais camarada, por conta do parentesco, mas vivia ameaçando aumentar o valor. D. Cotinha vivia bajulando a prima, e estava sempre pronta para lhe fazer algum agrado, na esperança de que lhe deixasse morar de graça. A prima era rica, tinha muitos imóveis; aquele valor não iria lhe fazer falta, mas para D. Cotinha era muito, e sempre pagava com sacrifício.

– Cotinha, tu vais fazer o seguinte: na próxima terça-feira tu te arrumas, espera elas passarem e segue as duas. Preciso saber o que andam fazendo por aí.

– Sei não, Donanna, sempre ouvi dizer que mulher casada que anda por aí sem o marido, acompanhada de colega, deve estar fazendo alguma coisa errada.

Donanna, matrona pesada, levantou-se com esforço, foi até a cômoda de jacarandá, abriu a gaveta com a chave que trazia sempre no bolso do vestido, tirou um dinheiro e entregou para D. Cotinha.

– Toma, isso é pra tu pagares o bonde. Se precisares, podes pegar um carro de praça, mas não perde as duas de vista. Quero saber o que elas andam aprontando.

– Mas Donanna, aqui tem dinheiro demais, não preciso disso tudo pra pegar um carro de praça.

– Toma um sorvete com o troco, ou dois, ou três, mas me traz informação. Na volta tu passas aqui pra me contar tudo nos menores detalhes.

D. Cotinha, feliz de poder ser útil à prima, resolveu se esmerar para fazer um bom trabalho. Conforme o resultado, quem sabe Donanna lhe dispensaria de pagar o aluguel?

E ficou de tocaia. Da sua janela dava para ver a casa de Ellena, do outro lado da rua, na extremidade oposta do mesmo quarteirão, de forma que ela tinha uma visão privilegiada do que acontecia na frente da casa.

Na terça-feira seguinte, na mesma hora de sempre, Mariana chegou à casa de Ellena, que já a esperava na porta. D. Cotinha calçou o sapato, pendurou a bolsa no braço e ficou pronta para segui-las. Após passarem pela sua janela, deixou que se distanciassem alguns metros e foi atrás. As duas entraram na Rua Coelho Neto, como sempre, e foram até a Rua Rio Branco para esperar o bonde. D. Cotinha sabia que o bonde tinha que ir até a Praça Gonçalves Dias, onde acabavam os trilhos, e voltava alguns minutos depois pelo mesmo caminho. Ela então andou mais dois quarteirões para não ficar no mesmo ponto e esperou o bonde mais à frente. Sentou-se no último banco e foi observando tudo, conforme Donanna havia mandado. Na volta, passaria na casa da prima para lhe contar o que tinha visto. No final da tarde, cansada, com a testa úmida de suor, D. Cotinha chegou ofegante de volta à casa de Donanna.

– E então, Cotinha, me conta o que tu apuraste. Estou aqui agoniada pra saber.

– Pois é, Donanna. Elas desceram na Praça João Lisboa e seguiram pela Rua de Nazaré na direção da Praça Pedro II, sempre com a conversa animada, parecendo duas *sirigaitas**. O sol a pino e um calor abafado dos diabos, nem uma brisa pra aliviar. E eu atrás delas. Subiram a escadaria da Igreja da Sé, eu dei um tempinho e também subi. Entraram na igreja sem se benzer, nem olharam para o frasco de água benta ali na entrada. Foram direto para os fundos da igreja, onde se encontraram com um homem, com quem seguiram até a sacristia. Ainda bem que eu sempre levo na minha bolsa o terço, um véu e um leque. Para que elas não suspeitassem da minha presença, ajeitei o véu na cabeça, sentei e comecei a rezar. E a me abanar com o leque para aliviar aquele calor insuportável. Deu meia hora, e nada de elas voltarem. O que estariam fazendo por tanto tempo ali na sacristia? – me perguntei. E deu uma hora, e nada. E eu me abanando, fingindo que estava rezando. Fiquei ali plantada, sem arredar o pé até as três e meia da tarde. Aí, pensei, bem, agora já está demais, me levantei e fui lá atrás para ver o que estava acontecendo. Passei pela sacristia, onde tem uma porta que dá para um quintal, mas nessa hora caiu uma chuva daquelas. Aí eu voltei e me sentei num banco da igreja. Quando a chuva passou, fui espiar pela tal porta. Pois não tinha vivalma, ninguém.

– E aí, Cotinha, anda logo com essa conversa, já estou perdendo a paciência.

– Aí é que nesse quintal, atrás da igreja, tem uma porta que dá saída pra rua, na Travessa da Sé. As duas me ludibriaram. Entraram pela frente e saíram pelos fundos com o tal sujeito.

– Ô, Cotinha, *eu tô é tu**. Todo mundo sabe que nos fundos da Igreja da Sé tem uma porta que dá pra rua. A gente passa por lá e vê, essa porta vive aberta. Como é que tu foste dar uma mancada dessas, mulher?

– É, Donanna, dessa vez elas me enganaram, mas aí tem coisa.

– E quem é esse homem com quem elas se encontraram?

– Não sei, Donanna, nunca vi mais gordo, mas é um homem bem-apessoado, de uns 27, 28 anos, camisa social. Aí tem coisa, Deus que me perdoe.

– Então vamos aguardar a próxima terça-feira. Te prepara, mas dessa vez não quero que tu te deixes enganar de novo. Redobra tua atenção. Esse assunto é muito sério.

Terça seguinte, uma e meia da tarde. D. Cotinha já estava a postos, pronta para seguir novamente as duas. Nem conseguiu pregar os olhos na sua sesta, de tão ansiosa. Ficou de tocaia, janela entreaberta, só observando. Viu Mariana passando em direção à casa de Ellena e se preparou. Usou a mesma estratégia. Deixou que elas passassem pela sua casa e foi atrás. Pegou o bonde no mesmo ponto da vez anterior, sentou no último banco e foi observando.

Pouco depois das três da tarde, D. Cotinha já estava de volta na casa de Donanna.

– E aí, Cotinha, já voltaste? Te enganaram de novo?

– Pois é, Donanna, elas desceram na Rua de São João, na praça em frente à Igreja de Santo Antônio. Sabe quem estava lá na porta do seminário esperando?
– Fala logo, Cotinha, deixa de mistério.
– O mesmo sujeito da Igreja da Sé. Todo elegante, com um livro na mão, acho que para disfarçar. Entraram por aquela cancela de ferro que dá para o seminário e foram lá para dentro.
– Sim, e aí?
– Eu fiquei na praça, sentada num banco embaixo da sombra de uma árvore. Pensei: hoje eu dou um flagrante nessas *nigrinhas**. Desculpe falar assim de sua nora, mas tenho certeza de que ela anda fazendo coisa errada.
– Vamos, desembucha, mulher.
– Não deu dez minutos e saíram os três do convento com a *cara mais lambida**, entraram num carro que estava estacionado ali na frente e foram embora. Quem ia na frente, ao lado do tal sujeito?
– Quem, Cotinha?
– A sua querida nora. Toda bonitona, rindo e conversando, animada. E a mulatinha atrás, dando *pitaco** na conversa. Passaram que nem perceberam a minha presença. Aí, apertei o passo para chamar um carro de praça, mas eles logo viraram na Rua de Saavedra e sumiram.
– Ô, Cotinha, tu, como detetive, és um fracasso.
– Mas, Donanna, você ainda tem dúvida? Eles se encontram cada dia numa igreja, que é pra ninguém desconfiar. A mulatinha acompanha pra dar cobertura. Depois o casal *deixa ela* em algum lugar no meio do caminho e vai lá pra sem-vergonhice deles, sabe-se lá onde. Ou até encontram com algum colega do sujeito e vão os quatro pra farra.

– É, Cotinha, também acho que tu tens razão, o negócio é sério mesmo. Vamos esperar a melhor oportunidade pra surpreender essas *nigrinhas*. E tu ficas de bico calado. Por enquanto. Na hora certa tu vais te encarregar de fazer o caso chegar na boca do povo. Nisso eu sei que tu és boa.

– Cruz credo, Donanna, não precisa nem recomendar, isso é assunto muito sério que tem que ficar só na família mesmo, Deus que me perdoe. Levar adiante, só quando você achar que é a hora.

16 – Donanna Conversa com Arthur

Donanna: Mas, meu filho, onde já se viu mulher casada andar por aí passeando de bonde com uma colega, que nem é da classe social dela. E ainda mais...

Arthur passou na residência de Donanna, antes de ir para sua casa, como costumava fazer todo fim de tarde, quando vinha do trabalho, para lhe tomar a bênção. Levou para ela o último exemplar da revista *Manchete*, que acabara de chegar na banca do abrigo do bonde, na Praça João Lisboa. Dominadora, possessiva, ela fazia questão desse ritual. Arthur apagou o cigarro antes de entrar. Mesmo com quase 30 anos, nunca fumava na presença da mãe. Sentada na sua cadeira de balanço, tamborilando no braço da cadeira, como quem fazia contas com os dedos, Arthur logo lhe percebeu o cenho franzido, os olhos saltados, inquisidores. Ansiosa, Donanna não se conteve; precisava esclarecer logo com o filho esses encontros de Ellena com o tal sujeito.

– Sua bênção, mamãe. Trouxe a sua revista.

– Deus te abençoe, meu filho. Obrigada. Arthur, tu sabes que eu não sou mulher de rodeios, então vou direto ao assunto.
– Sim, mamãe, o que foi que aconteceu?
– Meu filho, eu sempre te alertei para o comportamento da tua mulher. Muito altiva, nariz empinado, cheia de modernidades, dada a certas liberdades. As pessoas sempre comentaram. Tu sabes que ela sai todas as terças-feiras acompanhada de uma mulatinha?
– Sim, mamãe, essa moça é uma aluna particular dela. Elas saem para fazer pesquisas.
– Meu filho, *eu tô é tu*. Abre teu olho. Tu já viste alguém fazer pesquisa em porta de igreja? Tu sabes que tua mulher anda se encontrando com um sujeito?
– Como é que a senhora sabe disso, mamãe?
– Tenho muitas amigas, elas comentam. Um dia é uma que vê numa igreja, outro dia é outra...
– Minha mãe, esse sujeito a quem a senhora se refere é meu ex-colega do Colégio Marista, Kalil. A senhora conhece, já esteve na nossa casa várias vezes. Ele é professor de História. Fui eu que pedi a ele que as acompanhasse para ajudar numa pesquisa. Minha mulher é séria, a senhora é que sempre implicou com ela.

Envergonhada com a informação errada, mesmo assim ela insistiu.

– Bem, que seja. Mas, meu filho, onde já se viu mulher casada andar por aí passeando de bonde com uma colega, que nem é da classe social dela. E ainda mais...

E fez um gesto passando o dedo indicador sobre a pele do outro braço e olhando para o filho com o nariz torcido, insinuando que se referia à cor da pele de Mariana.

– Tua mulher vivia *pra cima e pra baixo* com aquela doutora comunista, que tem a pele mais queimada ainda, agora é com essa mulatinha. Só se mistura com essa *gentinha*, e tu achas que isso está certo? O pior cego é o que não quer ver.

– De novo essa história, mamãe? Ellena não é comunista, apenas ajudava a Dra. Maria Aragão no jornal e nas obras sociais. E a doutora é uma mulher de respeito. Pode ficar tranquila quanto ao comportamento da minha esposa. Deixe que eu cuido disso, está bem? Boa noite.

Donanna não descansaria até descobrir o que a nora andava fazendo de errado. Muito menos D. Cotinha, sempre empenhada em agradar a prima.

17 – A Fuga Épica

Quando o vento estufou a vela e o barco começou a ganhar velocidade, só então se deu conta de que, pela primeira vez em 26 anos, estava comandando a sua própria vida.

Na terça-feira seguinte, logo no começo da tarde, Ellena e Mariana estavam de volta ao Convento do Carmo para retomar a leitura das memórias do Padre Barreto.

Uns dois meses depois do ocorrido com o carro de boi em Cedral, tarde da noite, estava eu dormindo a sono solto, depois de um dia exaustivo na lida com os problemas da igreja, quando ouvi duas discretas batidas na janela da sala e uma voz sussurrada:

– Padre Barreto, Padre Barreto, sou eu, Osório.

Acendi a lamparina, apressado e, sem nem trocar o camisolão, fui até a porta saber o que havia acontecido de tão grave para que Osório viesse me acordar àquela hora.

– O que foi, Osório, algum problema na igreja?

– Padre, aquele preto, Sebastião, que consertou a roda do carro de boi, chegou agora lá na igreja, acompanhado daquele mesmo

cachorrinho malhado. Eu o escondi no depósito ao lado do meu quarto. Vim lhe chamar logo porque ele está todo molhado, descalço e com uma calça rasgada amarrada com um cadarço. Deve estar com fome.
– Deste ao menos um pouco de água para o coitado beber, Osório?
– Bebeu quase a garrafa inteira que eu tinha no quarto, padre.
– Vai pra lá e me espera que eu vou pedir para D. Emília fazer um prato de comida para ele; eu mesmo levo. Vou levar também alguma roupa.
– Não esqueça do cachorro, padre.

Minha companheira preparou uma comida improvisada, encheu um prato fundo, colocou outro por cima, botou uma colher dentro e amarrou os pratos com um pano, arrematando a trouxa com um nó, enquanto eu escolhia uma calça usada que pudesse servir naquele homem, quase um palmo mais alto que eu. Enquanto D. Emília descosturava a bainha da calça, eu coloquei um pouco de comida numa latinha para o cachorro e me toquei para a igreja. Apressado, fui fechando os botões da batina pelo caminho, botei o chapéu e apertei o passo.

E aqui abro um parêntese na minha narrativa: não estranhem o fato de eu, sendo padre, ter uma companheira. Com ela tenho sete filhos, todos devidamente registrados, com minha paternidade reconhecida. É de conhecimento geral; sempre assumi e não vou negar aqui nestas minhas memórias. Ela tem sido minha companheira da vida inteira e é aceita e respeitada por todos em Alcântara. É filha de um português com uma mulata, portanto meus filhos também são descendentes de escravos. Mesmo contra a orientação dos meus superiores da igreja, ajudei muitos negros a se livrarem do cativeiro. Sempre considerei os ensinamentos de Jesus Cristo incompatíveis com a escravidão. Fecho parênteses.

Já passava da meia-noite, a cidade recolhida, todas as janelas fechadas. Ouvia-se apenas o chiado de um ou outro lampião de gás aqui e ali, que com sua luzinha desmaiada guardava o sono dos alcantarenses. A lua, já passando a minguante, mas ainda bem redonda, flutuando sobre os velhos telhados da cidade, iluminava as pedras das ruas desertas melhor que os poucos lampiões ao longo do caminho.

Sebastião tinha jogado algumas cuias de água sobre o corpo, para tirar o sal, e protegia suas vergonhas com um pano que Osório lhe tinha dado para se enxugar.

– Padre, sua bênção. Deus lhe pague pela sua caridade.

– Deus te abençoe, meu filho. Agora, coma com calma, depois tu me contas como conseguiste chegar até aqui.

Sentado num tamborete, curvado sobre o prato, Sebastião engoliu com sofreguidão algumas colheradas, tomou mais uns goles d'água. Osório ajeitou a latinha no chão com a comida para Turi.

– Vieste como, de Turiaçu a Alcântara, Sebastião?

– De barco, padre, num igarité*.

– Num igarité?!!! São mais de 300 quilômetros de mar aberto até aqui, meu filho! Aquilo não passa de uma canoa com uma vela. Esse barquinho não é para mar aberto!

– Isso mermo, padre. Num igarité. Era o que eu tinha. Arrisquei.

– Quantos dias de viagem, meu filho?

– Quatro dia navegando nesse marzão, padre. Eu e Turi.

– Onde tu deixaste o barco? – perguntei preocupado. Não podes deixar pista, a Guarda Nacional do Município está sempre vigilante contra a fuga de escravos.

– Não se preocupe, padre. Eu afundei o barco. Fiquei com muita pena, fui eu que consertei ele.

Sebastião explicou que o igarité estava bem estragado quando o doutor o tomou de um pescador de Cururupu que estava lhe devendo um dinheiro. Aí ficou lá na fazenda, e ele foi consertando devagar. A vela estava rasgada, aí o barco ficou lá encostado. E Sebastião sempre

imaginando que era nesse barquinho que ele ia fugir um dia. Para os serviços da fazenda só usavam a costeira, que é um barco bem maior.
– Ninguém podia imaginá que eu ia fugi pra muito longe num barquinho velho desse. Eles se preocupava mais com a costeira, aquele barco grande, de duas vela, que a gente usava pra levá mercadoria e buscá os materiá pra fazenda. Premero era meu pai que ia, depois eu é que passei a pilotá, o feitô junto, pra tomá conta de mim. As vela da costeira ficava sempre trancada no depósito de ferramenta, mas a do igarité, velha e remendada, ficava enrolada no mastro. A essa hora o igarité já tá bem lá no fundo do mar. Só truxe minhas ferramenta, que dessas eu não me separo. Era essas ferramenta que meu pai usava e foi com elas que ele me ensinô a profissão.
– Foi muita coragem tua, meu filho. O mar desta região não é brincadeira, muitos navios grandes já afundaram por ali. Até o nosso poeta maior, Gonçalves Dias, morreu num naufrágio por estas bandas, há uns 12 anos, em 1864, ali mesmo em frente à Baía de Cumã, onde tu passaste.
– Cruz credo, padre, nem sabia disso. Eu vim por mim e pela minha mãe. Como nêgo fugido não vou pudê fazer muita coisa por ela, como meu pai tumbém não pôde, mas só de ela sabê que eu tô perto dela já vai sê uma alegria. Vai ajudá ela a suportá mió o cativeiro e as mardade dos patrão.
– Como é o nome da tua mãe, Sabastião?
– Alexandrina.
– Não é um nome comum. A gente acaba descobrindo onde ela está. Agora vai descansar, amanhã a gente continua a conversa. Tu deste sorte de me encontrar em Alcântara. Semana que vem vou ter que ir a São Luís resolver umas coisas, mas volto logo para cuidar da Festa do Divino. Vou procurar o mestre do estaleiro de que te falei, ele vai te abrigar lá e te arranjar trabalho.

– Lhe fico muito agradecido, padre.

– Tu não podes sair da igreja para nada. Fica escondido, ninguém pode saber que tu estás aqui.

– Pode dexá, padre.

Curioso e observador, Sebastião percebeu logo o mau estado do telhado da igreja, em alguns pontos até oferecendo risco de desabamento. Sugeriu que fossem feitos alguns reparos de emergência, antes de ele atravessar a Baía de São Marcos. Tinha as ferramentas, só precisava de algumas peças de madeira para substituir as que estavam podres.

Antes de ir a São Luís, me empenhei em pedir doações aos fiéis, e aos poucos fui conseguindo o material necessário. Enquanto isso, Sebastião ia colocando as escoras e retirando as peças mais danificadas. À medida que as madeiras iam chegando, ele ia fazendo os reparos necessários. Recomendei que ele começasse consertando a parte da frente do telhado, para ficar pronto para a festa.

Com seu jeito respeitoso e prestativo, Sebastião foi conquistando a confiança e a amizade da minha companheira, que já tinha dado aulas de alfabetização na Escola Municipal. Ela pegou seus livros antigos e, todo fim de tarde, vinha até a igreja dar aulas para ele. Muito interessado e inteligente, logo foi progredindo e, em algumas semanas já sabia ler razoavelmente e escrever algumas palavras. Sempre gostou de desenhar, tinha já familiaridade com o lápis, não teve dificuldade de aprender a escrever. E nos momentos de folga ia nos contando os detalhes da sua viagem da fazenda até Alcântara. Enquanto isso, Turi ia conquistando a amizade de todos; já tinha até uma latinha improvisada de prato para pôr sua comida e outra para a água.

Assim que Sebastião teve a minha promessa de lhe dar apoio, voltou para a fazenda e começou os preparativos para a fuga. Desde a venda de sua mãe para uma família de São Luís, ele havia começado a se planejar, mas precisava de ajuda em Alcântara e na travessia para a capital, parte mais perigosa e tarefa quase impossível para quem não tivesse um apoio, como ele agora tinha.

Ele já tinha experiência de navegar por esse mar. Como era capaz de resolver os problemas que surgissem com a embarcação, passara a pilotar o barco, sempre acompanhado da sua caixa de ferramentas, além do feitor, com a garrucha pronta para atirar em quem tentasse fugir. Faziam sempre a viagem na costeira, a embarcação maior, com duas velas e cabine, com um grande espaço para as mercadorias que levavam e traziam para a fazenda.

A fazenda ficava na margem direita do Rio Turiaçu, vários quilômetros rio acima. Exatamente na região das "Reentrâncias Maranhenses" (longos e sinuosos braços de mar, que avançam terra adentro, por quilômetros, permeando a maior floresta de manguezais do mundo). Tudo nessa região depende do ritmo das marés, e essa era uma boa época para a aventura. Na preamar, o mar sobe cerca de sete metros, avança sobre a correnteza do rio e se impõe sobre ela, penetrando vários quilômetros pelas reentrâncias. Depois se retrai, criando uma forte correnteza em direção à foz.

Esse sobe e desce das águas abastece de nutrientes um imenso berçário de mariscos, como os caranguejos, cuja cor vermelha, por obra da natureza, sai das profundezas da lama entre as raízes do manguezal e ganha os céus nas asas dos guarás, aves de porte médio e bico comprido e arqueado, que deles se alimentam. Pela sua beleza e enorme quantidade, acabaram dando nome a essa região: "Floresta dos Guarás".

Era mês de maio, tempo de chuvas e rios cheios. Decidiu que partiria com a lua cheia, para poder navegar à noite, e no início da maré vazante, para que a força da correnteza o ajudasse a levar o barco mais rápido até o mar.

Como estava trabalhando na manutenção da costeira, passava os dias inteiros na beira do rio, dentro do barco, fazendo os reparos. Sempre que tinha uma oportunidade, fazia algum reparo também no igarité, sem que o feitor percebesse, para que estivesse em condições de suportar uma viagem até Alcântara. Aos poucos, foi juntando o material necessário para levar na viagem, como estopa, óleo de mamona e breu para a calafetação das juntas, se fosse preciso. Pegou duas tábuas para forrar o fundo do barco, por cima das cavernas, para que ele pudesse se deitar por debaixo dos bancos na hora de dormir. Sabia que o igarité, bem antigo, não estava em bom estado, mas era a opção que ele tinha. Precisava correr o risco. Cortou um pedaço da lona da antiga vela da costeira, que havia sido substituída, e guardou para fazer algum remendo, se necessário, na surrada vela do igarité, além de proteger os mantimentos e se abrigar da chuva. Ia escondendo esse material aos poucos por entre os galhos da floresta de mangue, na beira do rio.

    Iria se alimentar na viagem com farinha d'água, camarão seco, rapadura e frutas, tudo produzido na própria fazenda, portanto fácil de pegar. O camarão estava secando ao sol ali mesmo, no terreiro, numa esteira de pindoba estendida sobre um estrado de tabocas de bambu, quase no ponto de ser consumido. Deixou para retirar os camarões só no dia da viagem, para ficarem bem sequinhos. De vez em quando apanhava algumas mangas, ainda verdes, para que estivessem maduras no momento certo. Pegou alguns cachos de banana, alguns bacuris, que ia guardando num cofo escondido perto do barco. Levaria a esteira em que dormia, para deitar no barco mesmo, ou sobre algum banco de areia.

E foi acompanhando a lua crescendo, sempre atento ao movimento das marés. Agora era só aguardar o momento certo para a partida. A ansiedade era grande, sentia um frio na barriga só de pensar. Até que chegou o momento. Estava decidido, seria naquela noite. No início da tarde, começou a trovejar forte, anunciando que a chuva não demoraria a cair. Por isso o camarão seco foi recolhido mais cedo para a casa-grande, sem que desse tempo de ele pegar. Antes mesmo de começar a viagem, já teve que lidar com o primeiro imprevisto. Mas tinha a farinha, a rapadura, as frutas, e anzol e linha; poderia pescar, naquela região abundante de peixes. Não seria motivo para desistir.

Tirou suas ferramentas da caixa de madeira e as guardou num cofo. Encheu a caixa com pedras, fechou a tampa e a entregou para o feitor guardar no depósito, como fazia todo final de tarde. Já noite alta, com todos os candeeiros e lamparinas da fazenda apagados, a família do patrão recolhida e os escravos dormindo na grande palhoça que servia de senzala, Sebastião esperou que o fiapo de luz que passava pela fresta da janela do quarto do doutor se apagasse, e foi para a beira do rio. Colocou dentro do igarité todo o material guardado para a viagem, foi até a costeira, soltou as cordas que a prendiam às raízes do manguezal e, com o arco de pua, fez quatro furos no fundo do casco, de forma que ela fosse afundando lentamente, sem chamar a atenção. Em poucas horas estaria no fundo do rio e não poderia mais ser usada para ir em seu encalço, além de ser uma bela vingança contra o Dr. Sá Ribeiro pelas maldades que fizera com os seus pais. Ainda arrumou tempo de chamar Zezé para sua esteira. Não queria partir sem se despedir dela. Não contou nada sobre a fuga, apenas se esmerou na performance para que ela guardasse dele uma boa lembrança. A última.

– Pensei que tu ia sem se dispedi de mim, Tião.

– Ia pra onde, Zezé?

– Eu sei que tu vai fugi. Fiquei só de longe oiando teus movimento, escondendo as coisa no manguezá. Tu só não conseguiu pegá o camarão seco.

– É, mas eu vou assim mermo.

– Mas quando eu vi que ia chuvê eu fui lá e peguei um bocado, antes de levarem pra casa-grande, e botei nesse cofinho aqui pra tu levá na tua viagem.

– Ô, Zezé, Deus te pague. Ia me fazê muita falta mermo. Eu não queria perdê tempo pescando.

– E eu botei junto os dois beiju que era da minha janta.

– Eu pensei muito em te levá comigo, Zezé, mas essa viagem é perigosa, o igarité tá muito martratado.

– Não, Tião, eu só ia atrapaiá. Segue o teu caminho. Tu tá certo. Depois do que fizeru com tua mãe e teu pai, tu tem mermo é que í imbora. Deus que te proteja. Vou ficá cum muita sardade, mas fico feliz de tu í imbora.

– Então cuida bem de Turi pra mim, Zezé. Não dá pra levar ele comigo nesse marzão.

– Pode deixar, Tião, Deus te proteja.

Antes de se dirigir para o barco, num gesto de ousadia, foi até o alpendre da casa-grande e furtou o chapéu de palha novo do patrão, que estava pendurado numa escápula. Soltou a corda que prendia o igarité, ainda com a vela arriada, e começou a empurrá-lo para o rio. Ligeiro como um raio, Turi passou por entre suas pernas e pulou dentro do barco, indo se esconder debaixo do banco da frente, junto ao espelho de proa. Sebastião não podia fazer barulho e percebeu que Turi não iria desistir facilmente de seguir viagem com ele. O jeito foi levá-lo consigo. Talvez fosse melhor ter a companhia do seu amigo inseparável, mesmo tendo que dividir com ele a pouca comida que levava. Foi empurrando o barco com uma vara até a parte mais funda do rio, onde passou a levar no remo, discretamente. Só nesse momento, Turi saiu do seu esconderijo e subiu no banco da proa. Sentado nas patas traseiras, focinho empinado em direção ao horizonte, no lugar onde ele gostava de ir admirando a paisagem nas viagens da costeira, parecia que era ele o comandante do barco. Zezé ficou olhando de longe, até o barco sumir na bruma da noite, por trás do manguezal.

Duas horas e meia remando, aproveitando o fluxo da maré vazante, já tinha deixado para trás a cidade de Turiaçu. Era o momento de começar a velejar. Quando o vento estufou a vela e o barco começou a ganhar velocidade, só então se deu conta de que, pela primeira vez em 26 anos, estava comandando a sua própria vida. Pela primeira vez não estava recebendo ordens de ninguém. Agora era ele quem comandava. Estava experimentando, pela primeira vez na vida, a sensação de ser livre. Chegou a se arrepiar de emoção. Sentindo a friagem do vento contra o seu torso nu, encheu os pulmões com o ar fresco da madrugada e tracionou mais a corda da vela, inclinando o barco até o limite. Apesar de toda a tensão do momento, pôde admirar a lua cheia refletida nas águas encrespadas pela correnteza do rio, iluminando o caminho. Apreciou o contorno recortado da densa vegetação (não sabia que aquela era a maior floresta de manguezais do mundo, imenso berçário de mariscos e crustáceos). Já tinha passado por ali tantas vezes, mas agora via tudo com outros olhos. Os olhos de um homem livre.

 Começava a sentir o cheiro do mar à medida que se aproximava da foz. No silêncio da noite, chegava a ouvir o marulho do casco do igarité deslizando suavemente, deslocando a água, que às vezes lhe respingava no rosto. Passou pelo meio de um cardume de piabas, que pareciam se divertir pulando fora d'água, quando uma delas caiu dentro do barco. Só nesse momento ele diminuiu a velocidade, para devolver o peixe para o rio. Sabia muito bem o valor da liberdade. Tudo era novo, diferente. Tudo era bonito. Só por esse momento já teria valido a pena o risco da fuga. Não tinha mais retorno, era ganhar a liberdade ou morrer. Nunca mais voltaria a ser escravo.

Mariana e Ellena, emocionadas, com a respiração suspensa, não conseguiam parar de ler. Padre Olímpio de vez em quando passava pela porta da biblioteca e observava de longe, sem querer interromper a leitura que tanto prendia a atenção das duas. Quando deram uma parada para um breve comentário entre si, o padre aproveitou a pausa, aproximou-se e perguntou como estava indo a pesquisa. Perguntou por perguntar, pois era fácil perceber o entusiasmo das duas. Fizeram um sinal de positivo para o padre e voltaram a enterrar os olhos nas folhas amareladas de papel almaço.

O rio ia ganhando largura, à medida que se aproximava da foz. O sol nascente já insinuava um fiapo de luz no horizonte, à sua direita, quando uma revoada de centenas de guarás, com suas penas de um vermelho muito vivo, passou em voo rasante sobre a sua cabeça e foi pousar nas copas das árvores do manguezal, formando um deslumbrante contraste com o verde exuberante da floresta.

Quando o mar se abriu à sua frente, aprumou o barco em direção ao arquipélago de Maiaú, já avistando ao longe o topo das alvíssimas dunas da Ilha dos Lençóis, que se moviam lentamente com o vento, disputando espaço com a vegetação dos mangues.

Só então se lembrou de que ainda não tinha comido nada desde que saíra da fazenda. Tirou do cofo os dois beijus que Zezé tinha colocado junto com o camarão seco e foi comendo com uma só mão, segurando a corda da vela com a outra, e controlando o remo com o pé enquanto velejava, para não perder tempo. Jogou alguns camarões para Turi no chão do barco; ele comeu e voltou para o seu posto, sentado na proa.

Sebastião rumou firme em direção à ilha onde tinha planejado se abastecer de água doce num dos olhos d'água, comuns perto da praia. A água do rio era salobra perto da foz, inservível para beber. Mais uma hora de viagem e já estava chegando à ilha. Com o sol já alto, pegou o chapéu de palha que havia furtado do patrão, mas quando o aproximou do rosto, sentiu asco do cheiro do suor daquele homem. Lavou-o bem, na água do mar, e só então o colocou na cabeça.

18 – Os Filhos da Lua

Tião tinha visto várias mulheres albinas, de diversas idades, no grupo em volta da fogueira. Ficou tentando adivinhar qual delas teria sido. Lembrava apenas que ela usava uma medalhinha pendurada no pescoço, que encostou no seu peito quando ela se deitou sobre ele. Adormeceu sem saber.

Sebastião afrouxou um pouco a vela para reduzir a velocidade e foi se aproximando devagar da praia deserta, já com a maré voltando a encher, até que o fundo do igarité arrastou na areia fina e parou perto do manguezal, onde ele tratou de esconder o barco. Turi foi o primeiro a saltar. Tião recolheu a vela, enrolou no mastro, desembarcou e cravou a âncora na areia. Caminhou em direção às dunas, sentindo o rangido dos seus pés deslizando na fina areia branca que, soprada pelo vento, formava uma névoa à altura dos tornozelos. Avistou um pequeno grupo de pessoas que retiravam água de um buraco feito na areia, ao pé da duna. Ficou muito surpreso ao ver cinco rapazes de cabelos bem louros, quase brancos, peles rosadas e olhos muito claros, em contraste com os outros dois homens bem escuros. Aproximou-se e perguntou se também poderia retirar um pouco de água, no que foi gentilmente atendido. Pegou o seu balde e deu uns goles.

– De onde tu vens, amigo? – perguntou um dos homens.

Estudando bem as palavras, mentiu que era de Apicum Açu e estava pescando.

– Pode se abastecer de quanta água precisar, amigo, esse poço não pertence a ninguém, é de todos.

– Obrigado, amigos. Ocês mora aqui na ilha?

– Sim, do outro lado da duna. Somos uma pequena colônia de pescadores, quase todos da mesma família. Somos os únicos moradores desta ilha enorme.

Os nativos perceberam seu olhar curioso sobre os rapazes louros e trataram de explicar.

– Tu nunca tinhas visto um albino?

– Não, adescupe a curiosidade, mas nunca tinha visto.

– Pois tem vários aqui na ilha, somos todos parentes. E os filhos de albinos foram nascendo albinos também, que foram tendo outros filhos albinos. Como somos uma comunidade isolada, hoje a maioria é de albinos aqui nesta nossa ilha. Nossa, não. Esta ilha pertence a um rei.

– Um rei?

– É. O Rei Dom Sebastião, de Portugal.

– E como ele veio pará aqui?

– Ah, isso é uma longa história.

Apesar da resposta, Tião achou que eles teriam boa vontade de contar a tal história, se ele pedisse, mas tinha pressa, queria chegar logo a Alcântara.

Agradeceu pela água, voltou para o barco e soltou uma ponta da vela, prendendo-a na areia com a âncora, improvisando uma barraca tosca, embaixo da qual se protegeu do sol a pino e sentou para fazer sua refeição na companhia de Turi. Camarão seco com farinha d'água e umas mangas de sobremesa; depois comeu alguns pedaços da rapadura. Nada muito diferente do que lhe era dado na fazenda, só faltou o arroz grudento. Talvez fosse melhor assim.

Não tinha dormido nada, tinha remado e velejado por várias horas; o corpo pediu alguns minutos de descanso. Mesmo preocupado de estar sendo seguido, pegou a esteira, estendeu-a na areia debaixo da sombra da vela, deitou-se para descansar um pouco e pegou no sono. Não por muito tempo, pois foi acordado pelo estrondo de um trovão, e logo em seguida outro e mais outro. Deu um pulo, aprumou a vela e partiu. Queria chegar à ilha de Valha-me Deus antes do anoitecer. Aproveitando que o vento soprava forte, pegou uma boa velocidade e foi em frente, mas com muito cuidado, pois sabia que a vela era antiga e remendada. Mais trovões, o céu escurecendo rapidamente, o mar muito batido. Começou a cair uma chuva violenta. Com a vela encharcada e as fortes rajadas de vento intermitentes, Tião foi fazer uma manobra mais brusca e a "espicha" que tracionava a vela se partiu. O pano da vela, sem tração, balançava descontrolado. O barco ficou à deriva. Percebendo o perigo, Turi correu para o seu esconderijo, debaixo do banco da proa. O igarité jogava muito, de forma perigosa, com a chuva enchendo o casco de água, e Tião jogando água para fora com uma cuia, tentando se manter flutuando, torcendo para a chuva passar.

Nunca tinha visto o mar daquele jeito. Mais de duas horas nessa labuta, até que a chuva arrefeceu um pouco, o céu foi limpando e Tião conseguiu tirar toda a água que havia entrado no barco. Mas não tinha como velejar com a espicha quebrada. Além do mais, havia perdido a referência de onde se encontrava. Pegou o remo e tentou se aproximar de alguma das ilhas do arquipélago, qualquer ilha. Precisava alcançar terra firme, mas um remo contra a correnteza não estava sendo de grande valia. Já próximo do anoitecer, exausto, Tião avistou uma embarcação costeira vindo em sua direção. Ele conseguia ver o barco, mas os tripulantes da costeira não conseguiam vê-lo, com a vela frouxa. Ficou de pé, esticou a vela com o pedaço quebrado da espicha, para aumentar a sua visibilidade, até que foi visto pela outra embarcação.

Ofereceram-se para rebocá-lo até a Ilha dos Lençóis, que estava na rota deles. Tião aceitou. Ia andar para trás, mas não tinha alternativa. Sabia que lá poderia encontrar um pau de mangue para fazer outra espicha. Tinha as ferramentas, já tinha feito contato com alguns habitantes da ilha antes – que se mostraram amistosos –, e talvez se dispusessem a ajudá-lo. Pediu aos barqueiros que o deixassem na mesma praia onde havia encontrado o grupo de albinos, com a maré já bem baixa novamente. Tião se aproximou mais das dunas, escondeu o barco no mesmo manguezal de antes e desceu, com Turi, para procurar o vilarejo dos albinos. Andou uma boa distância, dando a volta na duna maior até encontrar o vilarejo, que já começava a acender seus candeeiros, valendo-se apenas da claridade da lua cheia para iluminar o seu caminho.

Foi saudado como um velho amigo. Logo se prontificaram a ajudá-lo, mas como já estava tarde, ofereceram-lhe uma pequena choupana coberta de palha de babaçu para que passasse a noite, e no dia seguinte cedo iriam procurar um pau de mangue que tivesse o comprimento necessário para fazer a nova espicha.

O vilarejo era realmente bem pequeno, talvez umas quarenta choupanas, no máximo. Estavam se preparando para uma pescaria noturna de arrastão. Explicaram que os albinos não podiam pegar muito sol e não enxergavam bem na claridade, só podiam ficar ao ar livre de noite. Por isso eram chamados de "Filhos da Lua".

– Como é o teu nome, amigo?

– Sebastião.

– Ora, o mesmo nome do rei que é dono desta ilha. Isso é um bom agouro!

Tião não entendeu nada, mas foi logo convidado para participar da pescaria. Aceitou de pronto. Sentia-se entre amigos. E livre. Tinha gostado muito das pessoas da ilha, que, por sua vez, também tinham simpatizado com ele.

Ficaram horas arrastando a rede e recolhendo peixes, camarões, mariscos de vários tipos. Turi ficou só observando, sentado na areia.

Enquanto as mulheres preparavam uma grande caldeirada, além de uma enorme panela de arroz e outra de pirão de farinha seca, os homens e as crianças foram dar um mergulho numa das pequenas lagoas de água doce da ilha, entre os lençóis de areia, para tirar o sal do corpo. Tião foi até o igarité, pegou um cacho de bananas e algumas das mangas, e trouxe para o jantar. Estava encantado. Com a liberdade conquistada, com a hospitalidade dos albinos, com a beleza da lua e a paisagem da ilha.

Jantaram todos juntos em torno de uma fogueira. As nuvens, passando ligeiras no céu, empurradas pelo vento, davam a nítida impressão de que era a lua que corria, flutuando sobre elas. Enquanto isso as crianças albinas se divertiam brincando de correr com a lua.

Como era raro terem alguma visita por ali, aquele forasteiro, negro retinto, esbelto, com o seu vistoso chapéu de palha de abas largas, furtado do patrão, que fazia com que ele parecesse mais alto ainda, foi muito bem recebido. Improvisaram até uma cantoria. Depois do jantar, as mulheres cantaram toadas que enalteciam as belezas e os mistérios da ilha, enquanto os homens marcavam o ritmo com seus tambores e chocalhos. Tião lembrou dos tambores que os negros da fazenda tocavam à noite, quando o doutor deixava. Lembrou que alguns tocavam com as costas das mãos, já que as palmas viviam feridas pelo trabalho pesado, e às vezes pelos golpes de palmatória. Mas agora ele estava livre disso. Tratou de aproveitar o momento.

Tião então pediu que lhe contassem a história do tal rei.

Sentaram-se todos à beira da fogueira, para espantar a friagem da noite, e o anfitrião mais velho começou a contar.

– Esta ilha pertence a um rei português, chamado Dom Sebastião I, o mesmo nome teu. O rei, ainda muito jovem, lutou contra os mouros na África, no Marrocos. Foi uma batalha sangrenta, num lugar chamado Alcácer-Quibir. Portugal perdeu a batalha e o rei sumiu misteriosamente. Uns dizem que ele morreu, mas, como ninguém nunca encontrou o seu corpo, ficou sempre a dúvida. Assim, nunca houve um Dom Sebastião II. Isso foi em 1578 e o rei tinha 24 anos. Na verdade, Dom Sebastião conseguiu fugir, pegou o seu navio, acompanhado de vários súditos, e depois de velejar por algumas semanas, veio dar nesta ilha. Quando viu estas dunas enormes, achou que estava no deserto do Saara. Aí fundou aqui um novo reino, que hoje vive encantado nas profundezas das areias da duna mais alta da ilha. Às vezes, em noites de lua cheia, ele aparece de madrugada, em forma de touro negro, correndo pelas areias da praia. Se um dia alguém conseguir montar no touro, o encanto se desfaz e ele voltará a se tornar humano, e o seu castelo acabará emergindo, ficando à vista de todos. Mas a Ilha de São Luís desaparecerá para sempre. Assim conta a lenda.

Terminada a história, todos se recolheram, e Tião foi para a sua choupana, sempre acompanhado de Turi. Com muito medo de estar sendo seguido pelo feitor da fazenda, deitou-se e procurou se distrair observando os fiapos de luar que atravessavam as palhas da cobertura tosca, criando na areia do chão pontos de luz, que cintilavam como estrelas. Tremulando, iam mudando de forma com o movimento das palhas da cobertura, sopradas pelo vendo. Exausto, confiou em Turi, que não saía do seu lado, pronto para dar alarme em caso de perigo. Depois de um dia movimentado, acabou pegando no sono. Já estava sonhando, quando foi acordado por Turi, que começou a rosnar. Logo sentiu alguém se aproximar dele, encostar os dedos nos seus lábios, para que ficasse calado, e pedir para se deitar com ele na sua esteira. No escuro da choupana, sabia apenas, pela voz, que se tratava de uma mulher jovem, mas não conseguia distinguir sua fisionomia. Antes que tentasse esboçar qualquer reação, a moça deitou-se sobre ele, completamente nua, não lhe deixando alternativa de recusa. Tião passou a mão pelo seu corpo, como que tentando adivinhar-lhe as formas, e se deixou levar pelo prazer. Ao final, ela se despediu dizendo apenas que não queria ter um filho albino, por isso havia se deitado com ele. Mas que tinha gostado.

Tião tinha visto várias mulheres albinas, de diversas idades, no grupo em volta da fogueira. Ficou tentando adivinhar qual delas teria sido. Lembrava apenas que ela usava uma medalhinha pendurada no pescoço, que encostou no seu peito quando se deitou sobre ele. Adormeceu sem saber.

Mergulhadas na narrativa do padre, nem perceberam o tempo passar. Padre Olímpio, muito gentil, mas pontual, fez sinal de que era hora de fechar a biblioteca. Hora de encerrar a pesquisa naquele dia.

Ao chegar em casa, Mariana entregou para Ellena o poema/carinho do dia.

AS ILHAS AFORTUNADAS – Fernando Pessoa[1]

Que voz vem do som das ondas
Que não é a voz do mar?
É a voz de alguém que nos fala,
Mas que, se escutamos, cala
Por ter havido escutar
E só se, meio dormindo,
Sem saber de ouvir ouvimos,
Que ela nos diz a esperança
A que, como uma criança
Dormente, a dormir sorrimos
São ilhas afortunadas,
São terras sem ter lugar,
Onde o Rei mora esperando.
Mas, se vamos despertando,
Cala a voz, e há só o mar

---

[1] Fernando Pessoa, "As Ilhas Afortunadas". Lisboa, 1888-1935. Este poema, do livro Mensagem (1934), faz referência ao mito português do sebastianismo, que misteriosamente atravessou o oceano e foi ressurgir como lenda entre os albinos da Ilha dos Lençóis, no litoral do Maranhão.

19 – O Dilema de Bazinha

Bazinha sentou-se em um tamborete improvisado de banco e ali ficou, olhando para a rua, observando a enxurrada, que já transbordava da sarjeta, chegando a cobrir a calçada. Perplexa, o olhar parado, sem querer acreditar no que tinha ouvido.

Após deixar Mariana na porta, no final da aula, Ellena encontrou Bazinha no patamar da escada do mirante, com a mão no quadril e olhar inquisidor.

– Ellena, tu andaste arrumando este mirante? Senti cheiro de óleo de peroba e os móveis estão brilhando, a cama arrumadinha.

– É, eu dei uma arrumada, estava meio empoeirado, e tu sabes que eu gosto de ficar aí, deitada na rede, lendo. É o lugar mais ventilado da casa.

– Puxa, podias ter me pedido que eu arrumava. Tu sabes que tens problema com poeira.

Ellena ficou preocupada de Bazinha desconfiar de alguma coisa, mas achou que tinha dado uma boa desculpa. Precisava tomar mais cuidado. Sabia que era um segredo difícil de guardar, mas não tinha alternativa, o risco sempre existiria. Só não sabia até quando conseguiria manter essa relação em segredo. Mas já não podia viver sem ela. Estava disposta a pagar o preço.

Na quinta-feira seguinte, Bazinha já ia a meio caminho da mercearia quando começou a trovejar. O céu foi ficando escuro, o vento mudando de direção, soprando forte a ponto de levantar a poeira da rua. Resolveu voltar para pegar um guarda-chuva. Quando entrou em casa, estranhou que as duas não estivessem na varanda. Imaginou logo que Ellena tivesse levado Mariana para ver alguma coisa no mirante, talvez escolher um livro, ou observar a mudança repentina do tempo.

Bazinha foi até o seu quarto, pegou o guarda-chuva e, na volta, como já começassem a cair os primeiros pingos de chuva, preferiu avisar Ellena que seria melhor deixar para ir à mercearia no dia seguinte. Subiu a escada, mas quando já estava nos últimos degraus, percebeu que a porta estava fechada, e teve a impressão de ter ouvido alguns sussurros e gemidos. Ficou assustada, chegou mais perto da porta e reconheceu as vozes de Ellena e Mariana.

Não podia acreditar nos seus ouvidos. Não, não podia ser o que ela estava pensando. Com o coração angustiado, perplexa, preferiu sair logo dali. Desceu a escada nas pontas dos pés e foi para as suas compras, mesmo debaixo de chuva. Estaria imaginando coisas, é claro. Sua patroazinha se envolvendo com a aluna? Que bobagem, claro que não era nada disso. Era coisa da sua cabeça. Ainda não tinha 50 anos, será que já estava *variando*?

Mas percebia a ternura com que as duas se tratavam, a ansiedade com que Ellena esperava os dias de aulas. Foi juntando os pontos, não queria admitir, mas não podia mais negar a realidade. E lembrou também de uma segunda-feira em que Ellena pedira para ela ir comprar sorvete lá longe, na Rosa de Maio.

Meu Deus, elas estão tendo um caso, sim. Pensou que já deveria ter percebido isso antes, mas se recusava acreditar.

Mal pôs os pés na calçada e a chuva começou a engrossar. Não queria voltar para casa, não queria ouvir de novo o que tanto a tinha angustiado, muito menos criar constrangimento para as duas. Resolveu seguir adiante, tentando se proteger sob os beirais das casas, e apressou o passo até alcançar a quitanda do Seu Newton Ferreira, na esquina da Rua dos Afogados com a Rua da Alegria, para se abrigar. Com a roupa encharcada, já não conseguia equilibrar o guarda-chuva contra a força do vento. Entrou na quitanda, cumprimentou Seu Newton e pediu licença para esperar ali até a chuva passar. Bazinha sentou-se em um tamborete improvisado de banco e ali ficou, olhando para a rua, observando a enxurrada, que já transbordava da sarjeta, chegando a cobrir a calçada. Perplexa, o olhar parado, sem querer acreditar no que tinha ouvido. A sua menina, que ela tanto amava, que ajudara a criar desde que nasceu, envolvida numa relação espúria, imoral mesmo. Sexo entre duas mulheres, pelo amor de Deus, sempre achou que isso era uma perversão, uma doença, um pecado. E ficou ali matutando, angustiada, até que, depois de um bom tempo, já no final da tarde, a chuva arrefeceu e ela decidiu voltar para casa. Foi caminhando devagar para dar tempo de Mariana sair antes de ela chegar. Preferia não se encontrar com nenhuma das duas, mas Ellena ainda estava na varanda, arrumando o material das aulas.

Sem levantar o olhar, explicou que não tinha conseguido fazer as compras por causa da chuva e foi direto para o seu quarto. Não conseguia encarar a patroa, olhar nos olhos dela. Sentia vergonha por ela. Sentia-se culpada por ter ouvido o que ouviu.

Por ter, inadvertidamente, de certa maneira, invadido a privacidade delas.

Serviu o jantar porque não tinha outro jeito. Deixou para lavar a louça no dia seguinte, e logo se recolheu ao seu quarto. Mas não conseguia pregar o olho. Aqueles gemidos não lhe saíam da cabeça. O que teria acontecido com sua menina? Será que Mariana é quem a tinha influenciado para esse caminho? Não, claro que não, ela já conhecia bem a aluna de Ellena, tinha se afeiçoado por ela, uma moça tão educada, carinhosa com todos. Sabia do seu comportamento exemplar, do carinho que tinha pela avó, da sua dedicação aos estudos. Admirava a amizade das duas e o carinho com que Ellena preparava as aulas. Enfim, duas pessoas tão boas envolvidas numa relação como essa. Não dava para acreditar. O que as teria levado a se entregar dessa maneira uma à outra?

Religiosa, pensou como Deus teria permitido que isso acontecesse. Será que Deus as perdoaria? Será que Deus, na sua infinita bondade, admitiria esse tipo de relacionamento? Será que Deus as havia feito assim? E se Deus as tinha feito assim, seria mesmo um pecado?

E lembrou-se da sua doença, da tuberculose terrível que quase a matara. Lembrou-se de como Ellena havia insistido com os pais para que ela permanecesse na casa deles e pudesse ser cuidada por ela. Tinha bem vivos na memória o carinho e a dedicação de Ellena, ainda quase uma criança, sofrendo junto com ela, dando-lhe os remédios na hora certa até que ela se recuperasse. Lembrou-se das aulas que Ellena dava para ela todas as noites, e que a tinha alfabetizado e feito dela uma pessoa instruída como ela nunca havia imaginado. Tudo o que ela aprendera, mesmo sem ter frequentado a escola, devia à dedicação e ao carinho de Ellena.

Uma coisa estava clara para ela: não abandonaria sua patroa e amiga em hipótese alguma. Resolveu que não iria recriminá-la, nem julgá-la. Se fosse uma doença, cuidaria de Ellena com o mesmo carinho com que tinha sido cuidada por ela quando estivera doente. Se fosse da natureza dela, procuraria aceitar, compreender e acolher. Percebia como Ellena ficava feliz quando Mariana chegava, como a companhia da aluna lhe fazia bem. Achava tão bonito o carinho com que se tratavam. Não, isso não podia ser uma doença. Doença nenhuma faria tão bem para uma pessoa como essa relação fazia para as duas. Será que a natureza delas era diferente? Tentava pegar no sono, esquecer o que tinha ouvido. Mas os sussurros e gemidos continuavam ecoando na sua cabeça. Pensava no que poderia acontecer se o Seu Arthur descobrisse. Ou D. Zizi, ou Donanna. Deus me livre. Já pelo meio da madrugada decidiu que não iria mais questionar a relação das duas; ao contrário, iria protegê-las, isso sim, ajudá-las no que estivesse ao seu alcance. O amor e a gratidão que sentia por Ellena, o carinho que já sentia por Mariana, tão delicada com ela, estavam acima de qualquer coisa. Até de um relacionamento como esse. Certa ou errada, era uma relação tão bonita, tão pura mesmo, havia tanto carinho entre as duas, que deveria haver espaço no coração do Criador para essa forma de amor.

Imagino como as duas devem se sentir sozinhas, pensou. *Não podem contar com a compreensão nem o apoio de ninguém. De ninguém, não. Tenho vontade de chegar para Ellena e dizer que elas podem contar comigo, sim. Só não tenho coragem de tocar num assunto tão íntimo. Mas eu e ela nos entendemos tão bem que nem preciso falar nada. Ela vai perceber. Tenho como mostrar isso para ela sem precisar falar.*

Aliviada com a sua decisão, em paz com o seu coração, já quase amanhecendo o dia, conseguiu pegar no sono.

Na quinta-feira seguinte, antes da hora da aula, Bazinha preparou um *refresco* de tamarino, colocou numa pequena jarra de vidro com algumas pedras de gelo, levou numa bandeja com dois copos e, discretamente, deixou em cima da escrivaninha do mirante, onde as duas costumavam se encontrar. Em seguida saiu para as compras, como fazia toda semana.

Ellena e Mariana tomaram um susto quando entraram no cômodo. Mariana não entendeu nada, mas Ellena, sim. Realmente ela e Bazinha se conheciam tão bem que muitas vezes nem precisavam de palavras para se comunicar. Ela sabia muito bem o que Bazinha queria lhe dizer com aquele gesto.

– Mariana, tu sabes o que esse *refresco* aqui significa?

– Não consegui entender nada, Ellena. Não foste tu que colocaste aí?

– Não, foi Bazinha.

– Meu Deus!

– Foi a maneira que ela encontrou para nos dizer que já sabe da nossa relação, que nos aceita e compreende nosso sentimento. Tinha muita vontade de poder me abrir com ela, mas tinha medo de decepcioná-la. Agora vejo que, mais uma vez, posso contar com ela. Essa é minha amiga de verdade! Uma mulher simples é capaz de aceitar nossa relação. Por que as outras pessoas, supostamente instruídas, não? Por que se incomodam tanto com a vida dos outros? Por que não vivem as suas próprias vidas e nos deixam viver as nossas?

Quando Bazinha voltou da mercearia, no final da tarde, Mariana já tinha ido para sua casa. Ellena esperou por ela na varanda. Bazinha deixou as compras sobre a mesa da cozinha, sem tirar os olhos do chão. Não sabia como a patroa iria reagir. Ellena aproximou-se dela, segurou-a carinhosamente pelo braço e deu-lhe um longo abraço. As duas se emocionaram, abraçadas. Mais uma vez não precisaram de palavras. Talvez um dia até viessem a conversar sobre o assunto, mas, naquele momento, não era necessário.

20 – A Medalha: Proteção, Gratidão, Liberdade

Surpreso, Tião pendurou a medalhinha no pescoço, como prova de gratidão. Enquanto a moça se afastava em direção ao vilarejo, acompanhou-a com o olhar, observando sua silhueta, suas formas.

Mariana chegou entusiasmada para mais uma aula, mas encontrou Ellena preocupada.

– Mari, Arthur veio falar comigo sobre essas nossas saídas das terças-feiras. Disse que não fica bem eu sair assim toda semana contigo. Ele não desconfia de nada entre nós, mas imagino que a mãe dele deve ter feito algum comentário. Aquela mulher é uma megera, me odeia, deve ter visto a gente no bonde.

– Ou alguma amiga fofoqueira...

– Pode ser. Precisamos ter mais cuidado; tenho muito medo de separarem a gente. É isso que mais me preocupa.

– Agora fiquei preocupada também. Minha avó me falou sobre a tua sogra, a gente precisa mesmo se cuidar. Deus me livre de impedirem a gente de se encontrar. Não gosto nem de pensar.

– Nós sabemos que não vamos conseguir manter esse segredo por muito tempo, estaremos sempre por um fio. Queria muito acreditar na ilusão de que conseguiríamos ficar juntas para sempre, mas na nossa condição, como pessoas diferentes, fora dos padrões morais da sociedade, não temos o direito de sonhar. Só nos resta ir vivendo a relação. Enquanto pudermos.

– Estamos vivendo uma explosão de felicidade, Ellena. Acho que poucas pessoas tiveram a oportunidade de sentir isso com tanta intensidade, mas ao mesmo tempo sabemos que nunca teremos paz. Parece que felicidade e paz não se dão muito bem, é como se uma sempre fugisse da outra. Ainda mais no nosso caso, na contramão dos costumes.

– Eu pedi para Arthur mandar o motorista da fábrica fazer as compras de mercearia, para evitar que Bazinha tenha que ir. Alguém pode estar observando essas saídas dela exatamente no dia da nossa aula.

– Boa ideia, Ellena. Ela aqui não incomoda nada mesmo, é muito discreta, fica lá na lavanderia, nos seus afazeres. Bazinha é nosso anjo da guarda.

– Me incomoda muito não ser sincera com Arthur. Ele confia em mim, não merece... Mas o que eu posso fazer? Minha vida ganhou outro significado quando a gente começou a se relacionar. Tu és a minha alma gêmea, que andava por aí escondida de mim, mas agora que eu te encontrei não quero te perder por nada nesse mundo. Estou disposta a arcar com todas as consequências, pago o preço que for, mas não vou entregar minha felicidade sem lutar por ela.

– Pode contar comigo, Ellena. Vamos arcar com as consequências juntas. É uma relação tão bonita, tão pura. Por que será que as pessoas têm tanta dificuldade com as diferenças, por que não deixam que as outras sejam felizes do jeito que são?

– Infelizmente, é assim a vida, Mari. Vamos administrar do jeito que for possível até chegar o momento em que terei de tomar uma decisão. Não quero ter vida dupla, detesto não ser sincera com as pessoas, mas hoje não tenho escolha. Arthur jamais entenderia.

– Nem ele e nem ninguém, Ellena.

Emocionadas, mais apaixonadas que nunca, abraçaram-se com ternura.

– Além do amor, agora temos essa pesquisa a nos aproximar ainda mais, Ellena.

– Expliquei para Arthur a importância dessa pesquisa para ti e para mim, como professora de História. Contei que estamos começando a descobrir coisas muito interessantes e não podemos parar agora. Argumentei que já abri mão do magistério, que me faz muita falta, e que gostaria de voltar a discutir esse assunto com ele em outra oportunidade. Propus que passássemos a ir ao Convento do Carmo em semanas alternadas, terça sim, terça não. Ele concordou. Sugeri que ele nos leve até lá, para afastar suspeitas. Ele aceitou. Mas na volta não abro mão do nosso bonde.

– Melhor assim, Ellena. Vai ser duro ficarmos duas semanas sem voltar para as memórias do Padre Barreto, logo agora que estamos com esse tesouro nas mãos. Mas tu fizeste o certo.

Ellena pegou Mariana carinhosamente pela mão e subiram para o mirante.

Duas semanas depois, conforme o acordo com Arthur, quando chegaram ao Convento do Carmo, Padre Olímpio já estava esperando por elas. Admirava o interesse pela pesquisa. Também gostava de História.

– Boa tarde, pesquisadoras – cumprimentou as duas com bom humor. Não vieram na semana passada, senti falta de vocês. Não tive muito tempo de procurar os outros envelopes, mas agora, puxando pela memória, lembro-me bem deles: continham documentos e desenhos dentro. Mas eu vou achá-los, prometo. Estou aproveitando para organizar melhor aquele depósito. Assim que localizar, deixo aqui na biblioteca para vocês examinarem.

– Ficaremos muito agradecidas, padre. Não pudemos vir na semana passada, mas continuamos com o mesmo entusiasmo. A narrativa está muito interessante. Estamos ansiosas para prosseguir na leitura.

E voltaram a se debruçar sobre os escritos do Padre Barreto.

Antes de o sol nascer, Tião saiu com mais quatro homens do vilarejo, sendo três albinos, para procurar um pau de mangue para fazer a nova espicha da vela. Levou consigo algumas ferramentas. Caminharam por mais de uma hora, embrenhando-se na floresta de mangue, até encontrarem um que servisse. Com a ajuda dos companheiros, não foi difícil cortar o tronco perto da raiz. Colocaram nos ombros e vieram em fila indiana carregando o pau e cantando pelo caminho.

Tião pegou a enxó e começou a acertar a madeira, retirando os nós e deixando-a completamente lisa, enquanto os albinos observavam de longe, protegidos do sol nas sombras do manguezal. Mediu e cortou no tamanho correto.

De novo com a ajuda dos albinos conseguiu encaixar a espicha no mastro e prender na vela. Aproveitou para reforçar os remendos da vela e revisou as cordas de tração. Por volta das três da tarde, o barco já estava pronto para seguir viagem. Agradeceu a ajuda, despediu-se, e foi até o poço recolher mais um pouco de água antes de partir. Já estava se dirigindo para o barco, acompanhado de Turi, quando percebeu passos apressados na areia fofa.

– Tião.

Virou-se, era uma jovem albina com uma medalhinha na mão.

– Toma, é um presente pra ti. Quando tu passares por aqui de novo vem me visitar.

Tião agradeceu. Era uma pequena imagem de um santo, presa a um fio de couro.

– Que santo é esse, moça?

– São Sebastião. É o padroeiro desta ilha, tem o mesmo nome que tu. É pra te proteger.

Surpreso, Tião pendurou a medalhinha no pescoço, como prova de gratidão. Enquanto a moça se afastava em direção ao vilarejo, acompanhou-a com o olhar, observando sua silhueta, suas formas. Ficou tocado com a sua delicadeza, sua fisionomia de traços suaves, mas, distraído, nem perguntou o nome dela. Ainda tentou chamá-la, mas ela já ia longe, contornando a duna...

Mariana, instintivamente, levou a mão à medalhinha, que ela agora não tirava do pescoço, tal como seu trisavô. Não conseguiu conter a emoção e deixou correr uma lágrima. Ela e Ellena entreolharam-se em silêncio. Custou-lhes muito acreditar no que acabavam de ler. Mas agora entendiam o que aquela medalhinha representava para Sebastião: proteção, gratidão, liberdade. E voltaram a mergulhar os olhos nos escritos do padre.

Sebastião empurrou o barco para a água, esperou Turi assumir o seu posto, levantou vela e continuou sua viagem. Queria chegar à Ilha de Caçacueira antes do final da tarde. Sempre preocupado de estar sendo seguido pelo feitor da fazenda, escolheu essa ilha por ser pouco habitada, além de escondida pelo manguezal. Seria um lugar perfeito para passar a noite. De longe já dava para ver as palmeiras de babaçu, abundantes ao longo da praia. Chegou junto com as revoadas de guarás, garças e jaçanãs, que também procuravam abrigo. Atracou o barco num cais bem rústico, foi até o vilarejo, no meio da ilha, que se resumia a uma rua de areia com algumas palhoças de cada lado, procurou o poço e encheu algumas vasilhas, sob o olhar desconfiado de meia dúzia de moradores. Um negro sem camisa, com seu agora inseparável chapéu, desconhecido de todos, acompanhado de um cachorrinho vira-lata malhado, com uma marca a fogo nas costas, logo despertou a atenção. Nada parecido com a recepção que tivera por parte dos albinos na Ilha dos Lençóis. Cada pessoa ali em volta poderia ser alguém que estivesse lhe procurando a mando do Dr. Sá Ribeiro. Agradeceu pela água, cumprimentou as pessoas, mas ninguém lhe respondeu o cumprimento. Achou melhor tirar o seu barco dali e dar a volta na ilha para se esconder do outro lado, longe do vilarejo. Prendeu a âncora numa raiz de mangue, armou a lona e estendeu a esteira no fundo do barco. Fez então sua refeição de camarão com farinha, que dividiu com Turi, comeu umas bananas e pegou no sono com dificuldade. Passou a noite toda preocupado, desconfiado de que algum morador da ilha pudesse denunciá-lo.

Sonhou que o feitor chegava por trás dele com o chicote e a garrucha, e ele tentava correr, mas seus pés se enterravam na areia fina, e ele não conseguia sair do lugar. Tentava gritar, mas o grito não lhe saía da garganta. Acordou de um pulo, suado, o coração querendo saltar pela boca. Ainda com sono, ajeitou a vela e partiu antes dos primeiros sinais de claridade da manhã, aproveitando o clarão da lua, ainda bem redonda, mas já descendo para se esconder no horizonte. Dessa vez iria em direção ao vilarejo de Outeiro, o mesmo em que tinha me ajudado com o carro de boi. Turi pulou para o banco de proa e partiram.

Sol forte e vento firme, iam em boa velocidade e talvez chegassem antes do anoitecer. Sebastião velejou por algumas horas; estava com ânimo redobrado e muita vontade de chegar. E muito medo de ser seguido pelo feitor. Fez uma rápida parada junto ao manguezal, na hora em que a fome apertou, e logo seguiu adiante, passando pela foz da larga reentrância que banha a cidade de Cururupu, muitos quilômetros terra adentro, bem afastada do mar. Já passava das quatro da tarde, tudo dentro da previsão, quando avistou uma embarcação de passageiros encalhada num banco de areia, perto do manguezal. As pessoas gesticulavam e gritavam pedindo ajuda. Eram umas trinta pessoas, incluindo algumas crianças e idosos. Aproximou-se com cautela. A embarcação estava adernada e parecia ter o leme danificado. Com excesso de passageiros e a maré vazando, havia encostado o fundo num banco de areia e encalhado. Teriam que esperar a maré completar o seu ciclo e começar a encher novamente para tentarem tirar o barco dali. Já era final de tarde e os passageiros estavam muito aflitos. Iam para Cururupu, a uma boa distância dali. A solução seria transportá-los até o vilarejo mais próximo, chamado Porto Rico, em outra reentrância, a alguns minutos do local do encalhe. Tião se ofereceu para levá-los aos poucos, já que seu pequeno igarité não comportaria muitas pessoas e suas bagagens. Levou primeiro as mulheres com as crianças, depois os idosos, e assim entrou pela noite até deixar todos em segurança. Os moradores do povoado logo se ofereceram para abrigar os passageiros e acomodá-los em suas modestíssimas palhoças. Tião também foi convidado a pernoitar, mas, por segurança, agradeceu e disse que precisava continuar a sua viagem aproveitando a luz da lua. Não queria correr mais riscos. Entre palavras de gratidão e cumprimentos, um senhor tirou uma cédula do bolso para gratificá-lo. Ele não quis aceitar, mas o senhor colocou o dinheiro dentro do barco, e ele não teve como recusar. Logo, outros passageiros fizeram o mesmo, cada um dando sua gratificação, dentro das suas possibilidades. Quando se virou em direção ao igarité, uma menina de uns 9 anos perguntou para Tião o que significava aquela cicatriz de queimadura nas suas costas, que parecia com as letras SR. Todos já estavam desconfiados de que ele poderia ser um escravo fugido. O pai da menina, envergonhado com a indiscrição da filha, tirou sua própria camisa e deu para ele. Muito sem jeito, Tião subiu no barco, seguido de Turi, e levantou vela. Guardou o dinheiro sem ter a menor ideia do valor; nunca tinha comprado nada e era analfabeto. Muito cansado, não quis se arriscar a velejar à noite. Encostou o igarité no manguezal mais à frente e pernoitou ali mesmo. No dia seguinte, seguiria direto para Alcântara. Queria mesmo chegar lá tarde da noite, pois sabia do perigo que correria na chegada.

Fez sua refeição de sempre, armou a lona, estendeu a esteira no fundo do barco e ficou ali, deitado, admirando o céu estrelado, ao lado do seu companheiro de viagem, pensando nas coisas todas que tinham acontecido com ele em tão pouco tempo de liberdade. Pela primeira vez na vida tinha ganhado dinheiro com o seu trabalho. Pela primeira vez na vida tinha uma camisa. Vestiu, passou a mão no tecido, admirado com a textura, e se inclinou em direção a um facho do clarão da lua entre as folhagens do mangue, para tentar ver melhor as cores do listrado. Desejou ter um espelho, para poder se ver assim elegante. Até riu de si mesmo. Levou a mão ao peito e apertou a medalhinha de São Sebastião. Será que tinha sido mesmo o santo quem o ajudara? E mais uma vez ficou chateado por não ter perguntado o nome da jovem albina. Dormiu segurando a medalha.

Padre Olímpio já estava balançando as chaves, dando a entender que era hora de fechar a biblioteca.

Mariana arrumou as folhas dentro dos envelopes e os entregou nas mãos do padre, com o cuidado de quem estava segurando um tesouro. Na chegada à casa de Ellena, Mariana lhe entregou mais um poema/carinho.

José Pereira de Graça Aranha[1]

Tudo o que vês, todos os sacrifícios, todas as agonias, todas as revoltas, todos os martírios são formas errantes da Liberdade.

---

[1] José Pereira de Graça Aranha (São Luís, 1868 – Rio de Janeiro, 1931). Um dos fundadores da Academia Brasileira de Letras, ocupou a cadeira nº 38. Foi um dos organizadores da Semana de Arte Moderna de 1922.

21 – Tambores e Matracas

D. Zizi: *O concurso de miss acabou não se realizando, por questões políticas. Tua mãe voltou frustrada. E grávida.*

O som dos tambores e das matracas vinha de longe, trazido pelo vento. Ora parecia mais próximo, ora mais distante, aumentando ou diminuindo ao sabor do sopro da brisa. E ia aos poucos preenchendo o silêncio das madrugadas, permeando ruas e casas e embalando, como uma onda, o sono dos ludovicences. Era a festa do Bumba Meu Boi, que tomava conta da cidade nos meses de junho e julho. Não existia rua, beco ou ladeira desta velha cidade onde não chegasse o som do batuque noturno do principal festejo do ano.

Nessa época, começa o período do estio, que se estende por todo o segundo semestre, quando as chuvas torrenciais se tornam mais escassas, favorecendo os folguedos de rua a céu aberto. É tempo de ensaios para a festa de São João. É tempo de Bumba Meu Boi.

– Vó, uma vez, quando eu era criança, tu começaste a me contar sobre o Bumba Meu Boi, mas eu dormi antes do final história, lembra? Agora, como eu estou pesquisando sobre a nossa ancestralidade, queria que tu me contasses de novo. Eu nunca vi esse festejo de perto, só ouço o batuque.

– Está bem, minha filha, tu precisas mesmo conhecer as tradições dos teus antepassados. Tu nunca viste porque, ainda hoje, essa festa é restrita aos bairros mais distantes, afastados do centro histórico. Durante muitos anos foi até proibida pela polícia no perímetro urbano. Quando eu era da tua idade, gostava de ver a brincadeira. Adorava aquelas fantasias, cheias de fitas coloridas, achava lindo aquele boi com cobertura de veludo preto, todo bordado com miçangas de várias cores. E dançava junto com os brincantes.

– Mas por que era proibida?

– Por motivo de "segurança". Apenas pessoas mais simples participavam. E bebiam, como em qualquer festa. Mas eram pretos e pobres, portanto, considerados perigosos. Pelo menos na visão das autoridades da época. A tiquira, cachaça barata de mandioca, descontraía e animava, e fazia esquecer o cansaço. O canto rude, sempre à capela, além dos erros de português das letras de antigamente, não agradava às pessoas mais estudadas. Mas evoluiu muito de lá para cá. A força do ritmo, da dança, do colorido das fantasias, da alegria dos brincantes acabou contagiando todas as pessoas da cidade. Por tradição, e pela proximidade das moradias dos brincantes, os grupos continuam se reunindo no bairro do João Paulo, bem distante do centro.

– Então me conta de novo, vó.

– A história é mais ou menos assim: Catirina (assim mesmo, com i), escrava de um engenho, grávida, começou a sentir desejo de comer língua de boi. Pai Francisco, também escravo, com medo de o seu filho nascer com cara de boi, conforme a lenda, saiu pelo campo, na calada da noite, à procura de um boi para lhe retirar a língua e livrar o bebê dessa sina. Para azar de Pai Francisco, ele abateu exatamente o boi preferido do senhor do engenho que, quando viu o seu animal morto, ordenou aos seus capatazes que encontrassem o culpado e lhe dessem um severo castigo. Os outros escravos então saíram em busca de um pajé, numa tribo próxima, que fizesse uma reza e conseguisse o milagre de ressuscitar o boi, livrando assim Pai Francisco do castigo. Quando o boi deu um urro e começou a se levantar, ressuscitado, houve uma explosão de alegria na fazenda, com negros e índios cantando e dançando juntos, ao som do batuque. Até os brancos, incluindo o dono do engenho, se juntaram à brincadeira. É o festejo do milagre da ressurreição do boi, que, na verdade, comemora a superação das dificuldades de uma vida sofrida.

– Muito interessante, vó. Então essa festa é uma celebração da convivência entre pretos, índios e brancos. Acho que foi essa união que influenciou o poeta Sousândrade na criação da bandeira do Maranhão, com listras nas cores branca, preta e encarnada, como se diz por aqui, representando as três raças.

– É verdade, e essa é a principal festa da tua terra, Mariana; tinhas que conhecer a história.

– Pois é, vó, mas tem outra história que eu também gostaria muito de conhecer e acho que já está na hora de tu me contares.

– O que é, minha filha?

– É sobre o meu pai. Sei que tu não gostas muito desse assunto, mas eu preciso saber. Às vezes parece que tu me tratas como criança. Sou adulta, tu não achas que já está na hora de me contares tudo? Sinto muita falta dele, ele foi muito bom pra mim, só não me deu o sobrenome. Por quê?

– Está bem, minha filha, vou te contar tudo o que eu sei. Já está mesmo na hora de tu saberes. Tua mãe, desde muito jovem, começou a chamar a atenção dos rapazes da cidade. Era bonita, alta, desinibida, e se encantava com o sucesso que fazia com os homens. Sempre tive muita preocupação com esse comportamento dela. Sabia que nenhum deles, sendo branco e de classe mais alta, teria boas intenções com ela. Qual desses rapazes iria querer compromisso sério com uma moça de cor? Sempre alertei Eulália para os perigos de uma gravidez precoce. Citava o meu próprio exemplo. Mas eu tinha que trabalhar, visitar as freguesas, sustentar a casa. Tinha muita dificuldade de controlar os passos de uma jovem tão impetuosa e assediada o tempo todo. Ela até que era estudiosa, teve boa instrução, apesar de ter interrompido o Curso Normal no final do segundo ano. Não tinha muita vocação para o magistério e precisava trabalhar para me ajudar a complementar a renda necessária para pagar o aluguel e as despesas da casa. Sempre foi muito vaidosa, gostava de se vestir bem, e gosta até hoje. Adorava desfiles de moda. Não eram muito comuns por aqui, mas sempre que acontecia um, ela era logo convidada e adorava desfilar. Quando ela era criança, os concursos de Miss Brasil faziam muito sucesso no país todo; as eleitas saíam nas capas das revistas, e até os governadores recebiam as vencedoras e patrocinavam suas viagens para a final no Rio de Janeiro. As candidatas eram todas moças da sociedade, de famílias importantes. Ela era fascinada por esses concursos. Como não ocorriam todos os anos, os clubes de cada cidade promoviam os seus concursos independentes. Eram festas muito concorridas, e tua mãe sempre estava envolvida nesse meio. Os colunistas sociais de São Luís então começaram a se movimentar para o concurso de 1943. Tua mãe foi logo convidada a participar e chegou a fazer algumas entrevistas de seleção, mas acabou sendo descartada por não ser branca, embora bem mais bonita que as outras concorrentes. Ela ficou muito frustrada, mas logo recebeu um convite para se candidatar em Belém, onde se dizia que a discriminação não era tão forte quanto em São Luís. Eu fui contra, não queria deixá-la viajar sozinha, embora já tivesse 19 anos, a tua idade hoje, mas tua mãe, teimosa, insistiu; disse que era uma oportunidade de se projetar, de arranjar empregos melhores do que os que eram oferecidos em São Luís para moças de cor, geralmente de balconista. E também tinha acontecido um fato, meses antes, que a deixara muito frustrada. No desfile de 8 de setembro, dia da fundação de São Luís, quando os alunos de todos os colégios marcham pela cidade, ela tinha sido escolhida pra ser a porta-bandeira do Liceu. Isso era o sonho dela. Aí eu fiz uniforme novo, compramos a faixa verde-amarela e os acessórios, sapato novo. Ela estava muito entusiasmada, só falava nisso. Só que, na última hora, escolheram uma outra moça, branca, para desfilar no lugar dela. Ela ficou muito decepcionada, revoltada. Aí eu, com pena dela, e só por causa disso, acabei deixando que ela viajasse para Belém.

– Vó, tu lembras que também me convidaram pra ser porta-bandeira no ano passado? Só que eu não aceitei, nunca gostei muito de me exibir.

– E eu fiquei muito aliviada de tu não teres aceitado. Embora tu sejas mais clarinha que tua mãe, fiquei com medo de outra decepção – disse a avó e retomou a narrativa. – Aí fui levá-la até o cais da Praia Grande, onde ela embarcou na lancha do Chocolate, que tu conheces bem. Eu fiquei no coreto, acompanhando a lancha com os olhos, até ela chegar ao navio, que estava ancorado lá fora. O concurso de miss acabou não se realizando, por questões políticas. Tua mãe voltou frustrada. E grávida. Disfarçou o quanto pôde, mas eu logo percebi, pelo andar, o que ela insistia em negar. Não dava mais para continuar escondendo; chegou uma hora em que teve que me contar. Havia conhecido o radiotelegrafista do navio da Costeira que a levara para Belém, apaixonaram-se e iniciaram uma relação. Eu fiquei muito abalada; tinha alertado tanto sobre esse perigo. Mas tua mãe procurou me tranquilizar dizendo que se tratava de um ótimo rapaz, e que ele também estava apaixonado por ela. Havia prometido continuar o relacionamento, não iria desampará-la nem a ti, quando tu nascesses, mas, como era desquitado, não poderia casar novamente, muito menos te dar o sobrenome. Propôs à tua mãe que ela te registrasse como filha de pai desconhecido, mas prometeu que lhe compraria esta casa, que estava à venda, e assim deixaríamos de pagar aluguel. Autorizou tua mãe a negociar imediatamente a compra e prometeu que, na volta da próxima viagem, fariam a escritura. E cumpriu o prometido. Pelo menos nós teríamos a nossa casinha própria e tu poderias aspirar a uma vida melhor quando nascesses. Nós morávamos nesta mesma rua, só que três quarteirões adiante, numa casinha mais simples que esta. Combinaram então que, seis meses após o teu nascimento, ela iria morar com ele no Rio de Janeiro e mandariam uma ajuda mensal suficiente para nos sustentar e me compensar pelas costuras que eu deixasse de fazer para cuidar de ti. Depois que estivessem estabelecidos por lá, tinham a intenção de te levar também. Teu pai já tinha conseguido um emprego para ela na Costeira, a mesma empresa de navegação em que ele trabalhava. Eu não era boba, custei a acreditar nessas explicações, mas como o rapaz já tinha comprado a casa em nome da tua mãe, e estava cumprindo todas as promessas feitas, eu comecei a achar que ele poderia mesmo ser bom para ela, mas sempre desconfiada de que ela não me tivesse contado toda a verdade. O rapaz, bem mais velho que ela, muito educado e simpático, esteve aqui, conversou comigo e me disse que amava tua mãe, que eu ficasse tranquila, que ela viveria como esposa dele. Como ele era branco, bem-apessoado, muito bem-vestido, eu achei que o relacionamento não iria dar certo. Mas seis meses após o teu nascimento, para minha surpresa, tudo se deu conforme o prometido. Tua mãe então mudou-se para o Rio de Janeiro com ele e viveram muito bem por lá. Todos os meses de dezembro tua mãe vinha de avião, passava o Natal conosco e, em janeiro, te levava para encontrar teu pai no navio. Em julho ele trazia tua mãe no navio, a caminho de Belém. Ela passava uns dias aqui, te levava nas viagens, e te deixava aqui na volta. Ele era louco por ti, nunca deixou que te faltasse nada. Tua mãe sempre me falou muito bem dele, eles realmente se amavam. Como ele vivia viajando e ela trabalhava fora lá no Rio, nós achamos melhor que tu continuasses aqui, morando comigo por mais algum tempo, mas ele sempre com a intenção de te levar para junto deles. Mas quando tu tinhas 9 anos, ele faleceu de repente, e aí todos os planos tiveram que ser mudados. Tua mãe conseguiu um emprego melhor, e no ramo que ela sempre adorou, que é desfile de moda. Foi trabalhar na famosa Fábrica de Tecidos Bangu. Ela também ajuda até hoje a organizar concursos de misses num clube chamado Renascença, fundado por negros e seus descendentes, que não podiam frequentar outros clubes da cidade, pois ainda eram discriminados. As misses mulatas fazem muito sucesso, mas até hoje nenhuma venceu um concurso de Miss Brasil. Mas ela acredita que um dia as mulheres negras serão aceitas e reconhecidas. E luta por isso.

– Vó, de vez em quando eu releio as cartas que eles me mandavam toda semana. Eram tão carinhosas que eu sempre me emociono. Eu só sei que o nome do meu pai é José Roberto, que minha mãe o chamava de Beto, mas nunca soube o sobrenome dele.

– Eu também nunca soube e nunca perguntei, minha filha.

– Eu adorava essas viagens com eles, pena que eram tão curtas. Eu sentia falta dos meus amigos nos meus aniversários, mas adorava as festas que eles faziam para mim no navio.

Mariana percebeu que sua avó tinha pegado no sono, embalada pelo batuque do Bumba Meu Boi.

22 – Rumo a Alcântara

Passou por um sobrado bem grande, que ele deduziu ser um prédio público. Só depois descobriu que ali era a Casa da Câmara e Cadeia. Política em cima, cadeia embaixo.

Duas semanas depois da última visita ao Convento do Carmo, Ellena e Mariana voltaram para as memórias do Padre Barreto.

Sebastião saiu cedo, como sempre. Tinha uma longa viagem pela frente, mas era a última etapa até o seu destino: Alcântara. Depois, São Luís. Sempre imaginava que um dia reencontraria sua mãe. Sabia que, sendo negro fugido, não poderia fazer muita coisa por ela, como seu pai não pôde, mas só o fato de ela saber que ele estava por perto já seria um alento. Para ela e para ele. Daria essa alegria a ela. Quem sabe até conseguisse dar um aceno de longe? Para um escravo, qualquer coisa é muito, pensou. E trabalharia até juntar dinheiro suficiente para, um dia, comprar a carta de alforria dela. Pelo menos ela poderia envelhecer livre. Ele era jovem, tinha uma profissão, e muita disposição para o trabalho. E era determinado. Provavelmente ela nem sabia que seu pai tinha morrido. E eu tinha-lhe garantido que a abolição não demoraria para acontecer.

Navegou a manhã inteira até alcançar a Baía de Cumã, em Guimarães, na foz do Rio Pericumã, onde fez uma parada numa ilhota desabitada, bem no meio da baía, para uma rápida refeição. Deu os últimos camarões para Turi e comeu farinha d'água com rapadura. Enquanto descascava uma manga, ficou observando a passagem de uma embarcação costeira, com suas duas velas coloridas, cheia de passageiros, vinda de Pinheiro em direção a São Luís.

Sabia que o seu destino ficava do outro lado da península, mas antes tinha que costear uma imensa praia deserta, que parecia não ter fim. Com vento fraco de través, navegou umas quatro ou cinco horas, e a praia não acabava. A ansiedade de chegar fazia com que essa longa faixa de areia parecesse mais comprida ainda. Pelo menos podia admirar a beleza daquela areia branquíssima, fazendo contraste com o verde exuberante da floresta de manguezais, com centenas, milhares de guarás pousados nos seus galhos. Já com o sol declinando à sua direita, começou a contornar a península, de onde conseguia distinguir, ao longe, do outro lado da Baía de São Marcos, o farol da Ponta da Areia, em São Luís. Já era noite quando finalmente viu, à sua frente, o clarão do farol de Alcântara. Sentiu um frio na barriga, o coração acelerou, era a sua porta para a liberdade.

Faltava pouco, agora era só se aproximar devagar. Já dava para ver, num plano mais alto, as luzes dos casarões de Alcântara acesas. Ficou impressionado com a imponência dos sobrados, debruçados sobre a baía. Foi até o cais do Jacaré, que estava deserto, mas ainda viu algum movimento de pessoas na ladeira de mesmo nome e nas ruas da parte baixa. Não desembarcaria no cais, precisava encontrar um local mais discreto. Com a maré alta, fez a cambagem e voltou margeando o mangue até avistar a enorme igreja de uma torre só, com o campanário, conforme o padre tinha lhe dito. Era lá. Confiava na promessa de ajuda, sabia que o padre era um homem bom; tinha visto isso nos olhos dele. Preocupava-se agora apenas com a possibilidade de não encontrá-lo na cidade.

— Ele vai estar lá, sim, e vai manter sua promessa de me ajudar — pensou.

Recolheu a vela, escondeu o barco entre a vegetação e subiu a barreira de terra vermelha que dava no platô central. Passou por um sobrado bem grande, que ele deduziu ser um prédio público. Só depois descobriu que ali era a Casa da Câmara e Cadeia. Política em cima, cadeia embaixo. E bem em frente à Igreja Matriz, seu destino. Esperou o movimento da rua diminuir e foi se esgueirando pelo mato, seguido de Turi. Pelo menos estava de camisa, lembrou. Menos um motivo para pensarem que seria um escravo fugido.

Foi até a igreja, que estava com a porta principal fechada. Deu a volta e viu um fiapo de luz tremulando por baixo da porta dos fundos. Arriscou.

— Padre Barreto — chamou em voz baixa.

A porta se abriu e ele reconheceu, contra a chama do candeeiro, a silhueta arredondada e de baixa estatura. Era o acólito do padre, tinha certeza, só não lembrava o nome dele.

— Sou eu, Sebastião, que consertô a roda do carro de boi lá em Cedral, lembra?

— Sim, Sebastião, entra aqui.

— Só preciso vortá lá no barco pra pegá minhas ferramenta, não demoro.

Voltou em alguns minutos, todo molhado, carregando um cofo com suas ferramentas.

Osório mandou ele entrar, fechou a porta rapidamente, e foi avisar Padre Barreto.

Padre Olímpio ficou com pena de interromper a leitura que tanto prendia a atenção das duas, mas lembrou que estava na hora de fechar a biblioteca. O tempo tinha passado sem que elas percebessem. Agora teriam que aguardar mais duas semanas.

Antes de seguirem para suas casas, Mariana entregou para Ellena o pequeno envelope com o poema do dia.

Sousândrade[1]

Mais longe espalha-se uma terra...
Alcântara!
Negra ossada de incógnito cadáver
Em sepultura abandonada, bela,
Cingida de barreiras como sangue

---

[1] Sousândrade (São Luís, 1833-1902).

23 – A Festa do Divino

Sebastião lamentou não poder contar para Zezé e para os outros negros da fazenda as coisas que ele estava vendo e vivendo desde que tinha fugido do cativeiro.

Na quinta-feira da Ascensão do Senhor, a cidade de Alcântara amanheceu pronta para a festa do Divino. Dos peitoris das janelas dos aristocráticos sobrados de fachadas de azulejos, pendiam colchas finamente trabalhadas em bordados, com vasos de flores de porcelana e castiçais de prata, com suas velas acesas. Nas casas mais simples, eram usadas as melhores toalhas, de acordo com as posses de cada morador, com palmas de pindoba ou ariri e vasos de barro com flores.

Na Praça da Matriz, bem cedo, com o céu começando a clarear, começaram a espocar os fogos, anunciando a alvorada. A banda de música quebrou o silêncio da manhã, chamando as pessoas para a praça. Turi, apavorado, correu para se esconder embaixo de um monte de peças de madeira. Sebastião havia pedido licença ao Padre Barreto para acompanhar Osório até o topo da torre do campanário quando ele fosse tocar os sinos. Assim que subiram os primeiros degraus, Turi saiu do esconderijo e correu para acompanhá-los. E Sebastião ficou assistindo à festa lá de cima, do campanário, entre os sinos. Com aberturas para os quatro lados, ele podia ter uma visão total dos festejos. Não poderia ir para a rua participar, mas pelo menos teria uma visão completa.

Logo se surpreendeu com um vozerio vindo da direção da Rua das Mercês. Eram dezenas de homens subindo a ladeira carregando um imenso tronco de árvore, muito comprido, pendurado por inúmeras toras de madeira amarradas transversalmente, de modo que se formassem grupos de três homens de cada lado, em cada tora. E eram muitas toras e muitos homens. Vinham cantando, animados, apesar do esforço.

Chegaram em frente à Igreja Matriz, cavaram um buraco bem fundo e ergueram o tronco; já com a base dentro do buraco, eles o aprumaram, com a ajuda de varas compridas, até que ficasse totalmente de pé e firme no chão. Era o tradicional mastro, símbolo da festa.

No final da tarde, todos se preparavam para acompanhar a procissão.

As crianças, representando o Imperador e a Imperatriz, além dos Mordomos-Régios e os Mordomos-Mores, vestidas com trajes nobres, recebiam as reverências dos "súditos".

A partir do pelourinho, em frente à Matriz de São Mathias, saiu a procissão a passos lentos pela Rua do Desterro; entrou na Rua da Amargura, parando em frente à Igreja de Santa Quitéria, voltando pelo Largo do Carmo, onde fez uma reverência, retornando pela Rua Grande até a Praça da Matriz.

Mais fogos, dessa vez acompanhados do repicar dos sinos, anunciavam a chegada do Padre Lusitano Barreto ao palanque, onde iniciaria a sua pregação. Com os fiéis atentos, deu por iniciada a celebração da Festa do Divino, que se estenderia até o domingo de Pentecostes, quinquagésimo dia após o domingo de Páscoa.

As caixeiras, mulheres negras mais velhas, com suas caixas de percussão, entoavam cantigas tradicionais. Os grupos de Tambor de Crioula, dançando em louvor a São Benedito, o santo mais popular entre os negros, se revezavam nas apresentações em frente à igreja. As mulheres, com suas blusas brancas e largas saias de chita coloridas, giravam dando umbigadas, duas a duas, enquanto os homens se encarregavam dos tambores, ditando o ritmo da dança, inspirada nas tradições africanas, que atravessaram gerações e ainda se mantinham vivas até aqueles dias.

Sebastião, do seu posto de observação no campanário, embasbacado, acompanhava toda a movimentação. Estava encantado com a opulência e animação da festa. Nascido e criado na senzala da fazenda, nunca tinha visto nada parecido.

Os senhores aristocratas, com suas casacas bem cortadas, algumas com adornos na lapela, indicando o seu grau de nobreza; as damas, com seus vestidos compridos de seda. Pessoas comuns, vestidas com as melhores roupas que pudessem comprar.

Até os escravos participavam, com a melhor apresentação que lhes fosse possível. De vez em quando Osório lhe levava um prato de comidas típicas e um copo de garapa*. Ele descia, comia, sempre acompanhado de Turi, e voltava para o seu posto. Ficou com muita vontade de ir até a praça e participar dos festejos, mas respeitou a recomendação do padre e continuou escondido na igreja, observando tudo lá de cima. No domingo, no encerramento da festa, levou um enorme susto quando começou a salva de tiros dos canhões do Forte de São Sebastião. Turi, sem ter para onde correr, enfiou-se entre as pernas de Sebastião, pedindo proteção.

Já estava descendo do campanário, quando ouviu um apito vindo da direção do cais do Jacaré. Era o vapor Gurupi, partindo para São Luís, soltando uma densa fumaça branca, levando de volta os turistas que tinham vindo para a festa. Ficou acompanhando com o olhar até vê-lo sumir no horizonte, envolvido pela penumbra do fim da tarde.

Sebastião lamentou não poder contar para Zezé e os outros negros da fazenda as coisas que ele estava vendo e vivendo desde que tinha fugido do cativeiro.

24 – Rumo a São Luís

*Eram essas as lembranças que Sebastião tinha
para levar consigo, dor e afeto misturados.*

Depois dos festejos, na segunda-feira, Tião voltou para sua rotina nos trabalhos do telhado da igreja. No final da tarde, aproveitava a boa vontade de D. Emília para se alfabetizar e se instruir da melhor maneira, antes de partir para São Luís, destino final da sua aventura. Pegou o dinheiro que havia ganhado com o transporte dos passageiros do barco encalhado e pediu a D. Emília que o ajudasse a contar. Perguntou se o valor daria para comprar um caderno e uma pena com tinteiro, e pediu a Osório comprasse para ele. E ainda sobraram uns trocados. De vez em quando ele pedia a Osório lhe comprasse uns docinhos de coco em forma de tartaruga, tradicionais da cidade, que eram vendidos por uma senhora negra, expostos num tabuleiro que ela armava na praça em frente à igreja.

Aos domingos, quando a missa não era cantada, Sebastião gostava de ficar no mezanino vazio, observando, escondido, a celebração, da qual não conseguia entender nada, já que era rezada em latim e ele não conhecia a liturgia. Mas Padre Barreto ficava satisfeito quando o via lá em cima, acompanhando, interessado.

Sebastião acordava sempre antes de o sol nascer, quando ouvia o primeiro canto de galo, e ia para a torre do campanário observar o despertar da cidade. Gostava de ouvir o *tóc tóc* dos tamancos arrastando nas pedras do calçamento, o mugido da vaca de um curral que ficava nas imediações, mas que ele não conseguia ver; só sabia que era de lá que vinha o leite que ele tomava no café da manhã. Ouvia o relincho do burro que transportava água em duas barricas, penduradas uma de cada lado, no lugar da sela. Os primeiros vendedores, chegando com seus tabuleiros, as lojas da praça em frente à igreja abrindo suas portas para um novo dia de trabalho. Olhava desconfiado para a Casa da Câmara e Cadeia, bem à sua frente, e se escondia atrás dos sinos. E Turi nos seus pés.

Com a primeira claridade do dia, começava o seu trabalho no telhado. Mesmo confinado na igreja, estava se afeiçoando à cidade que o acolhera, e que ele só conhecia do alto. Sentia-se protegido e respeitado pelo padre e por sua companheira. Mesmo Osório, que às vezes demonstrava um certo ciúme, o tratava bem e o ajudava com boa vontade em tudo o que ele precisasse.

No fim de cada dia, já escurecendo, após as aulas de D. Emília, quando os sinos repicavam lembrando a hora da Ave Maria, Sebastião acendia a lamparina, deitava-se e voltava seu pensamento para a fazenda, para a sua infância. Lembrava-se de quando seu pai era vivo e trabalhavam juntos, dividindo as mesmas ferramentas. De quando sua mãe fazia o seu prato, sempre cuidando para lhe oferecer o melhor que conseguisse, às vezes até tirando um pouco do dela para dar a ele. Recordava das conversas, antes de dormir, quando seu pai lhe contava sobre a vida na Guiné com sua família e como tinha sido capturado e acorrentado por negros de outra tribo. Percebia que ele lhe contava aquelas histórias tristes como que se agarrando desesperadamente à sua memória, para que sua identidade não se perdesse completamente, tentando, através do filho, manter viva a sua ancestralidade. Contava sobre a longa caminhada a pé, que tinha durado seis dias até o litoral, junto com dezenas de outros membros da mesma tribo. Todos presos pelos pés, em grupos de dez, amarrados à mesma corrente. Logo foram vendidos para um traficante e marcados a fogo. Contava da dor do ferro em brasa lhe marcando as costas, do cheiro da própria carne queimando e da ferida dolorosa que levou vários dias para cicatrizar. Falava dos horrores da viagem da África até São Luís, num dos porões do navio, com pouco mais de um metro de altura, cheio de cativos, onde comiam o que lhes era jogado de uma portinhola no teto, e ali mesmo faziam suas necessidades. As escotilhas, poucas e muito pequenas, não eram suficientes para arejar minimamente o porão lotado. No meio do dia, com o sol a pino esquentando o casco do navio, todos se apertavam em torno das escotilhas, tentando respirar o pouco ar que entrava. Os que não suportavam aquelas condições e adoeciam eram jogados, às vezes ainda vivos, aos tubarões que acompanhavam a rota dos navios, à espera da comida fácil e certa. Na fazenda, Sebastião viu cenas de crueldade que nenhuma criança deveria ser obrigada a ver. Apesar de todo o horror que ele viveu e das histórias tristes que ele ouvia, ainda havia espaço para uma certa nostalgia. Lembrava dos banhos de rio no colo do pai, de Zezé e das noites em que ela se deitava com ele na sua esteira. Eram essas as lembranças que Sebastião tinha para levar consigo, dor e afeto misturados. E muita raiva dos patrões. E jurava para si mesmo, a cada dia, que ajudaria o Padre Barreto a livrar outros escravos do cativeiro. Tantos quantos ele pudesse.

Seis meses e meio depois, já com o telhado reformado, Padre Barreto lhe trouxe de São Luís uma calça nova, de riscado, que havia mandado fazer para ele em um alfaiate de lá, para que ninguém em Alcântara desconfiasse da presença dele na igreja (a bainha, comprida para cobrir suas pernas longas, teve que ser costurada por D. Emília). Trouxe também uma alpercata de couro, para que ele não viajasse descalço. Tião ficou encantado com os presentes, mas custou a se acostumar a andar calçado.

D. Emília lhe arranjou uma maleta de couro antiga, que estava sem uso, e uma rede. Tião acomodou suas ferramentas no fundo da maleta, colocou a rede por cima e guardou o caderno novo, a pena e o tinteiro que havia comprado, além dos livros de alfabetização que ela lhe havia dado. Padre Barreto então pagou pelos serviços do telhado. Ele relutou muito em receber, mas acabou sendo convencido a aceitar.

– Todo trabalho honesto deve ser remunerado, Sebastião. Tu não és mais escravo.

– Obrigado, padre, esse vai sê o premero dinheiro que eu vou juntá pra comprá a carta de alforria da minha mãe.

Tião pegou três rolinhos de papel, amarrados com um fio de embrulho, e entregou para o padre. Era um desenho da Igreja Matriz de São Mathias, um retrato do padre e outro de D. Emília.

Padre Barreto, surpreso com a qualidade dos desenhos, pediu a Sebastião que colocasse sua assinatura em cada um, o que ele fez com letra caprichada, orgulhoso por já saber assinar o seu nome.

Tião mirou-se no pedaço de espelho quebrado que Osório tinha no seu aposento e se achou elegante, de calça nova, alpercata e a camisa de listras coloridas que havia ganhado do passageiro do barco que ele socorrera.

Estava pronto para o seu novo desafio: São Luís.

Mas, antes de partir, deixou claro para o padre que gostaria muito de ajudá-lo a livrar do cativeiro outros negros. Sabia que o padre já tinha libertado vários dos seus irmãos e queria também fazer o mesmo por eles.

– Sebastião, primeiro cuida da tua liberdade. Se tu conseguires que não te descubram, já será menos um negro cativo. Depois veremos com calma de que maneira tu podes ajudar. Mestre Raimundo, teu novo patrão, vai te mostrar como fazer isso.

Despediu-se, emocionado, de D. Emília, que tão bem lhe acolhera e iniciara sua alfabetização, e do padre, diante de quem se ajoelhou e pediu a bênção.

Agradeceu a Osório por tudo, e seguiu na companhia do padre e de Turi até o final da Rua Grande, bem longe do Cais do Jacaré, onde se esgueirou entre as raízes do manguezal, desceu a rampa de terra vermelha até a beira do igarapé, com cuidado para não sujar a calça nova, e embarcou discretamente, depois das onze da noite, na biana que seu novo patrão tinha providenciado para buscá-lo.

E atravessou a Baía de São Marcos rumo à sua nova vida.

25 – Cartas de Sebastião

Sebastião: Alcântara, eu só via de cima para baixo, lá do alto da torre da igreja. Agora, em São Luís, só posso ver a cidade de baixo para cima, do mar para a terra. Mas cada tarde é um novo encantamento.

Duas semanas depois, Mariana e Ellena estavam de volta aos escritos do Padre Barreto, para darem seguimento à leitura.

Aqui, tento resumir a correspondência que trocamos nesses anos todos, em que Sebastião relata sua luta tentando encontrar e resgatar sua mãe, tarefa extremamente difícil na sua condição de escravo fugido. D. Emília ficava orgulhosa de ler as cartas e acompanhar o progresso dele na escrita. Seguem alguns trechos da nossa correspondência:

"Ainda preciso de ajuda para lhe escrever esta carta, padre, mas a letra é minha. Continuo estudando. Breve vou poder escrever sozinho.

Mestre Raimundo parece que está satisfeito comigo. E a filha dele também, tanto é que está esperando um filho meu. É ela quem está me ensinando a escrever. É professora do curso de primeiras letras de uma escola pública, que fica ao lado da Igreja dos Remédios.

Sabe ensinar. Ela é uma das primeiras professoras negras da cidade, só conseguiu isso porque é muito estudiosa. Já combinamos que o batizado do nosso filho será celebrado pelo senhor, em Alcântara, junto com o nosso casamento, assim que for declarada a Abolição."

Alguns meses depois:

"Temos muitas encomendas aqui no estaleiro. Todos esses barcos ligeiros e seguros, feitos de madeira, que temos aqui no litoral do Maranhão, e que duram décadas transportando pessoas e mercadorias por esse litoral enorme de mar bravio, foram desenvolvidos ao longo de séculos, acumulando experiências de várias gerações, que foram sendo transmitidas sempre de boca a boca, sem qualquer registro. Aproveitando a facilidade para desenhar que Deus me deu, estou registrando tudo em papel para que as novas gerações possam levar adiante esta profissão importante. Todas as medidas, os ângulos corretos, as curvaturas da caverna, o tamanho do mastro, da retranca, da espicha, todas as especificações estão detalhadas. Quem sabe no futuro alguém resolve criar um estaleiro escola para formar novos profissionais? Esses desenhos podem contribuir para a formação deles.

Na semana passada, no final da tarde, já quase encerrando os trabalhos do dia, tivemos a visita de quatro guardas fardados. Não bateram no portão; arrombaram-no com suas botas de coturno e foram entrando e revirando tudo. Quando ouvi os latidos de Turi, já imaginando o que poderia ser, mergulhei no rio e nadei alguns metros para me esconder na vegetação do mangue. Já chegaram chutando as ferramentas e o material de trabalho e dizendo que haviam recebido uma denúncia de que mestre Raimundo estaria escondendo um preto fugido na sua oficina. Foram interpelados pelo mestre, que mostrou sua carta de alforria e cobrou deles respeito aos seus direitos, o que nada adiantou. E o meu pequeno Turi, feroz, avançava contra eles, tentando morder suas botas. Ameaçaram o meu sogro, mandando que calasse a boca e o chamando de negro safado. Como não encontraram ninguém escondido, queriam levar o mestre para ser interrogado. Por sorte, um dos guardas, filho de pescador, o reconheceu por ter feito reparos no barco do seu pai sem nada cobrar, já que era um homem pobre que vivia da pesca. Mesmo assim teve dificuldade de controlar os outros, que estavam bastante alterados e alcoolizados, cheirando a tiquira*. Quando percebi que Turi tinha parado de latir, saí da água devagar e vi que já tinham ido embora, mas encontrei o meu cachorro arriado sobre uma poça de sangue, inerte, com o peito rasgado por uma adaga. O meu companheiro de tantas aventuras havia me salvado, entregando a sua própria vida. Todos ficamos muito tristes e revoltados, mas a partir daquele dia tive que ser mais cauteloso ainda; vivia atento a qualquer movimento nas redondezas.

Me entristece muito não poder sair do estaleiro, dar uma volta, conhecer a cidade. Mas, depois dessa visita, percebi que ainda vai demorar para isso acontecer.

Quando um barco fica pronto e é lançado na água, quando vejo a vela estufada, ganhando velocidade, deslizando por esse rio em direção ao mar, sinto um pouco como se eu fosse junto, livre, navegando com ele. Então agradeço a Deus por estar aqui, longe da senzala, e fico aguardando com paciência o momento da Abolição. E continuo ajudando outros negros a fugirem para longe desse inferno da escravidão.

Minha mulher, Domingas, vem me ajudando muito na busca por alguma informação sobre a minha mãe. Ela tem liberdade para andar por aí procurando, falando com outros negros nas portas das casas. Mas até agora não conseguimos nenhuma pista. Enquanto isso, vou juntando dinheiro, dentro do possível, para comprar a carta de alforria dela. Quero dar a ela uma velhice mais sossegada."

Mais alguns meses se passaram.

"Acaba de nascer nossa filha, que se chamará Emília, em homenagem à sua esposa, padre, que foi tão generosa comigo aí em Alcântara. Quanto à minha mãe, tivemos a ideia de pedir ajuda para os aguadeiros, que entregam água nas casas, com as suas pipas sobre carroças. São todos escravos, trabalharam para D. Ana Jansen que, antes de morrer, tinha o monopólio desse serviço.

Agora, são vários os donos das pipas que andam por aí vendendo água. Cada vez que vem um aqui entregar água, nós pedimos ajuda. Como o nome dela é pouco comum, Alexandrina, tenho esperança de um dia algum deles trazer uma boa notícia."

Tempos depois, outra carta:

"Um aguadeiro encontrou uma escrava com o mesmo nome da minha mãe. Ela trabalha num sobrado com mirante, lá na Rua do Ribeirão, quase na Avenida Beira Mar. Minha mulher foi até lá e conseguiu vê-la de longe, mas não conseguiu se aproximar porque a patroa estava por perto, mas pela descrição era ela, com certeza. Aí, minha mulher, Domingas, voltou lá mais algumas vezes até que teve uma breve oportunidade de falar com ela, quando saiu pra carregar a lata d'água da carroça para dentro de casa. Minha mulher a chamou pelo nome e perguntou se ela tinha um filho chamado Sebastião. Ela respondeu que sim, que vivia em Turiaçu. Domingas então lhe disse que eu estava aqui em São Luís e que tinha com ela uma filha de quase 2 anos. Minha mãe levou as duas mãos ao rosto, segurando as bochechas, os olhos esbugalhados de surpresa e emoção. Só teve tempo de dizer graças a Deus, e entrou apressada quando ouviu os passos da patroa no corredor. Ainda olhou para trás, com os olhos marejados, mas logo se foi carregando a lata d'água com uma das mãos, o outro braço esticado para fora, tentando equilibrar o peso.

Minha mulher então voltou lá outras vezes, sempre com nossa filha no colo, para que ela conhecesse a neta, até que teve uma oportunidade. Ela não resistiu, largou a lata d'água no chão e pediu para carregar Emília. As lágrimas escorriam grossas dos seus olhos, brilhando sobre sua pele negra. Mas logo foi repreendida pela patroa, que ordenou que ela entrasse imediatamente. Minha mulher só teve tempo de dizer que, quando ela visse uma biana de vela marrom com uma fita vermelha amarrada na ponta do mastro, num fim de tarde, passando ali em frente, pelo Rio Anil, que seria eu tentando fazer um sinal para ela.

Então, mesmo correndo risco, passei a ir quase diariamente lá, depois do trabalho. Ia com a biana pelo rio até a entrada da baía, fazia a cambagem e voltava. Ficava vendo de longe aquela cidade tão bonita, com sobrados enormes de fachadas de azulejos coloridos, aquelas igrejas de torres pontudas, lá na parte alta, as luzes dos postes e das casas se acendendo no final da tarde, e me perguntava se haveria no mundo alguma cidade mais linda.

Ouvia de lá, do meio do mar, os sinos de várias igrejas repicando ao mesmo tempo, anunciando a hora da Ave Maria, e me arrepiava de emoção. Uma vez, arrisquei um pouco mais e fui até o cais da Praia Grande. E pude ver mais de perto o Palácio dos Leões, com aquela carreira de dezenas de janelas enfileiradas, aquela quantidade enorme de balaústres fazendo o arremate do telhado, e suas paredes brancas banhadas pelo sol do fim de tarde. Fiquei de boca aberta, nunca tinha visto um palácio.

Nasci e me criei na senzala, só conhecia aquelas cidadezinhas da redondeza. Alcântara, eu só via de cima para baixo, lá do alto da torre da igreja. Agora, em São Luís, só posso ver a cidade de baixo para cima, do mar para a terra. Mas cada tarde é um novo encantamento. E fico pensando no dia em que vou poder passear livremente por aquelas ruas e ladeiras, com minha mulher e minha filha.

Meses depois, já fazendo a cambagem para retornar para casa aproveitando a brisa da viração, o sol quase sumindo atrás do Bacanga, consegui ver uma mulher parecida com a minha mãe na janela do mirante. Larguei a corda da vela e o leme e fiquei de pé no barco, com os dois braços para cima, gesticulando, até que ela me viu e respondeu de lá com o mesmo gesto, com metade do corpo para fora da janela, parecia que ia se jogar. E ficou de lá, acenando e enxugando as lágrimas, como eu daqui do barco também. Foi uma das maiores emoções que eu senti na vida. Mais do que nunca, continuei economizando tudo o que podia. Mestre Raimundo prometeu me ajudar também com algum dinheiro. Como ela já tem quase 50 anos, tão maltratada que foi a vida inteira, não tem mais tanto valor de venda, e talvez seus patrões aceitem uma proposta. O problema é como chegar até eles. Ela trabalha na casa da família Couto Pereira.

Padre, o senhor, que já fez tanto por mim, acha que poderia tentar um contato com os patrões dela, quando vier a São Luís, para tentar uma negociação?"

Respondi que, na próxima reunião de deputados da Assembleia Provincial, tentaria um contato com algum amigo da família para a qual ela trabalhava. Expliquei que talvez fosse o caso de esperar um pouco, porque a pressão a favor da Abolição estava cada vez maior, que não demoraria muito para acontecer, e logo, tanto ele quanto a mãe, estariam livres. E ele não precisaria gastar as suas economias. Disse a ele que tinha contatos com abolicionistas do Ceará, que lá a escravidão já estava no fim, por força da reação dos negros. Os fazendeiros já tentavam vender seus escravos para o Rio de Janeiro a fim de conseguir apurar algum dinheiro, pois sabiam que em pouco tempo eles estariam livres. Muitos já tinham fugido, a situação por lá era insustentável. A abolição da escravatura não demoraria a chegar ao Maranhão também.

De fato, dois anos depois, em 1881, houve uma rebelião de jangadeiros de Fortaleza, todos negros, liderados por Francisco José do Nascimento, conhecido como "Dragão do Mar", que se recusaram a transportar mais escravos. O movimento paralisou o mercado escravista no porto de Fortaleza, o que precipitou a antecipação da abolição por lá, que acabou acontecendo de fato em 1884, quatro anos antes da Lei Áurea.

Mas, antes de pôr a minha carta no correio, quando mostrei para D. Emília, ela me repreendeu e exigiu que eu fosse imediatamente a São Luís. Convivera com Sebastião por poucos meses, mas se afeiçoara muito por ele; sempre lembrava do seu jeito quieto, gentil, inteligente e com muita vontade de aprender. Ela mandou até colocar moldura nos retratos que ele tinha feito dela e de mim e pendurou na parede da sala. Dizia, carinhosamente, que Sebastião era seu "filho preto".

Fim de tarde, hora de interromper a leitura. Teriam duas longas semanas pela frente. Mariana entregou, como de costume, o poema/carinho do dia para sua amada.

TEMPESTADE AMAZÔNICA – Humberto de Campos[1]

... Súbito, o raio estala. O vento zune. Um frio
De terror tudo invade... E o temporal desata
As peias pelo espaço e bufando, bravio,
O arvoredo retorce e as folhas arrebata.
O anoso buriti curva a copa, e farfalha
Aves rodam no céu, num estéril esforço,
Entre nuvens de folha e fragmentos de palha...

---

[1] Humberto de Campos (Miritiba, MA, 1886 – Rio de Janeiro, 1934). Cadeira nº 20 da Academia Brasileira de Letras.

26 – Donanna Chama D. Cotinha às Falas

Donanna: Verdade ou não, isso não importa. O que importa é que a cidade precisa saber dessa tua suspeita. E tu sabes muito bem como levar isso adiante.

— Então, Cotinha, tu me fazes passar uma vergonha dessas com meu filho. O sujeito com quem elas se encontram é um professor, amigo de Arthur. Como tu não percebeste isso? Que droga de detetive *rudela** que tu és?

– Pois é, Donanna, pode até ser que esse homem seja mesmo professor, mas, como venho lhe alertando, aí tem sem-vergonhice. E eu vou descobrir. Deus que me perdoe, mas agora a minha desconfiança é outra. Pelo jeito como as duas andam, sempre juntinhas e muito arrumadas, cheirosas, alegres como duas *sirigaitas*, com tanta intimidade, dá pra desconfiar. No bonde, até passavam a mão no cabelo uma da outra. Agora já estou começando a desconfiar é de outra coisa.

– Meu Deus! O que é que tu estás querendo insinuar dessa vez, Cotinha?

– Pensa comigo, Donanna, uma moça bonita como a sua nora, por que se casou tão tarde? Acho que já tinha uns 25 anos. Não se sabe de outro namorado que tenha tido. Já está casada há mais de ano e até agora não se viu barriga. Vai ver que está tomando essa tal de pílula "anti-não-sei-o-quê", que não deixa a mulher engravidar. Sendo amiga daquela doutora comunista, que é ginecologista, deve ter adotado essa modernidade e o marido nem desconfia, coitado.

– Que história é essa, Cotinha? Não sei do que tu estás falando. Nunca ouvi falar nisso.

– Mas é verdade, Donanna, eu assino a revista *Seleções**. Li uma reportagem sobre isso. Agora o sexo não é mais só pra fazer filho. É só tomar a pílula que não cresce mais a barriga.

– E a Igreja já sabe disso?

– Sabe, Donanna. Os padres dizem que quem toma essa pílula nem pode mais comungar, está sob pecado. Nem confessando consegue absolvição. E sua nora não costuma comungar, você sabia?

– Se isso for verdade, é o fim do mundo que se aproxima, Cotinha, Deus que me perdoe, como tu gostas de dizer...

– Pode acreditar, Donanna. E a sua nora, ainda mais com esse jeito independente, cheia de atitude, avançada demais, deve estar tomando essa pílula do demônio, de comandita* com aquela doutora de pele queimada.

– Eu já não duvido mais de nada, Cotinha. Esse mundo está perdido mesmo.

– Pois então pode começar a acreditar na minha suspeita entre sua nora e a aluna. Precisava ver o jeito das duas outro dia.

No final da tarde, quando terminou a aula, Ellena ficou na janela acompanhando os passos da aluna. Aí, mais adiante, já passando em frente à minha casa, a aluna se virou e fez um aceno de mão. Ellena respondeu de lá de um jeito tão romântico! Aí trocaram sorrisos. Tudo bem suspeito. Sei não... Deus que me perdoe, Donanna, mas essa juventude de hoje em dia anda tão cheia de modernidades... sei lá.

– Ora, Cotinha, deixa de besteira e te concentra em seguir as duas e descobrir o que andam fazendo na rua. E para de ficar inventando histórias.

– Donanna, essas coisas não são faladas às claras, mas a gente sabe que isso existe. Não quero *levantar aleive**, isso é assunto que se trata *no escondido**, mas tenho observado coisas bem estranhas. Teve um dia que a coitada da Bazinha saiu de casa debaixo de um pé-d'água tão forte que as sarjetas transbordavam. Não conseguia nem controlar o guarda-chuva contra o vento, mas mesmo assim ela saiu. Devem ter tocado ela de casa pra fora pra ficarem sozinhas. Muito tempo depois, lá voltou ela, toda molhada, coitada. E de mãos vazias. Essas duas... bem, deixa pra lá, Deus que me perdoe – bateu com três dedos na boca, como quem finge arrependimento pelo que falou.

– Cuidado com o que tu dizes, Cotinha. Isso é loucura da tua cabeça. Aí também tu já estás fantasiando demais. Já me fizeste passar vergonha uma vez com meu filho, com essa história desse professor, agora tu vens com essa suspeita esquisita...

– Está bem, Donanna, vou observar melhor, mas a minha desconfiança agora é essa. Toda quinta-feira, quando a mulatinha chega pra aula, Bazinha sai *na mesma pisada** pra mercearia. E fica a tarde toda fora, só volta quando a aluna já está saindo. Fico pensando no seu filho, homem bom, trabalhador, coitado, nem imagina o que acontece em casa na sua ausência. Enquanto ele está no trabalho, lutando, elas estão em casa, na sem-vergonhice, talvez até profanando o leito conjugal.

– Profanando o leito conjugal, Cotinha? Com a empregada em casa?

– Mas, Donanna, toda quinta-feira Bazinha vai à mercearia. Faz compras exatamente nos dias das aulas, só pode ser de propósito.

– Cotinha, tu, como detetive, és um fracasso mesmo. Tu ainda não percebeste que a empregada não faz mais compras? Agora é o motorista da fábrica que tem que largar o serviço pra ir ao mercado. E foi a própria Ellena quem pediu pra Arthur, só pra poupar aquela cabocla preguiçosa, que a minha nora trata como se fosse gente. Soube até que come na mesa com ela, quando meu filho não está.

– Bazinha não faz mais compras? Mas eu não sabia disso, deve ser coisa recente. Já não estou entendendo mais nada.

– Ao invés de tomar conta delas tu ficas é dormindo, Cotinha. Essa tua sesta te toma a tarde inteira e tu não vês é nada. Mas, verdade ou não, isso não importa. O que importa é que a cidade precisa saber dessa tua suspeita. E tu sabes muito bem como levar isso adiante. Faz a tua parte que eu faço a minha. Preciso livrar meu filho dessa *esparrela**.

– Pode deixar comigo, Donanna, logo, logo, essas *sirigaitas* vão estar na boca do povo.

27 – O Sermão

Padre Pio: *Quando o desejo se junta com a oportunidade...
é aí que o demônio entra com as suas artimanhas.*

Os fiéis foram chegando aos poucos à Igreja dos Remédios para a missa das cinco. Grupos se aglomeravam na calçada, cumprimentando-se, conversando sobre amenidades. Arthur e Ellena chegaram com alguma antecedência e ficaram também por ali. Foram cumprimentados educadamente, mas perceberam que alguns amigos de longa data não paravam mais para conversar com eles, como de costume. As senhoras evitavam se aproximar de Ellena, que resolveu entrar logo e sentar-se no último banco, como sempre. A igreja foi se enchendo, mas os lugares ao lado deles continuavam vazios, até que foram sendo ocupados por pessoas desconhecidas.

Os sinos repicaram anunciando para breve o início da celebração. Padre Pio entrou, com seus paramentos, seguido do sacristão, que veio tocando a sineta e balançando o turíbulo, que ia liberando uma tênue fumacinha branca, e o cheiro de incenso tomou conta da nave.

Mariana e D. Zizi já estavam nos seus lugares, um pouco mais à frente.

Iniciada a celebração, o padre foi até o púlpito e começou o seu sermão:

– *Caríssimos irmãos, o nosso sermão de hoje aborda um assunto muito delicado: o adultério. Desde tempos remotos, esta praga está presente no seio das nossas famílias, tentando, desvirtuando, corrompendo o compromisso sagrado do matrimônio. Em momentos de fraqueza, alguns menos convictos sucumbem à tentação, e é mais uma família que se desfaz. Às vezes, a família desfeita continua habitando a mesma casa, mas o ambiente já não será mais de harmonia, muito menos de confiança. Quando o desejo se junta com a oportunidade... é aí que o demônio entra com as suas artimanhas. Há que se resistir ao desejo e se evitar as oportunidades. Essas revistas que vêm do Rio de Janeiro trazem para dentro de nossas casas os maus exemplos, os escândalos, a perversão. As famílias...*

Arthur notou a presença de D. Cotinha, sentada do outro lado, algumas fileiras adiante, e se distraiu do sermão. Ela nunca vinha à missa nesse horário. Sabendo da sua fama de fofoqueira e bajuladora da sua mãe, logo imaginou a possível relação das duas com o tema do sermão. Padre Pio frequentava a casa de Donanna, de vez em quando até almoçava lá. Estava claro que o sermão fora de encomenda.

Não comentou nada com Ellena, mas percebeu que a situação estava tomando um rumo perigoso. Confiava na esposa, mas sabia do estrago que um boato poderia causar numa reputação. Precisava fazer alguma coisa. E logo.

28 – O Bilhete Misterioso

Mariana estranhou aquele bilhete feito com palavras recortadas de revistas, cada uma de um tamanho e tipo de letra, coladas sobre uma folha de carta.

Mariana chegou para a aula da quinta-feira e encontrou Ellena agitada, revoltada. Nunca tinha visto a professora daquele jeito. Sempre serena e de bem com vida, nesse dia ela estava irreconhecível. A mesa da varanda cheia de exemplares da revista *Manchete*, e um envelope na mão, que ela logo estendeu para a aluna.

– Lê, Mari.

Mariana estranhou aquele bilhete feito com palavras recortadas de revistas, cada uma de um tamanho e tipo de letra, coladas sobre uma folha de carta:

Que educação tu deste para tua filha?
Ela está jogando a reputação do marido na lama.
Toda terça-feira à tarde.

— Meu Deus, que absurdo! Quem fez esse bilhete? Onde tu achaste? Quem mandou não queria ter sua letra identificada, por isso recortou palavras de revistas.

— Exatamente. Estive na casa da minha mãe hoje de manhã. Ela me telefonou e pediu que eu fosse lá com urgência, tinha acabado de encontrar esse bilhete debaixo da porta, assim que acordou. Estava muito aflita e descontrolada. Procurei acalmá-la, expliquei o que fazíamos nas terças-feiras, disse que tinha consentimento e apoio de Arthur para fazermos a nossa pesquisa, mas mesmo assim ela continuou nervosa. Dei para ela um comprimido de Vagostesyl, que ela costuma tomar antes de dormir. Quando eu saí de lá ela já estava mais calma. Ainda bem que o meu pai não viu o bilhete, ele teria enfartado.

— Posso imaginar o susto dela. Isso é uma covardia. Quem poderá ter enviado esse bilhete?

— Ainda não tenho certeza, mas vou descobrir. O nosso trabalho de pesquisa histórica parece de detetive, não é mesmo? Então vamos seguir a mesma lógica. Primeira pergunta que todo detetive faz: a quem interessa o crime?

— Eu tenho um palpite, Ellena.

— Pois é, acertou na mosca. A gente só precisa provar.

— E como vamos fazer isso?

— Toda semana Arthur compra duas revistas *Manchete*, uma para mim e outra para a mãe dele. As minhas, depois que eu leio, dou para Bazinha. Ela vai guardando para levar para as irmãs dela quando vai visitá-las. As últimas estão aqui na mesa. A mãe de Arthur vai deixando as dela na revisteira que fica na sala. É uma pessoa tão *canhenga**, tão sovina, que nem revista velha ela dá. Vai juntando para vender a quilo. Tomara que o comprador de papel não tenha passado por lá nos últimos dias. Vamos descobrir de que páginas essas palavras foram retiradas. Estava te esperando para me ajudar a encontrar.

– Claro, amiga, conta comigo. Vamos começar?

Iam encontrando as palavras, fazendo um círculo em volta e anotando as páginas, a capa e a data do exemplar da *Manchete*.

– E agora, Ellena?

– Todo primeiro domingo do mês temos um almoço obrigatório e desagradável na casa da mãe de Arthur. Ainda bem que, depois do almoço, ela senta na cadeira de balanço e dorme de roncar. Arthur deita no sofá e também faz uma sesta. E eu sempre levo um livro para ler enquanto eles dormem. De lá saímos para a missa no final da tarde. No próximo almoço, nem vou levar o livro, vou ter muito o que fazer.

– Entendi. Te desejo boa sorte, amiga.

Ellena levou uma lâmina de barbear "gillette" na bolsa e foi para o almoço com a sogra. Na hora da sesta, sentou-se à mesa e começou a procura. Seu palpite estava certo. Ia encontrando os buracos das letras recortadas, cortando a folha com a "gillette" e guardando na bolsa.

Na volta da missa, Ellena mostrou para Arthur o bilhete e as folhas que ela havia retirado das revistas da sogra.

– Não acredito que minha mãe tenha chegado a esse ponto! Ela não está bem, mas isso aqui já é demais.

Ellena falou de forma respeitosa, mas firme.

– As provas estão aí. E as revistas estão lá na casa da tua mãe, sem as folhas, que eu retirei com um corte irregular, de forma que tu possas encaixar e ter certeza de que foram mesmo tiradas de lá.

– Não precisa disso, Ellena. Confio em ti e conheço bem a minha mãe. Ou achava que conhecia. Nunca imaginei que ela pudesse chegar a esse ponto...

– Mas chegou. Fiquei com vontade de mostrar as revistas cortadas lá mesmo, na frente dela. Queria ver a cara que ela ia fazer sendo desmascarada. Mas me contive em consideração a ti. Não quis te fazer passar essa vergonha. E ela poderia falar alguma coisa de que eu não gostasse e eu ia responder à altura; ia ter bate-boca, achei melhor evitar. Mas fica sabendo que na casa da tua mãe eu não ponho mais os pés. Dessa vez ela passou de todos os limites. E tenho quase certeza de que aquele sermão de domingo passado foi encomendado por ela. Se tu não deres um limite, se ela continuar aprontando, eu não me responsabilizo pelo que eu posso fazer. Ela não se incomoda de enlamear a reputação do próprio filho, desde que consiga me atingir. A responsabilidade é toda tua, que não dá limite para ela. Ela se faz de louca para dominar as pessoas, principalmente a ti, que parece que tens medo dela!

– Calma, Ellena, agora também és tu que estás passando dos limites.

– Arthur, minha mãe é cardíaca, podia ter morrido com esse bilhete, e eu é que estou passando dos limites? Estou avisando, isso não vai dar certo. Sou muito calma até mexerem comigo. Aí viro bicho. Todos têm medo da tua mãe, mas fica sabendo que eu não tenho.

– Mesmo assim tu deves manter a calma, Ellena. Prometo que vou resolver esse problema.

– Arthur, tu lembraste que o nosso afilhado fez 2 anos na semana passada?

– Realmente não lembrei. Nem fomos convidados para a festa.

– Eu lembrei. Liguei para Judith, dei os parabéns, mandei até Bazinha levar um presente para ele. Ela me atendeu com frieza, não me falou nada sobre festa, e a conversa durou cinco minutos. Pelo jeito, os nossos compadres não querem mais a nossa amizade. Por que será?

Arthur sabia que tinha que fazer alguma coisa imediatamente para estancar os comentários. Percebia que a situação havia chegado a um ponto em que tinha que tomar uma atitude. Não queria magoar a mãe, mas sabia que seu casamento estava correndo risco. Propôs à esposa que tirassem um mês de férias para passar uma temporada no Rio de Janeiro. Ele precisava mesmo descansar um pouco, estava se dedicando demais ao trabalho.

– O que tu achas, Ellena?

Surpresa e desconfortável, Ellena respondeu:

– Pode ser uma boa ideia. Podemos combinar isso com calma. Adoro o Rio e tem tempo que não vou lá.

– Então vou providenciar as passagens. Precisamos sair de São Luís por uns tempos.

– Mas, se tu não falares sério com tua mãe, ela vai continuar aprontando. E eu não prometo que vou ficar quieta. Se ela fizer mais uma, vai ter resposta à altura. E outra coisa: quando retornarmos da viagem eu vou procurar D. Rosa Castro. Quero voltar a dar aulas no ano que vem. Não vou continuar mofando em casa, ociosa; quero meu trabalho de volta. Estou cansada dessa rotina, como se eu fosse uma inútil. Não nasci para isso. Sempre deixei claro que daria um tempo, logo que casamos, porque tu pediste e eu fiz para te agradar, mas deixei claro que pretendia retomar a minha vida profissional. Chegou a hora.

29 – Ellena Viaja para o Rio de Janeiro

Ellena: Somos diferentes, mas isso não nos faz melhores nem piores. Apenas somos. E temos todo o direito de buscarmos a felicidade do jeito que somos. Se as pessoas não entendem, problema delas.

Mariana saiu de casa dividida. Estava feliz com o progresso nos estudos, tinha aproveitado as férias de julho para rever e fixar as matérias dadas. Sentia-se animada com as descobertas sobre o seu trisavô, depois de tanta pesquisa. E amada e acolhida por Ellena. Tinha superado os questionamentos sobre sua relação com ela. Estava tudo tão bem, mas, depois daquele bilhete, um pressentimento ruim passou a acompanhá-la em todos os momentos. Achava que a qualquer hora poderia receber uma notícia que lhe roubasse as conquistas dos últimos meses. Temia que, de repente, sua relação com Ellena fosse descoberta e todo aquele encanto que ela estava vivendo lhe fosse tirado de uma hora para outra. É difícil conviver com a felicidade, pensou, parece que o ser humano não nasceu mesmo para viver no paraíso. Sempre ia para a casa da professora feliz, entusiasmada, mas agora também ia preocupada. Tinha receio de chegar à casa dela e receber uma notícia ruim.

– Mari, vou ter que passar um mês no Rio de Janeiro. Arthur já até comprou as passagens. Vamos no dia primeiro e voltamos no dia 28 de setembro. Vai ser difícil, mas diante das circunstâncias, é o melhor que temos a fazer. Deixar esfriar um pouco essa obsessão da megera. Arthur acha que assim ela deve sossegar um pouco. Vamos ver.

– Tomara, Ellena, mas acho difícil. Pelo que sei dessa senhora, ela vai continuar fazendo das dela.

– Arthur me prometeu que falaria sério com ela, mas eu não acredito muito. Ela é uma pessoa dominadora e tirana, usa de todos os artifícios para dominar o filho. Ela queria que ele estivesse sempre à disposição dos seus caprichos. Coloca-se no papel de vítima, de viúva solitária, para exercer o domínio sobre ele. Faz com que Arthur se sinta culpado pelos infortúnios dela, e ele acaba cedendo. Coloca-o como responsável por ter sido abandonada e traída pelo seu pai. Fico imaginando o que o marido deve ter sofrido na mão dessa mulher. Ainda mais quando ele passou a depender dela financeiramente, lutando para manter a sua casa de comércio. Só que ele foi esperto e se retirou da relação, do jeito que foi possível. Uma separação, numa família tão conservadora, seria considerada um insulto. O desquite era um verdadeiro escândalo. Deve ter achado menos complicado fingir que ainda continuava casado. Quando ele morreu, ela pôs o filho no lugar do marido. Arthur assumiu a responsabilidade e não consegue sair dessa posição. E eu fico sendo a pessoa que o roubou dela. Todo mundo sabe que a ex-noiva dele desfez o noivado por causa das intrigas de Donanna com a família dela. Vera Lúcia percebeu antes do casamento o que eu só enxerguei depois. Ellena agora tinha uma aliada confiável, que sabia ouvir e era capaz de compreendê-la.

– Arthur é uma pessoa boa, é educado, gentil, mas está sempre pendurado nessa dependência, nessa dominação da mãe. E é incapaz de reagir, sempre preocupado em não magoá-la. Eu reconheço e assumo que errei em aceitar casar. Não me culpo, porque eu não tinha consciência plena da minha natureza, mas ele também não tem culpa. Tenho muito respeito por ele, mas não posso continuar fingindo uma coisa que não sou. Ao mesmo tempo, não posso ser sincera com Arthur, porque ele jamais compreenderia. Só quem é como nós pode nos compreender. Somos diferentes, mas isso não nos faz melhores nem piores. Apenas somos. E temos todo o direito de buscarmos a felicidade do jeito que somos. Se as pessoas não entendem, problema delas. Já a difamação covarde é outra coisa. Ela alimenta essa fama de cruel para amedrontar as pessoas e faz isso porque todos têm medo dela e não reagem. Mas comigo ela vai respeitar. Espero que, com a viagem, as coisas se acalmem um pouco e a gente possa retomar nossa rotina, pelo menos por uns tempos. Sabemos que será sempre difícil administrar uma relação como a nossa, mas ninguém vai me separar de ti. Um dia vamos encontrar uma solução. Prometo.

– Ellena, será que Padre Olímpio vai me deixar continuar as pesquisas? Ele deixou bem claro que só mostraria os documentos na tua presença.

– Na terça-feira vou até lá contigo falar com ele para que te deixe continuar pesquisando. Acho que ele vai aceitar. Ele gosta muito de ti, já te elogiou mais de uma vez. E tu me escreves contando o que descobriste, está bem? Vai passar rápido, é só um mês.

– Está bem. Prometo.

A poucos dias da viagem para o Rio, com os corações apertados de saudade antecipada, Ellena e Mariana seguiram para o Convento do Carmo apenas para conversar com o Padre Olímpio. Ele mesmo, vendo o interesse das duas, passou a ler também as memórias, já sabendo que se tratava do antepassado de Mariana. Concordou imediatamente.

Desceram a escadaria do convento até a Praça João Lisboa e caminharam em direção à Rua Grande, passando pelas rodas de conversas masculinas, seguidas por olhares cobiçosos que acompanhavam os passos daquelas jovens atraentes, até que elas desaparecessem por trás do abrigo do bonde. Bonitas, bem-vestidas, não passavam despercebidas na rua mais movimentada da cidade. O contraste entre a pele clara de uma e a pele morena da outra, a beleza delicada de uma e a sensualidade natural da outra faziam com que se destacassem mais ainda. Onde passavam provocavam suspiros e paradas, para acompanhar seus passos graciosos e admirá-las de outro ângulo, já adivinhando a generosidade das formas. Quando elas paravam diante de uma vitrine, os homens logo diminuíam o passo, para se dar mais tempo de deleite aos olhos.

Elas seguiram de cabeça erguida, sem dar ouvidos aos comentários, alguns elegantes, outros grosseiros. Ouviram algumas vezes a mesma piada – "desperdício" – que as deixou preocupadas. Seria já uma insinuação sobre o seu relacionamento? Mas continuaram como se nada tivessem ouvido. Entraram na Lojas Brasileiras, onde Ellena comprou uma frasqueira para levar na viagem, tomaram o bonde e voltaram para casa.

Desceram, como sempre, na Praça Gonçalves Dias, mas, pela primeira vez, sentaram-se num banco da praça. De frente para o poente, tentaram avistar um fiapo de sol por trás das nuvens carregadas, até que ele se despediu, mergulhando na baía, meio encoberto, por trás da silhueta da ponta do Bacanga, como se compartilhasse da tristeza delas. Sempre tiveram receio de sentar ali, para evitar comentários, mas passariam um mês sem se ver, e queriam se dar o direito de ficar mais um tempinho juntas, mesmo correndo risco.

Sentadas um pouco afastadas, ficaram alguns minutos em silêncio, tentando segurar a emoção num lugar público. Despediram-se discretamente, em frente à Igreja dos Remédios, com dois beijos no rosto, contendo a muito custo a vontade de se dar um longo abraço, e seguiram por caminhos diferentes, tristes, cada uma em direção à sua casa.

30 – Donanna Chama D. Zizi

Só então Mariana percebeu o semblante aflito da avó, o cenho franzido, os olhos marejados, as mãos trêmulas. Sentou ao lado dela, preocupada, pronta para ouvir o que ela tinha a lhe dizer.

– Bené, vem cá. Tu sabes onde mora D. Zizi, aquela costureira?

– Sei, sim, senhora.

– Então vai lá e diz pra ela vir aqui ainda hoje, que eu preciso encomendar uns vestidos.

D. Zizi estranhou o chamado, nunca tinha feito nenhuma roupa para ninguém da família Amorim. Gente de dinheiro, sabe como é, manda fazer suas roupas com costureiros famosos, mas como dizem que a situação mudou por lá... Não podia recusar serviço, e talvez Donanna quisesse mandar fazer algum vestido para dar de presente para uma pessoa mais simples, sabe-se lá. No meio da tarde, D. Zizi chegou ao sobrado da Rua Rio Branco para atender ao chamado.

Sentada na sua cadeira de balanço, na varanda dos fundos, com o olhar fixo no horizonte, sem sequer olhar para D. Zizi, numa demonstração de desprezo, antes mesmo que ela lhe desse boa tarde, e sem lhe oferecer um lugar para sentar, Donanna foi logo interpelando a costureira.

– Tua neta está se preparando para o vestibular, não é mesmo?

– Sim, senhora, tem estudado bastante.

– Estudado como? Passeando de bonde pela cidade?

– Como assim? – retrucou D. Zizi, surpresa. – Ela tem ido fazer pesquisas, sempre acompanhada da professora, sua nora.

– E tu acreditas nisso?

Antes que D. Zizi pudesse tomar fôlego, Donanna foi direto ao ponto, sem sequer olhar para a costureira.

– Tu sabes que não fica bem uma senhora de família, como a mulher do meu filho, andar por aí passeando na companhia de uma... uma mocinha, que nem é da classe social dela, não sabes? As pessoas estão comentando, fazendo insinuações, levantando suspeitas. Meu filho é um homem de bem, tem projeção social, não pode ficar malfalado na cidade. O que uma mulher casada anda fazendo fora de casa enquanto o marido está trabalhando? E acompanhado de uma... mocinha? Pra quê? Já andam insinuando que a minha nora, que é uma moça dada a certas liberdades, está traindo o marido. Meu filho. Não sei se tu sabes, mas o diretor da Faculdade de História, onde tua neta pretende prestar vestibular, é muito amigo da nossa família. Deve-nos até alguns favores. Passa quem ele quer. Se tua neta se afastar da minha nora, eu posso até dar um empurrãozinho para ajudar na aprovação dela, o que dificilmente ela conseguiria por seus próprios méritos. Mas, presta bem atenção no que eu vou te dizer: se tua neta continuar a frequentar a casa do meu filho ou ficar por aí andando com a minha nora, depois que ela voltar do Rio de Janeiro, tu podes estar certa de que será reprovada no vestibular. É isso que tu queres pra tua neta?

D. Zizi tentou tomar fôlego, suas pernas tremiam como vara verde. Seu coração começou a bater descontrolado. Aquela maneira arrogante de falar, as insinuações maledicentes envolvendo sua neta, sendo humilhada daquela maneira. Ela era uma mulher simples, trabalhadeira, mas nunca foi de levar desaforo para casa. Ainda mais envolvendo Mariana. Mesmo assim, não pensou duas vezes. Simplesmente deu as costas sem falar nada e se retirou, chorando de raiva. Muita raiva. Não queria prejudicar a neta, e a única chance de Mariana melhorar de vida era fazer essa faculdade para poder ter um emprego melhor. Aquela mulher ainda tinha muita influência, muito poder. Era uma pessoa cruel, capaz de qualquer coisa. Foi para casa o mais rápido que suas pernas cansadas podiam lhe levar. Já tinha passado dos 60 anos, era muito disposta, mas tinha problemas cardíacos. E precisava continuar trabalhando. A filha ajudava, mandava todo mês um dinheirinho, mas não podia abrir mão das suas costuras.

Chegou em casa arrasada, aos prantos, descontrolada. Não sabia o que fazer. Sua neta estava tão feliz. Vinha progredindo tanto com as aulas, os professores elogiavam seu desempenho. E faltava tão pouco para o vestibular. Interromper as aulas logo agora? E dessa maneira. Isso era demais. Não via a hora de a neta chegar em casa e poder desabafar com ela. Queria poupá-la desse desgosto, mas não tinha alternativa. Ia pedir que ela se afastasse imediatamente da professora tão querida, uma pessoa tão boa, tão dedicada, que nunca cobrara um centavo pelas aulas. Sempre se preocupava mesmo com essas andanças com a professora.

Tinha muita confiança na neta, mas as pessoas são maldosas, gostam de falar mal, insinuar. Muitas vezes por inveja. Ou, pior, por pura maldade. As janelas bisbilhoteiras não perdem uma oportunidade de levantar suspeitas e destruir uma reputação.

D. Zizi não conseguiu nem começar a trabalhar na sua máquina de costura. Foi até a janela e ficou esperando a neta chegar.

No final da tarde, Mariana chegou em casa feliz, entusiasmada com as pesquisas sobre o trisavô. Estava ansiosa para contar para a avó tudo o que já haviam descoberto sobre o antepassado delas; não pensava em outra coisa.

– Mariana, precisamos conversar.

Só então Mariana percebeu o semblante aflito da avó, o cenho franzido, os olhos marejados, as mãos trêmulas. Sentou-se ao lado dela, preocupada, pronta para ouvir o que ela tinha a lhe dizer.

– Acabei de ter uma conversa muito desagradável com a sogra de Ellena. Ela mandou me chamar, como se fosse para encomendar uma costura e me destratou, fez ameaças, disse que teremos problemas caso tu continues a frequentar a casa do filho dela.

– Mas qual o motivo disso? Do que ela reclama?

– Disse que a reputação do filho está sendo jogada na lama com esses passeios de bonde de Ellena contigo, que se tu continuares com as aulas particulares ela vai conversar com o diretor da faculdade para te reprovar. Disse que ele deve favores à família dela. Que tu nem penses em voltar lá quando Ellena chegar de viagem.

– Meu Deus, essa mulher é louca.

– Fiquei muito preocupada, minha filha, essa mulher é de uma crueldade sem limites, é capaz de qualquer coisa se for contrariada. Acho melhor tu falares com Bazinha e contares o que está se passando. Assim, quando Ellena chegar, já fica sabendo e toma as providências. Mas, por favor, minha filha, vamos evitar problemas com essa mulher. Ela não presta. E não está de brincadeira.

– Que absurdo, vó. Estamos a poucos meses do vestibular, eu tenho feito tanto progresso. Essa mulher não tem o direito de fazer isso comigo, nem com Ellena.

– Claro que não, mas, por favor, minha filha, não vá mais lá.

– Nem posso pedir para Ellena vir aqui me dar aulas, ela já está me fazendo um favor.

– E a megera iria saber. Deve ter contratado alguém para seguir vocês, sei lá.

Mariana ficou descontrolada, tinha muito a perder. Muito mais do que as aulas e as pesquisas. Ela já não podia viver sem Ellena. Sabia que um dia poderia acontecer alguma coisa desse tipo, mas nunca imaginou que seria agora. Exatamente agora. Morrendo de saudade, não via a hora de a sua amada voltar. Sonhava com ela todos os dias, com o seu retorno, com o reencontro. Sentia muita falta da sua companhia, do seu carinho, da sua cumplicidade, do seu corpo, da sua voz. Decidiu não comunicar a Ellena por carta, que levaria uns sete dias para chegar até ela, depois mais sete dias para vir a resposta. E não queria dar mais esse aborrecimento a ela. Entendeu dentro de si que seria melhor conversar quando ela voltasse.

O dia a dia passava arrastado, devagar. Mariana tentava se concentrar nos estudos para compensar a ausência da professora, mas a falta da companheira lhe causava um vazio difícil de suportar. Seu coração sofria com a saudade e o seu corpo ardia de desejo. Já seria difícil esperar o final do mês, e agora ainda havia a incerteza sobre como fariam para se encontrar quando Ellena voltasse.

31 – Carta de Ellena

Meu peito arde de saudade, minha alma pede a tua presença.
Meus ouvidos precisam da tua voz, meu corpo implora pelo teu.

Srta. Mariana Sá! – gritou da calçada o carteiro, diante da sua porta, já no finalzinho da tarde. Mariana deu um pulo da cadeira e foi atender. Era a tão aguardada carta de Ellena.

Rio de Janeiro, 5 de setembro de 1963

Mari, querida

Espero que esta carta te encontre bem, assim como a tua avó. Por aqui, vou levando.

Hoje, quinta-feira, o dia mais esperado da semana, estou aqui, longe, tentando te escrever. Esta é a terceira tentativa. Nas duas primeiras, rasguei. Tinha receio de colocar no papel o meu sentimento e esta carta cair em mãos indevidas. Mas fazer uma carta protocolar, contando só coisas supérfluas, não teria o menor sentido. Temos corrido muitos riscos, então vou correr mais este. Vou obedecer ao meu coração.

Meu peito arde de saudade, minha alma pede a tua presença. Meus ouvidos precisam da tua voz, meu corpo implora pelo teu. Estou totalmente confusa quanto ao futuro. A única certeza que tenho é que eu quero que tu faças parte dele. Contra tudo e todos, ficaremos juntas. Qualquer que seja a minha decisão, quero, preciso de ti do meu lado. Lutando junto comigo.

Já avisei para Arthur que pretendo voltar a trabalhar. Quando chegar a São Luís, vou procurar D. Rosa Castro. Quero retomar minha carreira e ter minha independência.

Estou buscando a melhor maneira de conversar com ele. Não posso ser totalmente sincera, como gostaria. Ele jamais compreenderia. Também não quero magoá-lo, ele não merece, mas temo-nos desentendido com frequência. Essas atitudes da mãe dele acabaram por desestabilizar uma relação que já era frágil. Reconheço a minha parcela de responsabilidade. Mas não me culpo, eu não conhecia a minha própria natureza quando me casei. Mas também não quero viver uma farsa. Não sei viver de mentiras. Esse tempo aqui no Rio tem me ajudado muito a refletir.

Ontem, quando Arthur saiu para resolver assuntos da empresa, aproveitei para ir até uma loja de discos, aqui perto, em Copacabana, para espairecer. Comprar uns discos novos para ouvir contigo na varanda, depois das aulas, achei que ia me fazer bem. Assim que entrei na loja, o primeiro disco que vi foi Chega de Saudade, o LP de estreia de João Gilberto, um cantor novo que começou a fazer sucesso por aqui há alguns anos. Tudo a ver comigo neste momento. Pedi para ouvir, entrei na cabine e passei vergonha. Chorei do começo ao fim. Fiquei encantada com a música linda, a voz sussurrada, o jeito diferente de tocar violão. Não resisti. Só pensava em ti e fazia planos de ouvirmos juntas. Tu vais adorar também.

Fiquei feliz de fazer contato com amigos da época da faculdade, que vieram morar aqui no Rio. Não sei se vou poder encontrá-los pessoalmente. Dependo de Arthur, mas vou tentar.

Esta cidade está cada dia mais linda, chega a dar vontade de morar aqui, como os meus colegas. Quem sabe um dia?

Mande notícias das pesquisas no Convento do Carmo, estou curiosa.

E ansiosa para voltar e te reencontrar, mas ao mesmo tempo preocupada; não sei o que me espera aí. Amo muito a minha cidade, mas o ambiente aí está muito pesado.

Mas algum caminho haveremos de encontrar. Confia em mim.

Tua, para sempre,

Ellena

32 – CARTA DE MARIANA

Mariana pegou a caixa onde guardava as cartas antigas de seus pais e conferiu o endereço do remetente. Era exatamente o mesmo da carta de Ellena. Mesma rua, número e apartamento. Seria apenas uma coincidência?

Deitada em sua rede, Mariana leu a carta de Ellena pela décima vez. D. Zizi dormia a sono solto. Dobrou a carta com carinho, pôs dentro do envelope, apreciou a letra firme e delicada da amiga, e adormeceu com a carta sobre o peito.

Em poucos minutos, despertou de um salto; levantou da rede de maneira tão brusca que acordou D. Zizi.

– O que foi, Mariana?

– Vó, desculpa, vou ter que acender a luz, preciso verificar uma coisa. O endereço da carta de Ellena: Rua Raimundo Correia, Copacabana. Lembro desse endereço. É o nome de um poeta maranhense, não iria esquecer.

Mariana pegou a caixa onde guardava as cartas antigas de seus pais e conferiu o endereço do remetente. Era exatamente o mesmo da carta de Ellena. Mesma rua, número e apartamento. Seria apenas uma coincidência?

– Vó, é exatamente o mesmo endereço dos meus pais. Só depois que o meu pai faleceu é que minha mãe mudou para Botafogo.
– É muita coincidência mesmo, minha filha.
– Será? Numa cidade tão grande, com tantas ruas, tantos prédios. E se não for só uma coincidência?
– O que poderia ser então?
– Não sei, mas vou escrever para a minha mãe agora.

Foi para a mesa da cozinha, D. Zizi junto. Viu a neta agitada, perplexa, e quis acompanhar.

São Luís, 12 de setembro de 1963

Mamãe,

Espero que esta te encontre bem e com saúde. Eu e minha avó estamos bem.
Já passa da meia-noite e eu levantei da rede para te escrever.
Recebi hoje uma carta da minha professora particular, Ellena. Tu sabes quem é. Ela está aí no Rio com o marido.
Acontece que o endereço dela é exatamente o mesmo do apartamento onde tu moravas com o meu pai.
Tu tens alguma explicação para isso?
Por favor, responde assim que puderes. Vou pôr esta carta no correio amanhã cedo, em uma semana deve chegar aí. E mais uma semana até eu ter a tua resposta. Vou ficar esse tempo todo esperando para saber que coincidência é essa.
Vovó manda um beijo.
Beijo carinhoso da tua filha,

Mariana

33 – O Segredo Revelado

Eulália: E, todas as vezes que o teu pai te via, me mandava um telegrama, sempre com a mesma mensagem: "Vi nossa filha hoje. Amo vocês".

Rio de Janeiro, 20 de setembro de 1963

Queridas Mariana e Mamãe,

Espero que esta encontre vocês bem e com saúde. Aqui, tudo bem.
Pois é, minha filha, o endereço não é uma coincidência. Eu ia mesmo contar tudo quando chegasse aí para o Natal, já estava na hora de vocês saberem.
    Fui obrigada a guardar esse segredo por tanto tempo apenas para proteger vocês e nos proteger, a mim e a teu pai. Nos conhecemos quando eu tinha 19 anos e ele, 34. Ele era maranhense, morava aí, era casado e tinha um filho. Já estava praticamente separado da esposa; continuava na mesma casa, mas cada um dormia em um quarto. Ele vivia entre o Rio de Janeiro e São Luís. Aí nos apaixonamos e mantivemos um relacionamento secreto

por um ano. Queríamos muito fazer uma viagem juntos, mas eu não tinha liberdade pra isso, tua avó não permitiria. Então inventamos que eu iria pra Belém, de navio, para um concurso de miss. E voltei grávida. Eu disse pra tua avó que o teu pai era radiotelegrafista do navio da Costeira e que eu o tinha conhecido na viagem, que nos relacionamos e que ele iria assumir a mim e a ti, só para que ela ficasse tranquila. Não podia contar a verdade.

Ele queria muito que tivéssemos uma filha e que tu te parecesses comigo. Sempre confiei nele e sempre tive certeza de que ele não iria nos desamparar. Então decidimos que eu viria morar aqui no Rio com ele depois que tu nascesses. Eu e tua avó morávamos numa casinha muito simples, nessa mesma rua, alguns quarteirões adiante. Ele então comprou essa casa onde vocês moram hoje e botou no meu nome, pra nos dar segurança. Assim que estivéssemos estabelecidos por aqui iríamos te buscar pra morar conosco. Foi quando ele começou a se desentender com o sócio, irmão da esposa dele, e as coisas ficaram mais difíceis.

Teu pai era o marido de Donanna, mãe de Arthur.

O nome verdadeiro dele é Gilberto Oliveira Amorim. Eu o chamava de Beto e fui obrigada a mentir pra ti que era José Roberto, pra poder manter segredo sobre a sua verdadeira identidade. Ele e a esposa eram de famílias tradicionais e muito ricas. O pai dele era proprietário de uma das maiores e mais antigas fábricas de tecidos do Maranhão, mas os negócios da família entraram em declínio, assim como todas as outras fábricas de tecido do nosso estado. Uma delas, fechada e abandonada, fica na Camboa, aí perto, vocês conhecem. Teu pai então resolveu sair da sociedade com o pai dele, na certeza de que o negócio não duraria muito. Mas como a empresa já não tinha valor e estava endividada, o capital que ele recebeu não *foi grande. Então precisou se associar ao cunhado, irmão de Donanna, e abriram uma loja de tecidos na Rua Grande, num imóvel que pertence a ela. Haviam casado com separação total de bens, ela continuava rica, herdeira que foi de muitos imóveis, mas teu pai já não tinha quase nada. Até esse apartamento de Copacabana, onde nós moramos por alguns anos, é dela. Aí ele ficou nas mãos dela e do cunhado. Teu pai adorava o Rio de Janeiro, onde estudou e se formou; tinha muitos amigos e encontrou uma maneira de viver mais por aqui. Ele se encarregava das compras dos tecidos no Rio e em São Paulo, e o cunhado tomava conta da loja aí em São Luís. Era uma maneira de ele ficar longe da mulher e ter uma renda pra nos sustentar. E eu trabalhava com ele, ajudava a escolher os tecidos, mas também organizava os desfiles da Fábrica de Tecidos Bangu, de quem éramos clientes. Eu trabalhava muito pra complementar nossa renda, por isso não tínhamos como te trazer logo pra morar conosco. E tu sempre te deste muito bem com tua avó, ela sempre cuidou bem de ti, então achamos que seria bom também pra vocês duas que tu continuasses aí morando com ela. Donanna, a viúva do teu pai, é conhecida como uma mulher cruel e vingativa, e ainda tinha muito prestígio social. Um desquite seria um escândalo, um verdadeiro insulto, ainda mais sendo ela tão religiosa. Então a solução foi continuarem com o casamento de fachada. Ela provavelmente sabia que ele poderia ter alguma namorada no Rio, mas ter uma filha era demais pra ela. Além da humilhação, poderia envolver patrimônio, e isso ela não admitia.*

Beto, teu pai, tinha muito medo de que ela descobrisse e tentasse prejudicar vocês de alguma maneira, ou mesmo prejudicá-lo. Assim que nós conseguimos juntar algum dinheiro, compramos logo este apartamento onde eu moro hoje, em Botafogo, e botamos no meu nome, pra nos dar segurança, como sempre. É um apartamento pequeno, de sala e quarto, mas foi o que pudemos comprar.

    Depois que tu nasceste, achamos que essas viagens de navio pra Belém seriam uma boa maneira de ele também poder estar contigo mais tempo, sem risco de Donanna descobrir. Ele não era radiotelegrafista da Costeira, claro. Era passageiro. Como tu adoravas essas viagens, a gente passou a fazer duas vezes por ano. Ele aguardava ansioso o momento de te encontrar, vivia contando os dias. E tudo funcionou muito bem, até ele falecer precocemente, de forma trágica, num acidente de motocicleta aqui no Rio.

    Ele te adorava e tínhamos planos de te trazer pra morar aqui conosco num segundo momento. Ele te chamava de "minha moreninha", e ficava feliz de ver que, a cada dia, tu ficavas mais parecida comigo.

    Quando ele estava aí em São Luís, muitas vezes te seguia de longe, de dentro do carro, quando tu ias a caminho da escola, de mão dada com tua avó. E ficava muito triste de não poder se aproximar de ti, te dar um abraço, te levar no carro dele. Ele sofria muito com isso, mas não tinha alternativa naquele momento. E, todas as vezes que o teu pai te via, me mandava um telegrama, sempre com a mesma mensagem: "Vi nossa filha hoje. Amo vocês".

    Nós nos amávamos muito e vivemos felizes juntos por dez anos. Ele tinha orgulho da minha pele morena e sempre fui muito bem-aceita pelos amigos dele. Aqui no Rio, felizmente, há muito menos preconceito que aí em São Luís, principalmente nessa área de moda. Com o falecimento dele, tive que adiar todos os planos; ele não estava mais aqui para nos proteger e eu precisava ganhar a vida sozinha.

Quando o filho dele, Arthur, marido da tua professora Ellena, veio estudar aqui no Rio, pouco tempo depois do falecimento do teu pai, também morou nesse apartamento de Copacabana. Tenho certeza de que vocês vão compreender por que mantive esse segredo por tanto tempo.

Mando junto com esta carta algumas fotos, das muitas que tirei de ti com teu pai. Sempre tive o cuidado de não deixar aí porque alguém poderia ver e reconhecê-lo. Ele era muito conhecido e muito querido em São Luís.

Quando ele faleceu, eu estive aí, fui ao enterro dele, usei um véu negro para esconder o rosto. Mas não disse que ele tinha sido sepultado em São Luís, claro. Não podia dizer. Disse apenas que precisava do carinho de vocês naquele momento tão difícil. Tu deves te lembrar de como eu estava triste. Tu eras pequena, mas me ajudaste muito com o teu carinho. Eu disse que ele tinha falecido no Rio e não entrei em detalhes, pelas razões que já expliquei. Choramos muito abraçadas.

Segue também um documento em que teu pai te reconhece em cartório como filha natural, portanto tu vais poder colocar o nome dele na tua identidade e usar o sobrenome Amorim. Junto com o documento, vai o cartão do advogado que já está cuidando do caso. Ele é um grande amigo nosso e nos orientou desde que eu engravidei. E já está aguardando tua visita no escritório aí em São Luís. Agora, tu já és adulta, podes te defender. E Donanna vai acabar sendo notificada pelo advogado, portanto tomem cuidado. Ela já não é mais tão poderosa; mantém a pose, mas não pode fazer mal a vocês, ainda mais com o processo correndo na justiça. Ela costuma blefar para amedrontar as pessoas, mas já não tem mais a influência que tinha.

Um beijo da mamãe que te ama muito. E um beijo pra tua avó também. Estaremos juntas em dezembro pra comemorarmos a tua aprovação no vestibular.

Até lá.

Beijos,

                                              Eulália

Mariana teve que interromper a leitura muitas vezes por causa da voz embargada. Ela e D. Zizi chegaram ao final da carta aos prantos. Compreenderam as razões de Eulália e sentiram-se orgulhosas da atitude dela e do pai.

– Vó, eu agora amo meu pai e minha mãe mais ainda. Imagino o quanto ele sofreu por não poder ficar mais tempo comigo. E fico feliz de saber que ele e minha mãe se amaram tanto.

– É, minha filha, eles sempre foram muito carinhosos contigo, mas eu sempre desconfiei que tinha alguma coisa estranha na história que tua mãe contava. Mas o importante é que ela estava feliz, então eu não fazia perguntas.

– Vó, eu vou adotar o sobrenome do meu pai, sim, mas não vou tirar o do meu trisavô Sebastião, que também é o teu, ainda mais agora que eu conheço um pouco da história dele. Vou me chamar Mariana Sá Amorim, com duplo orgulho. E amanhã cedo vou ao cemitério colocar uma rosa branca sobre o túmulo do meu pai, como fez a minha mãe no dia do enterro.

– Como é que tu sabes disso, minha filha?

– Ellena me contou sobre uma dama de preto misteriosa que apareceu no enterro do meu pai. Era uma mulher elegante, que chamou a atenção de todos. Ellena não fazia ideia de que se tratava da minha mãe.

– E agora ficamos sabendo também que tu és irmã do Seu Arthur, marido de Ellena.

– Meu Deus!!!

34 – A Encomenda

Bené ficou impressionada com a altivez e a coragem daquela mulher simples, descendente de negros, com atitude firme, enfrentando a poderosa Donanna, como ela nunca tinha visto ninguém fazer. Dentro do seu coração sentiu até vontade de aplaudir D. Zizi.

A chuva daquela tarde havia sido torrencial, mesmo estando na época do estio. O estrondo de um trovão despertou Donanna no meio da sua sesta, o que era sinal de mau humor para o resto do dia. Bené já tinha levado alguns *carões** gratuitos, quando a chuva passou. Meia hora depois, alguém bateu palmas na porta do meio.

– Quem pode ser a essa hora? – resmungou Donanna. – Vai logo ver quem é, Bené, parece que tu estás *tansa**!

– Donanna, é D. Zizi. Disse que veio entregar a encomenda que a senhora fez.

– Encomenda? Que encomenda? Não encomendei nada com essa mulher.

– Eu só sei que ela está com um pacote na mão. Disse que trouxe pra senhora.

– Manda essa mulher entrar logo, mas fica por perto, que eu não vou demorar a *tocar ela* daqui pra fora.

D. Zizi, sentindo-se fortalecida com as revelações feitas pela filha e revoltada com a humilhação que havia sofrido, não resistiu à tentação de ir à forra. Já não se intimidava com os blefes de Donanna. Precisava dar o troco, jogar na cara daquela megera tudo o que estava entalado na sua garganta. Não ia perder essa oportunidade, agora que estava munida de fotos e documentos.

Com o ranço de sempre, Donanna logo interpelou D. Zizi, sem sequer olhar nos seus olhos.

– Que história de encomenda é essa, dona? Não lhe encomendei nada.

– Da outra vez que estive aqui, foi a senhora quem mandou me chamar em casa, lembra? Disse que queria me fazer uma encomenda. Pois hoje vim lhe trazer.

– Não sei do que tu estás falando e não tenho tempo a perder com conversa fiada. Diz logo o que tu queres.

– Veja esta foto, Donanna.

– O que é isto? Essa foto é do meu falecido marido. Onde tu encontraste essa foto? E quem é essa criança no colo dele?

– Essa criança é a mulatinha atrevida, como a senhora chama minha neta. Nessa foto ela estava com 6 meses de idade.

– No colo do meu marido? O que isso significa?

– Veja esta outra foto, Donanna. Sabe quem é esta menina no colo do seu falecido marido? É a mulatinha atrevida, aqui com 4 anos.

– Mas o que é isso? Onde tu estás querendo chegar? Diz logo, antes que te convide a te retirares daqui.

– Calma, Donanna, tenha paciência comigo. Tenho aqui muitas outras fotos, mas como a senhora está com pressa, dê uma olhada neste documento aqui, por favor.

Donanna empalideceu. Seus olhos cresceram, esbugalhados, o sangue lhe fugiu das bochechas caídas, o buço se ressaltou sobre as rugas macilentas. Suas mãos tremeram lendo uma declaração em que o Dr. Gilberto Oliveira Amorim, seu falecido marido, brasileiro, casado, engenheiro, reconhecia Mariana Sá – neta de D. Zizi – como sua filha natural. Documento registrado em cartório do Rio de Janeiro.

– Isto é falso, só pode ser falso. Ponha-se daqui pra fora. Vieste aqui tentar me extorquir, é isso? Bené, enxota esta vigarista da minha casa. Joga ela no olho da rua.

Bené não se atreveu a chegar perto de D. Zizi. Ficou impressionada com a altivez e a coragem daquela mulher simples, descendente de negros, com atitude firme, enfrentando a poderosa Donanna, como ela nunca tinha visto ninguém fazer. Dentro do seu coração sentiu até vontade de aplaudir D. Zizi.

– Não carece de me enxotar, não, Donanna, eu saio com as minhas próprias pernas, que foi como eu entrei. Já entreguei minha encomenda. Em poucos dias a senhora vai receber a notificação judicial sobre o reconhecimento da paternidade.

Segura de si, confiante de que Donanna, diante daquele documento, nada mais poderia fazer contra ela e sua neta, estava de alma lavada. Tinha devolvido todos os desaforos e humilhações que havia sofrido. Virou as costas, tentando controlar o nervosismo, mas mantendo a postura. De cabeça erguida, saiu devagar, desceu as escadas até a porta e, já na calçada, acelerou o passo no caminho de casa. Estava muito abalada com os insultos que havia sofrido. Tinha feito um esforço enorme para superar sua condição de mulher simples e enfrentar com dignidade uma senhora poderosa da aristocracia, tida como cruel e desaforada. Estava com o coração a lhe sair pela boca, suando, chorando de raiva, mas aliviada por ter respondido à altura os insultos daquela megera.

A poucos metros de casa, sentiu uma forte pressão no peito, seguida de uma dor lancinante, e caiu na calçada, debruçada sobre o pacote de documentos e fotos, fulminada por um infarto.

35 – A Chegada de Ellena

Ellena: Fiquem vocês dois aí nesse teatro chinfrim, que eu não quero ser plateia dessa cena ordinária e patética!

Ellena e Arthur chegaram do aeroporto, deixaram as malas na sala, e ele foi até a casa da mãe tomar a bênção.

Bazinha veio logo receber Ellena, que lhe deu um longo e carinhoso abraço. Ellena logo lhe percebeu a tristeza, que ela tentou disfarçar, mas suas lágrimas denunciaram.

– Tenho uma notícia muito triste, minha menina. D. Zizi faleceu anteontem.

– Mas como? O que aconteceu, Bazinha? Como está Mariana?

– Mariana está muito triste, mas está bem, dentro do possível.

Bazinha puxou uma cadeira, sentou-se de frente para Ellena, e pegou suas mãos com carinho, como que preparando seu espírito para as revelações que iria fazer.

– Bené me contou que D. Zizi teve uma discussão muito forte com Donanna. Já tinha sido humilhada e ameaçada por ela uma vez, proibindo Mariana de voltar aqui e de se encontrar contigo.

Acusou a menina de estar te levando para o mau caminho, insinuou que vocês saíam juntas para se encontrarem com amantes.

Mariana havia recebido uma carta da mãe dela esclarecendo alguns mistérios do passado e revelando a verdadeira identidade do pai dela. Mariana é filha do Dr. Gilberto Amorim.

– Bazinha!!! Filha do Dr. Gilberto? Então Mariana é irmã de Arthur?

– Isso mesmo. A mãe dela mandou fotos da infância de Mariana com o pai e um documento em que ele reconhece a paternidade em cartório. D. Zizi não se conteve, foi jogar tudo na cara de Donanna. Discutiram, D. Zizi ficou muito abalada e, já voltando, teve um infarto fulminante quase na porta de casa.

– Então foi essa tirana quem causou a morte de D. Zizi. Isso foi uma covardia. Agora ela vai se entender é comigo.

Apesar dos apelos de Bazinha, Ellena saiu em direção à casa de Donanna com a mesma roupa com que chegara da viagem. Bazinha ainda tentou acompanhar a patroa, para lhe proteger, mas acabou ficando para trás. Ellena não podia deixar para o dia seguinte. Tinha que ser naquela hora! Queria ter uma conversa com Donanna na presença de Arthur, que ainda deveria estar por lá. Seguiu o mais rápido que pôde e venceu em minutos os quatro quarteirões que separavam sua casa da casa da sogra.

Ao chegar, encontrou Arthur de mãos dadas com a mãe, sentado num banquinho ao seu lado. A cena atiçou ainda mais a sua revolta; com a crueldade da megera e com a submissão do marido. Pôs tudo em pratos limpos, disse tudo o que sempre tivera vontade de dizer, mas vinha se contendo para preservar o casamento. Sem perder a classe, sem usar palavras chulas, mas com a firmeza que lhe era natural. E que o momento impunha. Não tinha medo de Donanna, e agora considerava que o casamento tinha acabado de vez. Nunca havia tido profundo amor por Arthur e percebia que ele também não tinha por ela. Ainda gostava da ex-noiva, mas era a mãe quem reinava soberana no seu coração. Era uma relação doentia, simbiótica, de dependência mútua. Não havia espaço para nenhuma outra mulher.

Deixou claro que considerava a sogra culpada pela morte de D. Zizi e que considerava Arthur submisso e conivente.

Arthur tentou acalmá-la, o que só piorou a situação.

– Arthur, a cidade inteira sabe que foi a tua mãe quem infernizou a família da tua ex-noiva para provocar o rompimento do noivado. Ela nunca aceitou que tu te casasses com a filha de um libanês de pele morena, ainda mais sendo um ex-mascate, dono de um pequeno comércio. O preconceito dela estava acima dos teus sentimentos. Ela acabou com o teu noivado, mas com o nosso casamento quem vai acabar sou eu. Não vou dar esse gosto a ela.

Donanna encenou – de forma muito malfeita – um desmaio, e deixou o filho em pânico. Era o velho jogo de vitimização, culpa e cobrança.

– Fiquem vocês dois aí nesse teatro chinfrim, que eu não quero ser plateia dessa cena ordinária e patética!

Missão cumprida.

Na saída, encontrou Bazinha na porta, como sentinela, pronta para socorrer a patroa, em caso de necessidade. Ellena fez apenas o que o seu coração pediu, sem se importar com mais nada. Na companhia de sua fiel escudeira, foi até a casa de Mariana. Caminharam alguns quarteirões até lá. Não podia deixar de vê-la naquele momento. Imaginava o sofrimento da amada, e a saudade também exigia que ela fosse encontrá-la.

Já na Rua do Coqueiro, em direção à Camboa, passaram por casas simples, de porta e janela, com os moradores sentados em suas cadeiras de palhinha na calçada, depois do jantar, aproveitando a brisa da viração, em animadas conversas com os vizinhos, ou ouvindo seus rádios de pilha, aguardando o sono chegar.

Quando as trombetas estridentes da vinheta do *Repórter Esso* ecoaram pela rua, todos pararam a conversa e esticaram o pescoço em direção ao rádio para prestar atenção. Em seguida veio a chamada: "Alô, alôô, Repórter Esso, alôôô! Aqui fala o seu Repórter Esso, testemunha ocular da História".

A casa de Mariana era a única com a janela fechada, em sinal de luto.

Abraçaram-se, emocionadas, choraram muito, mas sentiram-se fortalecidas, agora que estavam juntas. O carinho da amada era a única coisa que poderia mitigar a dor de Mariana. Não tinha mais sua avó, tão dedicada, tão companheira, sua amiga, proteção e esteio. E que tinha dado sua vida por ela.

Ellena observou a máquina de costura Singer junto à janela, com um vestido alinhavado, por terminar; a mesa de corte, com o aparelho de pregar ilhoses e revestir botões com o tecido do vestido, como estava na moda; o radinho de pilha, que D. Zizi ouvia o dia inteiro enquanto trabalhava; a cadeira que ela usava, com uma almofada para lhe proteger as costas cansadas.

– Nesses meus quase 20 anos, Ellena, tive a companhia, o carinho e o cuidado dela em todos os meus dias. Adorávamos conversar, deitadas, até que o sono chegasse. Quando eu era bem pequena, ela cantava pra mim cantigas de ninar, das quais eu me lembro até hoje. Depois, um pouco mais velha, ela me contava histórias de reis, rainhas e princesas, que viviam em seus castelos. Um dia eu perguntei se tinha existido alguma rainha negra. Ela respondeu que sim, a rainha de Sabá, que viveu na África há muitos e muitos anos, que era muito rica e poderosa, mas não soube me dizer mais nada sobre ela. Então eu prometi que um dia ia pesquisar na biblioteca e contar tudo pra ela. Mas o tempo passou e eu nunca fiz essa pesquisa. Fiquei devendo. Logo pra ela, que me ensinou tanta coisa... agora, só tenho a promessa de passar no vestibular e me formar. E essas eu vou cumprir. Minha avó nunca me deu uma palmada, Ellena. Quando eu conto para as minhas colegas, elas não acreditam. Da minha avó só recebi carinho. Foi como ela me educou. A hora de dormir é a mais difícil do dia. Quando fecho os olhos, tenho a sensação de que vou ouvir a voz dela me contando sobre o seu dia. Fico me lembrando das pastilhas de hortelã que ela fazia para o meu aniversário. E ficávamos, eu, ela e a minha mãe embrulhando em papel de seda colorido até tarde da noite. E a casa toda ficava cheirando a hortelã. Choro até o sono me levar. Durmo na esperança de sonhar com ela. Conversamos tanto... e tanta coisa ficou por dizer...

– Mari, tu deste pra tua avó o melhor que uma neta pode dar; tu deste a tua presença e o teu carinho durante todos esses anos. Ela foi cedo, infelizmente, mas, enquanto viveu, recebeu de ti o melhor. E tua mãe, como está?

– Eu mandei um telegrama pra ela e no dia seguinte veio aqui um funcionário da Companhia Telefônica marcando uma hora para que eu fosse até o escritório da companhia receber o telefonema dela. A ligação não estava muito boa, a cabine não tinha ventilação, mas conseguimos conversar um pouco. Eu nunca tinha falado por telefone com outra cidade.

Mais do que nunca, Ellena e Mariana tinham certeza do amor que as unia, mas iam ter que se afastar por uns tempos. Sabiam que estavam sendo vigiadas e que agora, depois da discussão violenta com a sogra, a perseguição só iria aumentar.

Na saída, encontraram a rua já vazia, as portas e janelas fechadas, cadeiras recolhidas, ninguém nas calçadas. A Via Láctea desenhava no céu um arco esbranquiçado, naquela límpida noite de estio, enquanto a lua nova flutuava sobre os velhos telhados das casas, acompanhando os passos de Ellena e Bazinha.

Chegando em casa, Ellena subiu a escada e trancou-se no mirante. A dor era grande, principalmente por Mariana e pelo afastamento a que teriam que se submeter, mas estava de alma lavada. Mariana não estava com ela, no entanto a lembrança dos bons momentos ali vividos a fortalecia. Quando poderiam voltar a se encontrar? Ellena ficou um bom tempo na janela, observando a rua deserta e sentindo o suave aroma do jasmineiro, que começava a florir com a chegada da primavera. Fechou as janelas sem pressa, deitou-se e entregou-se ao silêncio da noite até pegar no sono.

No dia seguinte, domingo, assim que Arthur saiu para almoçar com a mãe, Ellena encheu duas malas com os seus pertences, chamou um carro de praça e as levou para a casa dos pais. Seria o começo da mudança. Pretendia deixar a casa do marido em poucos dias.

Sua mãe ficou muito assustada com sua atitude; não sabia se acolhia a filha ou a aconselhava a voltar para casa. Felizmente seu pai tinha saído para uma reunião da maçonaria. D. Leda não acreditava nas coisas que diziam de Ellena, chorou muito abraçada a ela, mas não podia fazer nada sem a autorização do marido, a quem sempre prestara obediência irrestrita. Prometeu para Ellena que conversaria com ele, mas alertou a filha para a reação que ele poderia ter. Dificilmente aceitaria em casa uma filha desquitada. E malfalada. Recomendou que Ellena voltasse para casa antes que seu pai chegasse. Achava que seria mais fácil conversar com ele sem a presença dela. Quem sabe, conversando com jeito, ele concordaria com a sua volta?

36 – A Alforria

Encabulada, faces encovadas, olhos fixos no chão, com seu sorriso murcho, mal mostrava os poucos dentes que lhe restavam na boca.

Mariana tinha esperado a amiga voltar de viagem para que fossem juntas concluir a leitura das memórias do Padre Barreto. Tinha tido um mês bem difícil, sentia muito a falta da avó, e também queria que Ellena participasse com ela do começo ao fim da pesquisa. Tomaram bondes diferentes para evitar problemas, e se encontraram no Convento do Carmo.

Padre Olímpio já estava preocupado, sentindo a falta das duas por tanto tempo. Explicaram sobre o falecimento súbito da avó de Mariana, o que deixou o padre muito consternado. Retomaram a leitura:

No dia seguinte, bem cedo, embarquei no vapor Maranhão e atravessei a baía com a missão de negociar a carta de alforria da mãe de Sebastião. Fui sem muita esperança, sei como são essas coisas; o tráfico de novos escravos estava proibido havia muito tempo, os que nascessem aqui estariam livres por lei, e ninguém queria se desfazer dos seus. Não sabiam viver sem escravos e não queriam abrir mão dos que tinham. Iriam explorá-los até a morte. Ou a Abolição, que não haveria de tardar, se Deus quisesse.

Peguei uma sege no cais da Praia Grande e pedi ao cocheiro que se dirigisse para a Rua do Ribeirão. Ao passarmos pela Fonte, pedi--lhe que reduzisse a velocidade para tentarmos localizar o sobrado com mirante. Sabia que era na descida dessa ladeira, já perto da Beira Mar. Não seria ser difícil de achar.

O sobrado era bastante amplo, com uma boa loja embaixo, muito bem abastecida, que vendia peças de todos os tipos para carruagens, coches, além de selas e arreios.

A família Couto Pereira, proprietária da loja, morava no segundo pavimento. Ficaram surpresos com a minha visita, mas disseram que se sentiam honrados com a minha presença, quando lhes disse que era o vigário da Igreja Matriz de Alcântara e deputado provincial pelo Partido Conservador. Descobrimos que são aparentados de um amigo e partidário político meu, o Dr. Evilásio Couto, que tem uma fazenda perto de São João de Cortes, meu reduto eleitoral.

Expliquei sem rodeios a razão da minha visita, falei da relação estreita que tenho com o filho da escrava, mas sem revelar onde ele se encontra. Pensaram que estivesse em Alcântara ou redondezas e eu deixei que pensassem assim.

Os Couto Pereira estavam com uma filha adolescente adoentada, muito fraca, de cama havia mais de três semanas, sem que os médicos conseguissem descobrir a causa da doença. Pedi então para vê-la e sugeri que rezássemos juntos o terço, na sua cabeceira. Apesar do seu estado bastante debilitado, fez questão de nos acompanhar na oração. Magra, olhos fundos e tristes, sua pele clara ganhava um tom levemente arroxeado em torno dos olhos. Fiz então uma oração especial para ela, que se emocionou muito, chorou e me agradeceu.

Explicaram-me que precisavam da escrava, principalmente agora, com a doença da filha, mas prometeram que iriam estudar com muita atenção o meu pedido.

Transcorrido pouco mais de um mês, recebi na igreja uma carta do Sr. Euzébio Couto Pereira, agradecendo muito a minha visita e informando-me que a sua filha, logo depois da minha oração, tinha começado a se recuperar, estando hoje totalmente curada. E que eu poderia ir até sua casa buscar a escrava, que já estava com sua carta de alforria na mão. E que nada me seria cobrado por ela.

No dia seguinte bem cedo, peguei o vapor e fui buscar a mãe de Sebastião. Fizeram questão de que eu ficasse para o almoço, o que aceitei, e tivemos a companhia da filha, completamente restabelecida e bem-disposta, conversando com desenvoltura e me agradecendo pela bênção. Fizemos juntos uma oração de agradecimento a São Mathias, todos muito emocionados e gratos pela cura.

Só então conheci D. Alexandrina, que não cabia em si de tanta felicidade. Encabulada, faces encovadas, olhos fixos no chão, com seu sorriso murcho, mal mostrava os poucos dentes que lhe restavam na boca. Com as varizes inchadas, que descreviam linhas sinuosas sob a pele das pernas, ajoelhou-se diante de mim e pediu-me a bênção. Descalça, com um vestido surrado sobrando no corpo, o cabelo curto e malcuidado, trazia uma pequena trouxa com seus poucos pertences. Sentou-se no banco da sege abraçada ao canudo da alforria, que mantinha junto ao peito, ciente da importância daquele documento.

Encontramos Sebastião na lida, agachado junto ao casco de uma biana, fazendo a calafetação entre as réguas de madeira da embarcação. Quando nos viu, levantou-se de um pulo e correu para abraçar a mãe. Chamou a mulher e a filha e se deram um longo abraço, os quatro, com a pequena Emília agarrada às pernas da mãe, sem saber direito o que estava acontecendo. Com as lágrimas a lhe embaçar a visão, D. Alexandrina afagava o rosto do filho com as suas mãos calosas e deformadas, como que buscando comprovar que era ele mesmo que estava ali, diante dos seus olhos, ao alcance das suas mãos. Logo perguntou pelo pai de Sebastião e ele teve que lhe contar que havia falecido, mas sem lhe dizer nada sobre a crueldade que o pai sofrera. Disse-lhe apenas que tinha sido morte natural. Sebastião pegou uma banqueta para a mãe se sentar. Ela baixou a cabeça e trocou as lágrimas de alegria por tristeza. Disse apenas: seu pai era um bom homem, sofreu muito nessa vida. Depois de um instante de silêncio, lembrou-se de Turi e perguntou por ele. Tião explicou que tinha vindo com ele para São Luís, mas que também tinha falecido, sem lhe falar das circunstâncias.

    Saí dali com a sensação de que, mesmo que não tivesse feito mais nada nesta vida, teria valido a pena viver. Tomei a sege, que me esperava do lado de fora, e segui para o cais, a tempo de tomar o último vapor do dia de volta para Alcântara.

37 – Em Busca de Caminhos

Os olhos de Mariana brilharam, seu coração acelerou.
Sentiu a angústia e a emoção dos grandes desafios.

Ellena desceu do bonde no Largo do Quartel, atravessou a Rua Rio Branco e, já na Praça do Pantheon, passou por uma barraca de frutas, onde um grupo de homens discutia futebol em voz alta, com os ânimos exaltados. Apesar do vozerio, não deixou de perceber a música que tocava no rádio de pilha da barraca:

A felicidade é como a pluma
Que o vento vai levando pelo ar
Voa tão leve, mas tem a vida breve
Precisa que haja vento sem parar[1]

Seguiu seu caminho cantarolando a música, animada, confiante, protegida pela sombra das dezenas de oitizeiros

---
[1] "A Felicidade", música de Tom Jobim e Vinicius de Moraes.

enfileirados ao longo de todo o quarteirão. Chegando ao Colégio Rosa Castro, pediu para falar com D. Rosa. Estava decidida a retomar sua atividade de professora.

– Ellena, gosto muito de ti, tu és uma das melhores professoras que já tivemos aqui no Colégio. Acredito na tua palavra, conheço o teu caráter, mas vivemos numa cidade pequena e conservadora. Com os comentários que andam pela sociedade, como tu achas que os pais das minhas alunas reagiriam se eu te contratasse? Vamos aguardar um pouco, até que essas calúnias sejam esquecidas...

Ellena não estava preparada para essa resposta, não imaginava que os boatos tinham ido tão longe. Nem tinha tempo para aguardar que as pessoas esquecessem o caso, se é que esqueceriam algum dia. Sua outra alternativa seria o Colégio Santa Tereza, na Rua do Egito, mas sendo uma escola religiosa e bastante conservadora, ela não teria a menor chance. Nem tentou.

Decepcionada, triste, desceu a pé a Rua da Paz em direção à casa dos seus pais. Precisava de apoio e acolhimento, um ombro, um carinho. Um colo. Tudo que ela esperava encontrar na casa paterna. Voltar a morar com eles por uns tempos até conseguir reorganizar a sua vida. Ao chegar à porta da rua, abriu a cancela e, do batente da entrada, já percebeu suas malas do lado de fora da porta do meio, com um envelope preso na alça de uma delas. Logo reconheceu a letra do pai, escrita com tanta força que chegou a marcar o papel macio, denunciando a sua contrariedade:

Lugar de mulher casada é na casa do marido.

Preferiu nem entrar. Chamou o primeiro carro de praça que viu e levou suas malas de volta para a casa de Arthur, que ela já não reconhecia mais como sua.

Estava cheia de planos para reiniciar sua vida profissional. Recuperar o tempo perdido, retomar sua participação nas ações sociais e viver em paz sua relação com Mariana. Impedida de trabalhar, difamada na cidade, com seu casamento fracassado, renegada pelo próprio pai, sem poder se encontrar com Mariana, Ellena sentiu o peso da rejeição e do desamparo. Sabia que estava sofrendo por uma coisa que não tinha feito: nunca se relacionara com outro homem depois de casada. Lembrou das piadas que ouvira na Rua Grande – "desperdício". Até então, felizmente, ninguém tinha levantado suspeita sobre o seu relacionamento com Mariana. Essas piadas seriam já uma insinuação sobre essa relação, ou isso seria apenas coisa da cabeça dela? Todas as fofocas eram sobre um suposto adultério cometido com algum amante imaginário. Uma relação homoafetiva não fazia parte do imaginário conservador dos ludovicences. Mas percebia que as pessoas a olhavam com desconfiança, e os comentários sobre seu relacionamento com Mariana seriam só uma questão de tempo. Quem andara espalhando o boato sobre o suposto amante, e ela sabia muito bem quem tinha sido, não demoraria a levantar também essa suspeita.

Ellena conhecia casos de homossexualidade na cidade, geralmente entre rapazes, um deles seu amigo de infância, e sabia do sofrimento pelo qual o rapaz tinha passado. Era ainda um adolescente quando, um dia, o pai chegou em casa e o encontrou tendo aula de piano com a professora da irmã. Expulsou a professora e deu uma surra de cinto no rapaz. Piano não era para homens, era coisa de maricas, *qualhira*, como se diz em São Luís. O rapaz já apresentava trejeitos que indicavam sua possível homossexualidade; o piano foi só a "prova". O pai logo providenciou a compra de um apartamento no Rio de Janeiro, para onde mandou o filho o mais rápido que pôde, acompanhado da empregada de confiança da família, livrando-se assim da vergonha de ter em casa um afeminado. Ela sabia o que o rapaz tinha sofrido na escola com a discriminação dos colegas. Chegara a apanhar na rua, sem nada ter feito de mal a ninguém. Era apenas diferente. Como esse caso, havia outros semelhantes. Mas de meninas, eram muito raros e muito menos comentados, sempre à boca pequena. Talvez porque os rapazes apresentassem sinais mais perceptíveis, enquanto as moças não demonstravam sua condição. Esse estigma atingia muito mais os homens. Muitas moças homossexuais até casavam e tinham filhos, como forma de provarem sua feminilidade. E o resto de suas vidas, passavam frustradas, infelizes, sem poder viver a sua sexualidade natural, ou então se relacionavam de forma secreta, correndo muitos riscos.

Ellena se preocupava muito em proteger Mariana, muito jovem, e agora sem o apoio da avó. Amava a sua cidade, estudara a fundo a sua história, conhecia cada detalhe da sua evolução. Às vezes, havia chegado a pensar em morar no Rio, como alguns de seus amigos de faculdade e de reuniões literárias. Tinham ido em busca de um ambiente cosmopolita, no qual pudessem desenvolver melhor os seus talentos. Ellena, no entanto, logo desistia da ideia, sabendo que seus pais jamais permitiriam. Agora estava vivendo uma situação diferente. Sabia que, na sua cidade, não seria aceita nem respeitada na sua condição, fora dos padrões. Seria sempre estigmatizada. E ela não estava disposta a passar a vida fingindo ser o que não era. Queria, e se sentia no direito de viver plenamente de acordo com a sua natureza. Talvez a sua querida cidade não tivesse mais lugar para ela. Era professora competente, com boa formação, boa cultura. Poderia conseguir emprego em qualquer lugar. Tinha bons relacionamentos no Rio, que era a capital cultural do Brasil, embora não fosse mais a Capital Federal. Cidade moderna, avançada nos costumes, com muito menos preconceito em relação a pessoas com orientação sexual diferenciada. Sabia de cantoras e atrizes homossexuais que eram aceitas e respeitadas e podiam exercer suas profissões e viver a vida sem os julgamentos de uma cidade pequena. Agora que ela tinha descoberto a sua verdadeira natureza, agora que estava vivendo a relação mais intensa e profunda que jamais experimentara, não abriria mão da sua felicidade. Seria também seu caminho o Rio de Janeiro? Será que Mariana aceitaria acompanhá-la nessa mudança?

Mariana também era muito inteligente, preparada, educada, estava se formando professora no Curso Normal, tinha boa apresentação. Adorava o Rio e tinha sua mãe morando lá. Com a perda da avó já não tinha mais tantas razões para permanecer na cidade. Precisavam começar a pensar nisso. Determinada, foi para casa e começou a redigir cartas e currículos para os seus amigos que moravam no Rio de Janeiro, oferecendo seus serviços como professora de História e revisora de imprensa, experiência que tinha adquirido trabalhando no jornal *Tribuna do Povo*. Anexou cartas de apresentação da Profa. Rosa Castro e da Dra. Maria Aragão e pediu a Bazinha que as colocasse no correio. Em algumas dessas cartas, consultava seus amigos mais próximos sobre possibilidades de moradia por lá, valor de aluguel, custo de vida, mercado de trabalho.

No final da tarde, na companhia de Bazinha, deu a volta pela Rua da Alegria, saindo do percurso normal, evitando ser observada, e foi até a casa de Mariana falar dos seus planos. Bazinha, discreta, retirou-se para a cozinha para que elas pudessem conversar mais à vontade na sala.

Os olhos de Mariana brilharam, seu coração acelerou. Sentiu a angústia e a emoção dos grandes desafios. Ficar com Ellena era tudo o que ela mais queria, e sempre teve vontade de morar no Rio, perto da sua mãe. Nunca cogitara essa possibilidade antes porque tinha a sua avó e não poderia deixá-la para trás, sozinha. Sem D. Zizi, tinha agora o caminho livre para se aventurar. Mas havia alguns aspectos práticos a considerar. Precisava terminar o Curso Normal e passar no vestibular. Sua mãe morava com o novo companheiro num apartamento pequeno, de sala e quarto, e não seria justo atrapalhar a rotina dela. Além disso, já tinha até convite de uma professora sua do Liceu para começar a dar aulas num jardim de infância, ali perto, a partir do próximo ano letivo. Teria seu salário garantido, poderia se manter sozinha, sem precisar mais da ajuda da mãe. Sua vida estava toda estruturada para continuar vivendo em São Luís. Como mudar para o Rio de Janeiro naquele momento? Como faria para se sustentar por lá? Teria facilidade de arranjar emprego? Onde iria morar? Tinha já maturidade para saber que essa aventura seria uma mudança muito radical nos seus planos. Mas Ellena não tinha mais condições de viver em São Luís, precisava mudar logo; não podia continuar morando na casa do marido, depois de tudo o que havia acontecido. Sabia também que, num primeiro momento, Ellena teria dificuldade de pagar aluguel e de se sustentar numa cidade cara como o Rio. Começava a achar que o momento triste da separação, que elas tanto temiam, mas sempre souberam que um dia iria acontecer, poderia estar chegando.

Mas Ellena não perdia a esperança. Mesmo que se separassem por alguns meses, até que ela se estabilizasse por lá e conseguisse um emprego para Mariana, logo poderiam estar juntas novamente. Dividiriam as despesas, teriam o apoio uma da outra.

Mariana lembrava que tinha até curso de datilografia; sua avó sempre dizia que, quem é datilógrafa, nunca fica desempregada. Mas faltava passar no vestibular e conseguir transferência para uma faculdade do Rio. Ellena também se empenharia para conseguir isso. Havia muitos obstáculos, mas a vontade de ficarem juntas era forte o suficiente para tentarem superá-los. Não era algo impossível. Teriam que se separar por algum tempo, mas tinham a possibilidade de, em alguns meses, talvez um ano, se reencontrarem e refazerem a vida juntas no Rio de Janeiro. Mas, neste momento, a separação seria inevitável. Ellena foi para casa triste, já sofrendo por antecipação com as futuras saudades, mas tentava se apoiar na esperança de conseguirem, um dia, realizar seu projeto de ficarem juntas.

38 – O Desquite

"Seu Libório"[1]

Saem todas as tardinhas [...]
Ninguém sabe o que elas fazem
Porém todo mundo diz [...]
A Manon é mais lourinha
Que boneca de Paris
A Margot é queimadinha
Pelo sol do meu país.

Após um mês inteiro sem se falarem, Arthur bateu na porta do mirante. Precisava conversar com Ellena. Reconheceu que sua mãe cometera erros muito graves, e tinha consciência de que ele também havia errado em não impedir a tempo que as coisas chegassem a esse ponto. Pediu desculpas e sugeriu que dormissem em quartos separados, para que Ellena pudesse refletir e reconsiderar sua decisão.

– Assim, teremos oportunidade de decidir sobre nossos destinos com calma, propôs Arthur.

---
[1] "Seu Libório", música de João de Barro e Alberto Ribeiro.

Ellena, mais tranquila, admitiu que também tinha cometido erros, sendo o maior deles ter aceitado se casar de maneira precipitada, sem refletir, sem uma convivência mais prolongada para que se conhecessem melhor antes de se decidirem pelo casamento. Não tinha dúvidas de que essa união havia sido um erro. Nunca deveria ter acontecido.

– Reconheço que tu és uma boa pessoa, Arthur. Sempre me trataste com carinho e respeito, mas a verdade é que não sentimos amor um pelo outro. Temos projetos de vida muito diferentes e eu não tenho como continuar morando em São Luís. Não posso trabalhar, não posso ir à rua, fui renegada pelo meu próprio pai, perdi minhas amizades. E tu sabes muito bem quem é a responsável por isso. Não quero nenhum bem teu, não quero compensação financeira, tenho minhas economias da época de solteira. Não é muita coisa, mas é o suficiente para me ajudar a recomeçar a vida. Já tenho emprego prometido no Rio de Janeiro e sou capaz de me sustentar. Tu podes providenciar o desquite nesses termos, que eu abro mão de todo e qualquer direito. Assino antes de ir. Vou ficar aqui por pouco tempo, não vou ocupar nenhum quarto, continuo aqui no mirante até viajar. Não vou interferir na rotina da casa. Já conversei com Bazinha, ela é capaz de administrar sozinha. Ela gosta muito de ti, te respeita, e está disposta a continuar aqui contigo. Portanto, essa parte está resolvida, a menos que tu não queiras.

Arthur parecia ainda alimentar alguma esperança de reconciliação. Gostava dela. Mesmo sem a paixão que dedicara a Vera, sua ex-noiva, tinha carinho e admiração por Ellena. Queria muito ter uma família e levar uma vida comum, pacata. Mas diante da forma decidida como ela tinha colocado sua opção, elogiou a dignidade dela e lhe desejou boa sorte. Nada mais havia a fazer.

Ellena sentiu-se aliviada por ter comunicado a Arthur a sua decisão; havia tirado um enorme peso das costas. Ainda bem que a conversa tinha sido civilizada. Começou nesse mesmo dia a embalar seus livros, discos e outros pertences, que seriam despachados por navio.

Já havia recebido resposta do Professor Josué Montello. Membro da Academia Brasileira de Letras, escritor reconhecido, tinha muito prestígio político e sempre se dispunha a ajudar os maranhenses que o procuravam. Lembrou-se de uma amiga sua, D. Lucia Magalhães, que havia poucos anos inaugurara um colégio em Botafogo, na Rua Marquês de Olinda, com o propósito de ser uma escola de excelência. Conhecedor da capacidade de Ellena, o Professor Montello a indicara para a amiga, que prontamente lhe reservou a vaga de professora de História no Colégio São Fernando, assim que começasse o ano letivo, em março. De momento, Ellena tinha já proposta para ser revisora *free lancer* de uma editora, indicação de outro amigo. Seria suficiente para começar a nova fase de sua vida. Faltava apenas resolver a questão da moradia.

As cartas que recebia dos amigos lhe informavam preços de aluguéis muito acima do seu orçamento, mas um amigo lhe ofereceu um quarto no apartamento da tia, também maranhense, que morava sozinha em Copacabana, na Rua Rainha Elizabeth. O preço era razoável e ainda teria a facilidade da alimentação, que estava incluída no valor do aluguel. A tia dele tinha uma empregada que cozinhava para ela e poderia aumentar a porção para atender a Ellena. Respondeu imediatamente, aceitando a proposta. No dia seguinte, foi à Cruzeiro do Sul e comprou sua passagem.

Bazinha continuaria trabalhando para Arthur; precisava do salário e poderia dar assistência para Mariana, enquanto ela permanecesse em São Luís.

No dia seguinte, já no meio da tarde, Bazinha, a pedido de Ellena, foi fazer uma visita para Mariana, levar um bilhete carinhoso e ver se ela precisava de alguma coisa. Foi também fazer um pouco de companhia e dar apoio, e levou uma compota de jaca, de que ela tanto gostava. Preferia ter ido pessoalmente consolar a amiga, que muito precisava dela naquele momento, mas não queria colocar mais lenha na fogueira. Não queria expor Mari a comentários.

Na volta, Bazinha entregou para Ellena um envelope com um bilhete de Mariana, junto com o jornal do domingo anterior, dobrado, com a coluna social de Maria Inês bem na frente, e um círculo a caneta destacando uma nota da colunista.

– Ellena, pensei em nem te mostrar para não te aborrecer mais ainda, mas tu precisas saber. Olha o que saiu no jornal de domingo, na coluna da Maria Inês:

Vocês se lembram da música "Seu Libório"

Saem todas as tardinhas
Carregando seu Lulu
Ninguém sabe o que elas fazem
Porém todo mundo diz
Que seu Libório é quem manda
Ah, como o Libório é feliz
A Manon é mais lourinha
Que boneca de Paris
A Margot é queimadinha
Pelo sol do meu país.
DESPERDÍCIO.

– Pronto, agora até no jornal! E de forma ambígua. Insinua um amante, mas a palavra "desperdício" também pode sugerir outra coisa. É muita crueldade. A mãe de Arthur é muito amiga de Maria Inês, com certeza foi ela quem plantou essa nota maldosa e covarde. Essa mulher está completamente louca. Quer destruir minha reputação de qualquer maneira, nem que seja prejudicando o próprio filho. Mas o que ela conseguiu até agora foi me incentivar a tomar uma decisão que eu já deveria ter tomado há muito tempo.

Deixou o jornal na mesa de jantar, ao lado do prato de Arthur, e voltou para o mirante, de onde não sairia até o dia seguinte.

39 – O Bonde do Anil

Emocionadas, tristes, mas com os corações cheios de planos e esperança, tentavam conter as lágrimas, que insistiam em escorrer.

Ellena precisava ter um último encontro com Mariana antes de viajar. Estava evitando ao máximo se aproximar dela, muito mais para protegê-la que por si mesma. Mas agora precisava falar pessoalmente. Tinham muitas coisas a combinar, traçar planos para a ida de Mariana ao Rio. Seria o último momento juntas, antes da sua partida. Pediu a Bazinha que levasse um bilhete.

A única via de escape do centro urbano era o Caminho Grande, por onde seguia a linha do bonde que se dirigia para o subúrbio. Serpenteando para longe do centro, em direção ao sol nascente, era por essa via que se estendiam os trilhos do bonde do Anil. Pois foi por esse caminho que elas decidiram ter a sua conversa de despedida. Longe das janelas bisbilhoteiras, elas estariam mais protegidas da possibilidade de serem vistas por pessoas conhecidas. Encontraram-se já no Caminho Grande, saindo do centro. Já haviam percorrido quase todos os caminhos de bonde da cidade. Faltava apenas esse. Onze quilômetros de trilhos, uma distância enorme para uma cidade pequena. Como ia parando em vários pontos, a viagem durava cerca de uma hora. Depois, mais uma hora para voltar. O Anil era um lugar ermo, com sítios, clubes, mas pouquíssimas residências. Com essa viagem completariam o ciclo de passeios de bonde, tão agradáveis e de tão boas lembranças. Essa viagem seria triste, mas necessária. Seria a última. A despedida.

Sentaram-se no último banco do bonde vazio, um pouco afastadas, quando o desejo era ficarem bem juntas. Ellena atualizou Mariana sobre o que já estava definido no Rio de Janeiro, contou que já tinha alugado um quarto, falou dos empregos acertados. Assim que chegasse lá tentaria emprego para Mariana também e veria a possibilidade de transferência para uma faculdade de lá, assim que ela passasse no vestibular. Quem sabe poderiam até dividir o mesmo quarto?

Emocionadas, tristes, mas com os corações cheios de planos e esperança, tentavam conter as lágrimas, que insistiam em escorrer. Com as pontas dos dedos, iam disfarçando e enxugando os olhos, e combinando suas estratégias para o reencontro no Rio de Janeiro.

– Mari, por enquanto não fala nada com a professora que te convidou para dar aulas no jardim de infância. Pede um tempo para dar a resposta. As incertezas são muitas, mas uma certeza nós temos: queremos ficar juntas.

– Com certeza, Ellena. E, com a força que nós queremos, seremos capazes de conseguir. Não penso em outra coisa, já me imagino no Rio, trabalhando, dividindo a minha vida contigo, e passeando nos bondes de lá.

Ficaram longos minutos em silêncio, para evitar que as emoções transbordassem e lágrimas denunciassem seus sentimentos e planos. Aquela era a única maneira de ficarem um tempo maior juntas, longe dos olhos fofoqueiros das pessoas nas janelas, e sem risco de serem vistas pelas informantes de Donanna. De vez em quando aproveitavam uma oportunidade de se darem as mãos sem que ninguém percebesse.

Na volta, um sorveteiro subiu no bonde, com sua típica caixa térmica de madeira arredondada, para vir vender na cidade. Tomaram juntas o último sorvete antes de se separarem.

Despediram-se na calçada com dois beijos no rosto, contendo mais uma vez a enorme vontade de dar um longo abraço. Ellena prometeu escrever uma carta assim que chegasse ao Rio. E seguiram para suas casas por caminhos diferentes, disfarçando as lágrimas e levando nos corações muita saudade antecipada e muitos planos de um reencontro em breve.

Ellena, triste e preocupada de deixar Mariana só, não resistiu e, no meio do caminho, abriu o envelope que a amada lhe tinha dado.

Josué Montello[1]

Quem tem saudade nunca está só.

---

[1] Josué Montello (São Luís, 1917 – Rio de Janeiro, 2006). Foi presidente da Academia Brasileira de Letras.

40 – A Viagem de Ellena

D. Leda não se conteve. Tinha sido forte até aquele momento, mas imaginar a sua filha sozinha no Rio de Janeiro, morando numa vaga, era demais para ela.

No dia da viagem de Ellena, Arthur fez questão de levá-la ao Campo de Aviação. Passaram antes na casa dos pais dela, para que também fossem e se despedissem da filha, mas o pai havia saído cedo para que ela não o encontrasse. Ellena não havia voltado lá desde que suas malas foram recusadas e colocadas no corredor.

– Minha filha, onde tu vais morar?

– Não se preocupe, minha mãe, aluguei um quarto em Copacabana, na casa da tia de um amigo, que mora sozinha.

– Num quarto?

D. Leda não se conteve. Tinha sido forte até aquele momento, mas imaginar a sua filha sozinha no Rio de Janeiro, morando numa vaga, era demais para ela. Mas nada pôde fazer. O marido havia sido irredutível, não admitira sequer pensar na hipótese de ter de volta em casa uma desquitada. O jeito era aceitar a única decisão que a filha poderia ter tomado. No fundo, sentiu orgulho e até uma certa inveja da coragem de Ellena, que ela jamais teria. Agora restava rezar pela filha.

– Aqui está o endereço, minha mãe: Rua Rainha Elizabeth, Copacabana. A proprietária do apartamento é maranhense, assim como o meu amigo, mas mora no Rio há muitos anos. Espero ficar lá por pouco tempo, só até me estabelecer nos novos empregos e conseguir alugar um apartamento pequeno só para mim. Eu vou ficar bem. Escrevo assim que chegar.

Decidida, embora triste, mas cheia de expectativa, Ellena estava segura da sua decisão. Na verdade, muitas vezes havia sonhado com essa possibilidade, mas nunca levara a ideia adiante para não contrariar os pais. Despediu-se da mãe e de Arthur de forma carinhosa, demonstrando que não levava mágoa no seu coração. Mandou um bilhete de última hora para o pai, dizendo que o amava e que esperava que um dia ele a compreendesse.

E se dirigiu para a escada móvel do Douglas DC-3, um pequeno, mas valente avião que havia servido à Força Aérea Americana durante a Segunda Guerra Mundial, e que continuava firme transportando passageiros pela Cruzeiro do Sul. Apelidado de "pinga-pinga", faria cinco escalas até chegar ao Rio de Janeiro, após um dia inteiro de viagem, mas o preço da passagem era bem mais em conta que o das outras companhias. Conseguiu se despedir sem derramar uma só lágrima. Já tinha derramado todas nos dias anteriores e antes de sair para o aeroporto.

41 – ARTHUR E MARIANA

*Para quem vive em uma ilha, a
dor maior talvez não seja partir, mas ficar.*

Dia 16 de dezembro, segunda-feira. As casas e igrejas já estavam enfeitadas com os seus presépios, tão tradicionais na cidade, à espera do Natal.

Mariana amanheceu na porta da faculdade, no dia marcado para a divulgação do resultado do vestibular. Leu e releu a lista dos aprovados, exposta no mural. Com o coração apertado, procurou uma vez mais, percorrendo com o dedo indicador a relação dos alunos, bem devagar. Seu nome não constava da lista. Estava segura de ter feito boas provas, não contava com a possibilidade de reprovação. Ficou arrasada. Todos os seus planos acabavam de ir por água abaixo.

Atravessou a rua e sentou-se num banco da Praça Gonçalves Dias, virada de frente para a faculdade, o famoso Palácio Cristo Rei, com que ela tanto havia sonhado. Conhecia bem a história daquele belíssimo sobrado de três andares e paredes amarelas, com seu imponente portão de ferro trabalhado, que dava acesso direto a um jardim lateral, muito peculiar, que o distinguia de todos os outros sobrados da cidade. Virado para o poente, com ampla vista para a praça e a Baía de São Marcos, era um dos prédios mais bonitos e importantes de São Luís. Construído em 1838, certamente havia sido erguido pelas mãos de muitos negros escravizados. Mariana encarou de frente o prédio, como um desafio, e pensou: não foi dessa vez. Será da próxima. Mas prometeu para si mesma que não iria chorar, muito menos se desesperar. Ficar triste, sim, chorar, não. Lembrou-se dos seus antepassados, que tinham vivido situações muito piores e tinham dado a volta por cima. Tinha uma tradição familiar a zelar. Pensava nos cordéis que a ligavam a um passado de lutas, de resiliência. Sem ter com quem desabafar, foi buscar nos seus ancestrais a força de que precisava naquele momento. Ergueu a cabeça. Viajar para o Rio de Janeiro, naquele momento, estava fora de cogitação; não tinha dinheiro sequer para as passagens.

Mariana nunca tinha se sentido tão só. E nunca tinha se sentido tão forte. O peito chegava a doer de tanta saudade de Ellena, mas a hora era de refazer os planos, ir à luta. Durante sua infância, havia sido privada de um convívio maior com o pai, que ela tanto amava, e agora estava privada da convivência com Ellena, que ela tanto ama. Mas tinha que seguir adiante.

Tomou o bonde ali mesmo, em frente à faculdade, e foi direto para a agência dos Correios. Enviou dois telegramas, um para sua companheira/amiga/professora, e outro para sua mãe. Precisava de apoio, dividir sua tristeza com as duas únicas pessoas com quem ela podia contar de verdade. E Ellena tinha o direito de refazer os seus planos também, agora sem contar com a sua companhia. Pensou que, para quem vive em uma ilha, a dor maior talvez não seja partir, mas ficar. Na volta, tomou o bonde na Praça João Lisboa. O mesmo bonde que tantas vezes a tinha transportado na companhia de Ellena, em momentos tão felizes.

Foi para casa refletir e aguardar a chegada das respostas aos seus telegramas, que poderiam lhe dar algum alento, carinho e conforto. Nos três meses após a morte da avó, tinha amadurecido três anos. E precisava tomar as rédeas da sua vida.

Reprovada, sozinha, naquela cidade que ela tanto amava, sentia-se sendo observada com olhares desconfiados por onde passava. Até a sua rua, onde ela havia nascido e se criado, e que era como uma extensão da sua própria casa, onde ela sempre se sentia segura, protegida, agora lhe parecia hostil. Os vizinhos, com quem ela convivera desde sempre, agora a olhavam com ares de reprovação, a cumprimentavam com distância. Podia perceber os seus olhares reticentes, acusadores, silenciosos. Mariana sentiu na pele todo o peso da solidão e do preconceito.

Nesse Natal, pela primeira vez na vida não teria a companhia da avó. E nem da sua mãe, que estava arcando com muitas despesas, sustentando duas casas, depois que D. Zizi falecera, e não teria como comprar as passagens. Mariana começou a se planejar para continuar em São Luís por mais um ano, pelo menos. Pegou seus documentos, foi até a casa da professora que a tinha convidado para dar aulas no jardim de infância e informou a ela que aceitava o emprego. Precisava garantir o seu sustento e continuar estudando para o próximo vestibular. O tão esperado reencontro com Ellena seria adiado, com muita pena. Foi para casa e montou a sua árvore de Natal. Passaria sozinha, mas de cabeça erguida, sem se entregar para a melancolia. Tinha as lembranças de dezenove natais felizes para lhe fazer companhia, pensou.

Três dias depois, ainda muito triste, havia acabado de almoçar quando alguém bateu palmas na sua porta. Foi atender e tomou um susto.

– Seu Arthur?! (*Quem sabe ele descobriu tudo e veio tomar satisfação?* – foi o seu primeiro pensamento.)

– Mariana, me chama de Arthur, por favor. Somos irmãos, não somos?

Mariana concordou com a cabeça. Com o coração ainda aos pulos, não conseguia pronunciar uma só palavra.

– Eu soube que foste reprovada no vestibular. Tu podes vir comigo agora até a faculdade? Tenho certeza de que fizeste boas provas. Vamos pedir uma revisão. Te arruma com calma, vou esperar no carro.

Atônita, ainda assustada com a presença de Arthur na sua porta, arrumou-se o mais depressa que pôde e entrou no carro do irmão.

Passaram pelo portão de ferro, atravessaram o jardim e dirigiram-se até a recepção. A faculdade estava deserta, já no início do período de férias. Havia apenas uma funcionária atrás do balcão, lixando as unhas, que se levantou preguiçosamente e veio atendê-los.

– Boa tarde, gostaria de falar com o Professor Bernardo Gonçalves – disse Arthur.

– Pois não, quem devo anunciar?

– Arthur Amorim Neto.

Em menos de cinco minutos o diretor veio até a recepção.

– Como vai, Arthur? Por favor, entra, vamos para o meu gabinete.

– Bernardo, quero te apresentar minha irmã, Mariana.

– Muito prazer, Mariana.

O Professor Bernardo estranhou; não sabia que o seu amigo tinha irmã, muito menos de pele morena, mas não fez qualquer comentário, apenas foi muito gentil com ela.

– Bernardo, minha irmã fez o vestibular para o curso de História e não foi aprovada. Eu tenho certeza de que ela estava bem preparada. Gostaríamos de pedir uma revisão das provas. Pode ser?

– Claro, meu amigo, vou pedir para me trazerem agora mesmo as provas dela. Vamos fazer uma revisão criteriosa.

– Te agradeço muito, Bernardo. Podemos voltar aqui no final da tarde para saber o resultado?

– Claro, vou esperar por vocês. Até lá, já vou ter o resultado da revisão.

Arthur convidou Mariana para tomarem um sorvete enquanto esperavam a revisão das provas. Queria muito conversar com ela.

– Agradeço por pedir a revisão das provas, mas não vai atrapalhar o seu trabalho?

– Minha prioridade hoje é resolver essa questão, Mariana.

Escolheram uma mesa na sorveteria Rosa de Maio, completamente vazia naquele modorrento começo da tarde, e Arthur mostrou para Mariana uma foto.

– Mariana, tu sabes quem é esta menina aqui?

– Claro, sou eu. Com meu pai. Eu tinha uns 8 anos.

– Então lê o que está escrito no verso, por favor.

– Papai, te amo. É minha letra, eu estava aprendendo a escrever, nem me lembrava dessa foto. Como você conseguiu?

– Pouco depois do meu pai... nosso pai... falecer, eu fui estudar no Rio e morei em nosso apartamento, o mesmo onde ele morou. Encontrei essa foto no fundo de uma gaveta do armário, e fiquei sabendo que eu tinha uma irmã. Imaginei que tu morasses no Rio. No tempo em que estudei lá, fiz de tudo para tentar te encontrar, mas não tinha nenhuma pista. O porteiro do prédio nunca tinha visto nenhuma menina com o meu pai. Por motivos óbvios, ele nunca comentou nada comigo. Nunca poderia imaginar que a minha irmã estivesse o tempo todo aqui em São Luís, tão perto de mim. Agora ganhei esse presente, conheci a minha irmã. A gente perde algumas coisas na vida, ainda bem que ganha outras. Mariana, tu tens os mesmos olhos castanho-claros de papai. E o jeito de olhar, de falar. Não sei como eu nunca reparei nisso antes.

– Todo mundo falava isso quando estávamos juntos. Eu só encontrava com ele no navio da Costeira, duas vezes por ano.

Mariana, emocionada, surpresa, ainda não se sentia à vontade diante do irmão. Sempre o tratara com muito respeito e cerimônia. E até certo receio, depois que começara a se relacionar com Ellena. Agora sentia culpa e vergonha, diante daquele homem que a tratava com tanto carinho. Estava traindo o seu próprio irmão sem saber. Será que ele desconfiava de alguma coisa? Não, se desconfiasse não a estaria tratando dessa maneira, pensou. Ou será que ele era uma pessoa tão boa que compreendia e respeitava o relacionamento dela com Ellena? *Meu Deus, que situação a minha*, pensou. Desconfortável, perplexa, ficou a maior parte do tempo de cabeça baixa, tomando seu sorvete, sem saber o que dizer.

– Conhecendo o pai que eu tive, imagino que ele te tratava com muito carinho, Mariana. Talvez não te tenha dado toda a atenção que ele gostaria, mas devia te amar muito. Ele era uma pessoa muito afetuosa.

– Muito. Realmente convivi com ele muito pouco, mas esse pouco tempo que passamos juntos foram momentos maravilhosos. Também não podia imaginar que pudesse ter um irmão. Nem sei o que dizer. Também perdi muito nesses últimos dias, ainda bem que ganhei um irmão.

– Tenho uns nove ou dez anos mais que tu, Mariana. Quero que saibas que podes contar comigo como se eu fosse o nosso pai. O que ele não pôde fazer por ti eu quero fazer. Todos os teus direitos de filha serão respeitados. Já não temos muita coisa, tu sabes das dificuldades da empresa, mas o pouco que temos agora é nosso, meu e teu. Quero ser absolutamente sincero contigo, Mariana. Lamento muito pelas coisas que aconteceram, e tu acabaste sendo envolvida. Minha mãe é uma pessoa difícil, fez coisas muito erradas com Ellena e contigo. Eu sei o que aconteceu com o teu vestibular. O examinador tentou te prejudicar, e eu sei a mando de quem. O Professor Bernardo não tinha como saber; ele é meu amigo e é uma pessoa muito correta. Tenho muita esperança de que tu vais ser aprovada.

– Nem acredito. Era o sonho da minha avó e da minha mãe. Fizeram muito sacrifício para que eu não precisasse trabalhar e me dedicasse exclusivamente aos estudos. Queria muito dar esse presente a elas. Minha avó merecia essa alegria. E Ellena também.

– Tua mãe mora no Rio?

– Sim, ela é daqui, mas mora no Rio desde que eu tinha 6 meses. Ela sempre vinha nos visitar no Natal e ficava até o meu aniversário, em janeiro. Mas neste ano ela não pôde vir. Está tendo muitas despesas, sustentando duas casas, depois que a minha avó faleceu. Eu acabei de me formar no Curso Normal e fui convidada por uma professora para começar a dar aulas no

Jardim Declori, ali ao lado da caixa-d'água. A partir de março já vou poder me sustentar e ela não vai mais ter essa despesa.

– Tu pensas em ir morar no Rio também?

– Sim, pretendo ir para perto da minha mãe. Depois da morte da minha avó, já não tenho muito motivo para continuar por aqui, mas no momento não é possível. Minha mãe mora com o seu novo companheiro e o apartamento é pequeno, de sala e quarto; não posso atrapalhar a rotina deles. Acredito que, depois de cursar um ou dois anos da faculdade, talvez seja mais fácil arranjar um emprego por lá, para que eu possa me sustentar. Se eu for aprovada, pretendo cursar o primeiro ano e tentar uma transferência para o Rio. Mas por enquanto tenho que continuar por aqui mesmo.

– Bem, Bernardo já deve ter feito a revisão da prova. Vamos até lá?

O Professor Bernardo já os esperava em seu gabinete. Atônito, envergonhado, não tentou disfarçar sua revolta.

– Arthur, prometo apurar com rigor o que aconteceu, mas a correção das provas estava totalmente equivocada. A revisão já foi feita e tua irmã está aprovada. Parabéns. Podem providenciar a matrícula.

– Obrigado, Bernardo. Eu sei o que aconteceu, depois eu mesmo vou te explicar essa reprovação, com calma. Mariana tem planos de, daqui a um ano, ir morar no Rio. Existe possibilidade de uma transferência?

– Com certeza. Basta que ela consiga uma vaga por lá e a faculdade me mande um requerimento. Terei toda a boa vontade de providenciar a transferência. Ainda mais depois desse erro absurdo. Podem contar comigo.

Despediram-se, agradecidos, e Arthur levou Mariana para casa.

– Mariana, amanhã de manhã posso vir te buscar aqui? Temos algumas coisas a fazer.

Mariana concordou, mesmo sem ter noção de que coisas seriam essas.

No dia seguinte, Arthur pegou a irmã em casa.

– Mariana, já que a tua mãe não pôde vir, o que tu achas de ir passar o Natal lá com ela? Só vais assumir o emprego em março, podes ficar esses dois meses no Rio. Eu te dou as passagens. É o meu presente de Natal para minha irmã.

Surpresa, sem conseguir acreditar no que acabava de ouvir, Mariana não conseguiu disfarçar sua alegria.

– Muito obrigada, meu irmão, nem sei o que dizer. Minha mãe vai ficar muito feliz. Não acho correto morar na casa dela, mas passar um ou dois meses não tem problema.

– Então vamos comprar as passagens agora. Falta uma semana para o Natal, vamos ver se ainda conseguimos uma vaga no avião.

Mariana concordou, um pouco sem jeito. Ainda não conseguia lidar com naturalidade com aquela situação.

– Temos um lugar no voo do dia 21, depois de amanhã, Seu Arthur – disse o funcionário da companhia. – Posso marcar?

Mariana assentiu com a cabeça sentindo um frio na barriga e o coração disparado. No caminho de volta, pediu ao irmão que a deixasse na agência dos Correios, para enviar um telegrama para Ellena e outro para sua mãe. Sabia que os telegramas enviados até o meio-dia chegavam ao destinatário no dia seguinte, no final da tarde; por isso tinha que enviar imediatamente. Comentou com Arthur que depois iria até o Convento de N. S. do Carmo. Explicou que precisava ver se Padre Olímpio tinha encontrado uns envelopes que estavam sumidos, e que completariam as memórias do Padre Barreto. Arthur então decidiu ir junto com ela para dar um abraço no padre e agradecê-lo pela ajuda que ele havia dado nas pesquisas. Nos Correios, na presença do irmão, Mariana ficou sem jeito de enviar o telegrama para Ellena e mandou só o da sua mãe. Em seguida, dirigiram-se a pé para o convento, a poucos metros de distância, na mesma praça.

– Arthur, é uma honra recebê-lo!

– A honra é minha, Padre Olímpio, fiz questão de vir aqui lhe agradecer pela gentileza com que o senhor ajudou Ellena e a minha irmã.

Padre Olímpio esbugalhou os olhos; nunca soubera que Arthur tivesse uma irmã, mas não quis fazer perguntas.

E dirigindo-se a Mariana:

– Encontrei os envelopes há dias, minha filha, estava só esperando a sua visita.

Os envelopes, já meio rasgados, continham alguns cadernos com desenhos a lápis feitos por Sebastião. Eram barcos, muitos barcos, com as medidas e especificações técnicas, desenhos que ele gostaria que fossem doados a quem se dispusesse a criar, um dia, um estaleiro escola para jovens carpinteiros navais. Por questão de segurança, Sebastião tinha levado os cadernos para serem guardados pelo Padre Barreto. Além dos cadernos, havia desenhos de sobrados de Alcântara e os retratos do padre e de D. Emília, que ele lhes tinha dado de presente quando foi para São Luís. E um retrato, mais elaborado, em papel de boa gramatura, da sua filha, bisavó de Mariana, que também se chamava Emília, com 15 anos de idade, conforme anotado no verso. Até o padre se emocionou. Ainda consternado com o falecimento da avó de Mariana, ofereceu o retrato para que ela o levasse consigo. Sabia que ela lhe pediria isso e não poderia negar. Os cadernos ficariam guardados no convento, aguardando a oportunidade de serem usados na formação de novos carpinteiros navais, como era o desejo de Sebastião.

Após a visita ao convento, Arthur deixou Mariana em casa. Não daria mais tempo de enviar o telegrama para Ellena. Tudo bem, faria uma surpresa para ela.

No dia da viagem, um sábado, Arthur fez questão de levar a irmã ao aeroporto.

– Mariana, tu me fazes um favor? Entrega este envelope para Ellena. Aqui dentro estão as chaves do nosso apartamento de Copacabana. Diz para ela que pode morar lá o tempo que for necessário, até que consiga se organizar e se estabilizar. Só no dia da viagem dela eu soube que ela iria morar em um quarto alugado. Fiquei com a consciência pesada. Tinha insistido em dar uma ajuda financeira para ela recomeçar a vida. Mas ela não aceitou de forma nenhuma. Deixou o emprego no Colégio Rosa Castro por minha causa. Fui eu que pedi para ela sair. Nada mais justo. Acho que o empréstimo do apartamento ela vai aceitar, é o mínimo que eu posso fazer. Estamos separados, mas eu tenho muita consideração e respeito por ela. Quero que ela seja feliz.

Mariana, perplexa, guardou o envelope na sua bolsa. Dentro daquele envelope, uma nova reviravolta em sua vida estava acontecendo em poucos dias.

– Claro, meu irmão. E muito obrigada por tudo. Também quero que tu sejas muito feliz.

Mariana dirigiu-se para a escada do avião enquanto Arthur a acompanhava com o olhar, emocionado e orgulhoso da bela irmã que acabara de ganhar.

Assim como os acompanhantes dos outros passageiros, já na pista, ele seguiu com os olhos o deslocamento do avião, que foi até a cabeceira da pista, fez uma manobra de 180º e passou novamente em frente à base aérea, já tomando velocidade para a decolagem. Arthur conseguiu distinguir a irmã acenando para ele da janelinha quadrada do antigo avião, assim como também os outros passageiros para os seus familiares e amigos. Observou o avião levantar voo e, em seguida, fazer uma suave curva para a direita, já sobrevoando o centro da cidade, até corrigir a rota em direção ao Rio de Janeiro.

Sozinha naquele avião, refazendo uma vez mais seus planos, já pensava em ficar no Rio de Janeiro de vez. Agora tinha onde morar. E com Ellena. Estava levando todos os seus documentos, além do diploma do Curso Normal. Seus outros pertences poderiam ser enviados por Bazinha, que tinha ficado com a chave da sua casa, para qualquer necessidade. Enviaria uma carta para a sua professora desistindo do emprego e agradecendo o convite. Olhando lá do alto a cidade que tanto amava, e que agora tinha de deixar para trás, ia reconhecendo as ruas por onde ela andava todos os dias, a Praça Gonçalves Dias, de tantos finais de tarde contemplando o pôr do sol, a Igreja dos Remédios, a casa de Ellena, o mirante, de tantas boas recordações. O Liceu, os telhados dos sobrados, os bondes, os barcos de velas coloridas descendo o Rio Anil em direção ao mar. Tentava adivinhar o local exato do estaleiro do seu trisavô. Procurava reter na memória as últimas imagens de sua cidade tão querida, que ela provavelmente não reveria tão cedo. Em poucos minutos de sobrevoo, como num filme, via a menina Mariana sendo levada para a escola pela mão da avó, a adolescente Mariana reunida com os amigos na escadaria da Biblioteca Benedito Leite, a mulher Mariana descobrindo a plenitude da sua sexualidade naquele mirante ventilado, com uma janela voltada para o poente. Lembrou-se das aventuras com Ellena, durante os passeios de bonde, dos sorvetes, das conversas com a sua avó, cada uma na sua rede, ouvindo o batuque distante do Bumba Meu Boi. Das pastilhas de hortelã dos seus aniversários, do cheiro do cuxá no fogo, sendo preparado com carinho pela avó, das goiabas docinhas do quintal. Viu um navio no porto, parecido com os Itas da Costeira, das viagens com os seus pais. Estava deixando para trás alguns poucos parentes, muitos amigos e colegas, todos os seus planos, lembranças, sentimentos, e quase vinte anos de história. Depois do intenso ano de 1963, que tinha virado sua vida de pernas para o ar, agora recomeçaria sua jornada em uma cidade grande.

Quando o avião rompeu o denso floco de nuvens, e começou a ganhar velocidade em direção ao seu destino, Mariana lembrou-se de quando o seu trisavô, na noite em que conseguiu fugir do cativeiro, sentiu o vento estufando a vela do barco, ganhando velocidade em direção à liberdade. Seu coração, entristecido pelas lembranças, logo se alegrou com a expectativa de reencontrar Ellena, poder viver plenamente a sua relação, longe dos olhos maldosos das pessoas mesquinhas que tanto sofrimento haviam causado a elas. Tinha o futuro pela frente e muita coisa a conquistar. Sua cidade, tão querida, um dia talvez ficasse mesmo pequena para ela, para suas ambições e seus projetos de crescimento pessoal e profissional. Era hora de olhar para a frente, para o futuro.

Assim que o avião decolou, Arthur afastou-se rapidamente em direção ao carro para evitar que as outras pessoas vissem as lágrimas, que ele não conseguiu conter, escorrendo pelo seu rosto.

42 – Rio de Janeiro

Mariana tomou o bonde na Praia de Botafogo e desceu na esquina da Rua Rainha Elizabeth. Checou o número do prédio e dirigiu-se ao porteiro.

Numa típica tarde de sábado carioca, quente e clara, na véspera do início do verão, Eulália, mãe de Mariana, recebeu a filha no Aeroporto Santos Dumont. O carro de praça preto tomou o Aterro do Flamengo, deixando para trás o Museu de Arte Moderna e o Monumento dos Pracinhas, recém-construídos. Seguiu pela pista única de asfalto novo, no meio de um imenso descampado à beira-mar, mas que no futuro iria se transformar num parque exuberante, o maior da cidade, o Parque do Aterro do Flamengo. Mariana lembrou que Ellena tinha lhe contado por carta que quem estava à frente desse projeto era uma mulher, Lota Macedo Soares, que vivia com a poetisa americana Elizabeth Bishop, cuja relação era aceita e respeitada por todos.

Espremida entre o Maciço da Tijuca e o mar, a estreita faixa de terra que serpenteava a orla havia sido alargada recentemente, com o aterro engolindo boa parte das águas da Baía de Guanabara.

Nessa época, só havia terra revirada e aplainada, com marcas de rodas de trator, esperando a construção de novas pistas e a chegada das primeiras mudas de plantas do projeto de Burle Marx, além dos postes modernos e muito altos, que imitavam a luz do luar. À direita, a igrejinha de N. S. do Outeiro da Glória, do alto de um platô, parecia abençoar as decolagens sobre a Praia do Flamengo. Logo em seguida, o morro do Corcovado começava a dominar a paisagem, com seu recorte gracioso, por trás dos prédios, elevando-se aos poucos em direção ao ponto mais alto, no pico do Corcovado, onde, de braços abertos, o Cristo Redentor acolhia os visitantes recém-chegados à cidade. À frente, o Pão de Açúcar, que avançava mar adentro, soberano, com seus famosos bondinhos. E os aviões decolando sobre o mar, dando a impressão de que iriam se chocar contra o morro, desviando-se na última hora. Mariana, deslumbrada, ficou dividida entre o encantamento com a paisagem e a ansiedade de encontrar Ellena. Não cabia em si de tanta felicidade. Será que conseguiria encontrá-la ainda naquele dia? Ficou imaginando a reação da amada ao vê-la chegar de surpresa. E o que será que ela diria quando lhe entregasse as chaves do apartamento de Arthur?

Acomodou as bagagens no apartamento de sua mãe, explicou para ela que tinha uma encomenda urgente para entregar para a ex-professora, arrumou-se, e pediu orientação sobre como ir até Copacabana. Queria chegar a tempo de encontrar Ellena antes do final da tarde.

Mariana tomou o bonde na Praia de Botafogo e desceu na esquina da Rua Rainha Elizabeth. Checou o número do prédio e dirigiu-se ao porteiro.

– D. Ellena acabou de sair, moça.

– Ela disse aonde ia, se ia demorar?

– Normalmente, a essa hora, ela vai caminhar na praia e volta logo que escurece.

– Obrigada.

Mariana encontrou a Avenida Atlântica movimentada naquele final de tarde de sábado, em pleno dezembro. Muitas pessoas ainda estavam na praia curtindo o sol, jogando peteca, conversando na areia. Atravessou a estreita avenida até o calçadão, com seu desenho peculiar em pedras portuguesas, e se deslumbrou com o mar aberto. Como lhe pareceu grande essa cidade! E bela. Seria impossível localizar alguém no meio de tanta gente. Talvez fosse melhor voltar e esperar na portaria do prédio. Com o sol já bem inclinado no horizonte, Mariana teve uma ideia. Foi até um carrinho da Kibon e, meio sem jeito, perguntou para o sorveteiro:

– Moço, qual é o melhor lugar para se admirar o pôr do sol por aqui?

– Pedra do Arpoador, moça. Você vai até o final desta avenida e entra à direita.

Mariana apressou o passo. Foi até o final da praia, entrou na Rua Francisco Otaviano e foi se informando, até chegar à Praia do Arpoador. Com o sol já se aproximando da linha d'água, resolveu subir na enorme pedra que avança pelo mar e que havia se tornado ponto turístico de observação do pôr do sol. De lá poderia ter uma visão melhor e tentar localizar Ellena.

Não demorou muito, percebeu alguém se aproximar dela por trás, tampar os seus olhos com uma das mãos, e com a outra lhe dar um abraço. Emocionadas, felizes, sentaram-se lado a lado na pedra. Aquele não seria um pôr do sol qualquer. Era uma tarde ensolarada de 21 de dezembro, mudança de estação. Acompanharam juntas, em silêncio, a lenta descida do sol até ele mergulhar completamente no Oceano Atlântico, deixando no céu uma deslumbrante aquarela em tons que iam do vermelho sangue ao amarelo vivo, e que foi esmaecendo aos poucos, até que o pano negro da noite descesse completamente sobre a cidade, encerrando o espetáculo daquela tarde e fechando a primavera de 1963.

Epílogo

Homenagens nas Entrelinhas

Todo romancista sabe, com a experiência do seu ofício, que, embora possua as linhas gerais de uma narrativa, esta frequentemente se desenvolve à revelia do caminho que ele lhe traçou. Dir-se-ia que o próprio romance se compraz em demonstrar a sua autonomia ao romancista. Nessas ocasiões, é a narrativa que conduz o escritor.

Josué Montello

Quantas vezes, com meus 12 ou 13 anos, passei em frente à casa de Josué Montello, na esquina da Rua das Hortas com a Rua do Coqueiro, a caminho das minhas aulas particulares de francês com a Professora Mary Ewerton. Sem saber ainda que ali morava o romancista genial, devo ter ouvido, da calçada onde eu passava embaixo da sua janela, sem dar muita atenção, o *tlec-tlec* da sua máquina de escrever portátil, registrando no papel algumas de suas histórias memoráveis. Este romance já ia adiantado, quando percebi que os endereços que eu havia escolhido, inconscientemente, para as minhas personagens Maria Ellena e Mariana, cruzavam-se exatamente na esquina onde morou o grande escritor maranhense, e onde hoje funciona a Casa de Cultura que leva o seu nome. Sem me dar conta, estava fazendo, nas entrelinhas (ou no encontro das ruas), uma homenagem ao mestre, com quem tanto aprendi, por meio das suas obras, mesmo sem nunca tê-lo encontrado pessoalmente.

A quitanda onde Bazinha se abrigou da chuva e do infortúnio de ter descoberto, sem querer, o relacionamento entre Maria Ellena e Mariana, na esquina da Rua dos Afogados com a Rua da Alegria, pertencia ao seu Newton Ferreira, pai do poeta Ferreira Gullar, conforme relatado por ele no seu magnífico "Poema Sujo". É uma sutil homenagem (esta, voluntária) a outro mestre e inspirador deste autor.

Os cadernos do personagem Sebastião, nos quais ele desenhava e descrevia os detalhes construtivos dos barcos típicos do litoral maranhense, pensando em deixar para a posteridade o seu conhecimento sobre a profissão de carpinteiro naval, foram inspirados no belo trabalho conduzido pelo engenheiro mineiro Luiz Phelipe de Carvalho Castro Andrés, falecido em 4 de dezembro de 2021, em São Luís, que adotou o Maranhão como sua terra e lá criou o Estaleiro Escola Sítio do Tamancão, com o mesmo nobre objetivo de perpetuar a arte naval maranhense. Por decreto do governador Flávio Dino, no dia seguinte à sua morte, o estaleiro escola passou a ter o nome do seu criador.

O Padre Lusitano Marcolino Barreto, vigário da Igreja Matriz de São Mathias, em Alcântara, e deputado provincial do Maranhão, era meu bisavô materno. Com sua companheira da vida inteira, D. Emília Correa, teve sete filhos, a quem reconheceu, registrou e deu o seu sobrenome. Nesta trama, ele aparece de forma romanceada, em situações inteiramente ficcionais.

O livro *Vida, Paixão e Morte da Cidade de Alcântara – Maranhão*, do historiador Carlos de Lima, foi uma rica fonte de informações sobre a história da cidade e sobre o Padre Barreto, além de ponto de partida para as muitas pesquisas no Arquivo Público do Estado, nas igrejas, museus e conventos, de São Luís e Alcântara, onde recolhi as informações preciosas que deram base realista a esta obra de ficção.

O encantamento vivenciado num longo passeio pelas Reentrâncias Maranhenses e pela Floresta dos Guarás, na companhia do meu primo/irmão Fernando Barreto e do nosso amigo Antônio Carlos Mendonça, inspirou, muitos anos depois, a trajetória do personagem Sebastião. Num pequeno saveiro alugado, bem mais seguro e confortável que o precário igarité usado pelo personagem na sua épica fuga imaginária, navegamos por rios, igarapés e mar aberto, ao sabor das subidas e descidas das marés. Passamos por ilhas remotas, de dunas branquíssimas, que se movem com o vento, e dominadas por palmeiras de babaçu. A cada alvorada e a cada crepúsculo, éramos brindados por revoadas de guarás, com sua beleza e sua algazarra, indo ou voltando dos seus abrigos, entre os galhos da floresta de manguezais. Numa dessas ilhas, de nome Caçacueira, dentre as dezenas que compõem o arquipélago de Maiaú, e vizinha à famosa Ilha dos Lençóis, encontramos um vilarejo de pescadores, que se resumia a uma única rua. Rua de areia, claro. De cada lado da rua, havia talvez uns vinte ou trinta casebres, quase todos de taipa de sopapo (pau a pique) e cobertura de palha de pindoba. Como conseguimos, de favor, um desses casebres, que estava vazio, resolvemos pernoitar por lá. Tinha um cômodo só, além de um pequeno banheiro externo, sem cobertura, e o banho era com água de poço. Lá nos acomodamos, armamos nossas redes e saímos para dar uma volta.

Como não eram muitos os forasteiros que, naquela época, se aventuravam a visitar aquele paraíso inexplorado, logo fomos convidados a participar de um bingo. Compramos nossas cartelas e fomos para o local indicado. Os moradores foram chegando e se sentando em banquetas improvisadas, ou mesmo no chão, agachados, em torno do único poste da rua, aproveitando a claridade da lâmpada. Alguém começou a "cantar" as pedras do bingo, com aqueles mesmos trocadilhos com os números que todos nós conhecemos. Meu primo Fernando foi o sortudo a "bater" primeiro. O prêmio: uma galinha viva. Propusemos então comprar mais algumas galinhas, para fazermos uma galinhada para todos, mas logo alguns moradores foram até suas casas e voltaram, cada um com uma galinha debaixo do braço. Umas senhoras se prontificaram a cozinhar, e por lá ficamos, num grande banquete comunitário, ouvindo lendas e histórias da região, e confraternizando com pessoas hospitaleiras e bem-humoradas, que nunca poderiam imaginar, nem eu, que aquele momento mágico ajudaria a enriquecer a narrativa deste livro.

GLOSSÁRIO

Beribéri – Doença nutricional, causada pela deficiência de vitamina B1, resultando em fraqueza muscular e dificuldades respiratórias.

Biana – Pequena embarcação tradicional do litoral maranhense, composta de canoa e vela.

Canhenga – Sovina, avarenta.

Cara mais lambida – Dissimulado, cara de pau, sem vergonha.

Carão – Repreensão.

Chambre – Ou robe de chambre, camisola, roupa de dormir feminina.

Cofo – Cesto feito de folha de babaçu, usado para transportar ou acondicionar mercadorias.

Comandita – Conluio, esperteza, malícia.

Costeira ou Canoa Costeira – Embarcação tradicional do litoral maranhense, tombada pelo Iphan como Patrimônio Naval. Feita de madeira, com cabine, ela é composta de casco e duas velas de tamanhos diferentes.

Cuxá – Prato típico da culinária maranhense, feito com vinagreira (hortaliça também conhecida como azedinha), gergelim, farinha de mandioca e camarão seco moído.

Dra. Maria Aragão (Pindaré, MA, 10/02/1910 – São Luís, MA, 23/06/1991) – Médica ginecologista e professora negra, ateia, comunista e defensora dos direitos das mulheres. Neta de escravizados, nasceu na extrema pobreza e conseguiu superar a fome e as dificuldades para se formar na Universidade do Brasil, no Rio de Janeiro. Convidada por Luiz Carlos Prestes, voltou para São Luís a fim de criar o Diretório do Partido Comunista local, onde fundou o jornal *Tribuna do Povo*. Em 2004 foi homenageada com a construção, em São Luís, do memorial que leva o seu nome, primeiro projeto assinado por Oscar Niemeyer (de quem ela era amiga) em todo o Norte e Nordeste do Brasil, e que é hoje um dos principais locais de manifestação cultural da cidade.

Engomar – Passar roupas a ferro usando tapioca de goma, para que ficassem bem lisas.

Escravo de ganho – Cativo que fazia serviços externos, mas a renda obtida em troca de seu trabalho era paga aos seus senhores.

Esparrela – Cilada, armadilha.

Eu tô é tu – Expressão típica do Maranhão e equivalente a: me admira muito tu, só na tua cabeça.

Fazenda – O mesmo que tecido.

Garapa – Caldo de cana.

Igarité – Pequena embarcação à vela, típica do litoral maranhense, semelhante à biana, mas sem quilha, com fundo em forma de U.

Ipase – Instituto de Previdência e Aposentadoria dos Servidores do Estado, já extinto.

Levantar aleive – Caluniar, acusar sem provas.

Na mesma pisada – Logo em seguida.

Nigrinha – Pessoa à toa, vadia, vagabunda. Palavra claramente preconceituosa, originária dos tempos da escravidão.

No escondido – Na surdina, sem chamar a atenção.

Pitaco – Palpite, intromissão em conversa alheia.

Pregoeiros de rua – Vendedores ambulantes tradicionais de São Luís, que transportavam suas mercadorias pelas ruas, anunciando-as com voz cantada e individualizada, em frases rimadas, vendendo nas portas das casas, tornaram-se folclóricos e ficaram famosos após o sucesso da música "Todos Cantam sua Terra", do compositor maranhense João do Vale, na voz de Alcione, também maranhense.

Primeira tonsura – Cerimônia religiosa em que o cabelo do ordinando é cortado pelo bispo, deixando um círculo de pele à mostra no alto da cabeça; representa o primeiro grau de ordenamento no clero.

Revista *Seleções* – Da Editora Reader's Digest, é uma revista por assinatura. Criada em 1922, em Nova York, EUA, foi lançada no Brasil em 1942. É uma das publicações mais lidas no mundo.

Rudela – Algo de má qualidade.

Sege – Pequena carruagem fechada, com cabine e duas rodas, puxada por dois cavalos. Eram os táxis de antigamente.

Sirigaita – Mulher sedutora, exibida, espevitada.

Só quer ser – Expressão tradicional do Maranhão que significa achar-se importante.

Tansa – Lerda, sonsa, desatenta.

Tiquira – Cachaça barata, feita de mandioca.